TRAQUÉE

LA MAISON DE LA NUIT

Livre 1. *Marquée*

Livre 2. *Trahie*

Livre 3. *Choisie*

Livre 4. *Rebelle*

Livre 5. *Traquée*

Livre 6. *Tentée*

Livre 7. *Brûlée*

Livre 8. *Libérée*

Livre 9. *Destinée*

Livre 10. *Cachée*

Livre 11. *Révélée*

TRAQUÉE

LA MAISON DE LA NUIT   LIVRE 5

P. C. CAST ET **KRISTIN CAST**

Traduit de l'américain par Julie Lopez

POCKET JEUNESSE
PKJ·

Directeur de collection :
Xavier d'ALMEIDA

Titre original :
A House of Night Novel 5
Publié pour la première fois en 2009
par St. Martin's Press LLC, New York.

Loi n° 49 956 du 16 juillet 1949 sur les publications
destinées à la jeunesse : septembre 2014.

© 2009 by P. C. Cast and Kristin Cast. All rights reserved.
© 2011 éditions Pocket Jeunesse, département d'Univers Poche
pour la traduction française.
© 2014, éditions Pocket Jeunesse, département d'Univers Poche,
pour la présente édition.

ISBN : 978-2-266-25274-4

Ce tome est dédié à John Maslin, ancien étudiant et assistant de recherche, un type génial aux idées lumineuses qui présente une ressemblance frappante avec notre Damien...

CHAPITRE UN

Le rêve commençait par un battement d'ailes. Avec le recul, je me rends compte que j'aurais dû y voir un mauvais présage, les Corbeaux Moqueurs étant désormais en liberté. Mais ce n'était qu'un bruit de fond, comme le ronronnement d'un ventilateur, ou la télévision allumée sur les télé-achats.

Je me tenais au milieu d'une prairie magnifique. Il faisait nuit ; l'énorme lune qui flottait au-dessus des arbres projetait une lueur bleu argenté tellement forte qu'il y avait des ombres. J'avais l'impression d'être dans l'eau, les herbes hautes agitées par la brise caressaient mes jambes nues telles des vagues léchant le rivage. Mes épais cheveux, doux comme de la soie, se soulevaient sur mes épaules dénudées.

Jambes nues ? Épaules dénudées ?

Je baissai les yeux et poussai un petit cri de surprise. Je portais une robe blanche en daim franchement courte. Un grand V y était découpé à l'avant comme à l'arrière, révélant ma peau. C'était une robe superbe, décorée de franges, de plumes et de coquillages. Elle semblait luire au clair de lune. Des perles formaient des dessins complexes, incroyablement beaux, sur toute sa longueur.

J'ai une imagination vraiment trop cool !

Cette robe me rappelait quelque chose, mais je ne cherchais pas à savoir quoi. Je n'avais pas envie de me casser la tête – je rêvais ! Je me mis à danser dans la prairie, me demandant si Zac Efron, ou même Johnny Depp, allait apparaître soudain pour flirter avec moi.

Je tournoyais et me balançais au gré du vent quand je crus voir les ombres vaciller de façon bizarre entre les arbres. Je m'arrêtai, essayant de percer l'obscurité.

Alors, il apparut.

À la lisière de la forêt, une forme s'était matérialisée. La lune éclairait les lignes fluides de son corps nu.

Nu ?

Mon imagination commençait-elle à dérailler ? Je n'étais pas vraiment d'humeur à batifoler dans un pré avec un inconnu.

— *Tu hésites, mon amour ?*

Je frissonnai. Des ricanements moqueurs s'échappèrent d'entre les branches.

— Qui êtes-vous ? lançai-je en espérant que ma voix ne trahissait pas ma peur.

Il rit. Ce son, profond et beau, était pourtant effrayant. Presque visible, il remplissait l'air.

— *Tu prétends ne pas savoir qui je suis ?*

Sa voix caressait ma peau, me donnait la chair de poule.

— Si, je le sais. Je vous ai inventé. C'est *mon* rêve. Vous êtes un mélange de Zac et de Johnny.

Malgré ma nonchalance apparente, mon cœur battait la chamade, car il ne faisait aucun doute que ce type n'était pas une combinaison des deux acteurs.

— Ou alors, vous êtes Superman, ou le Prince Charmant.

— *Je ne suis pas un produit de ton imagination. Tu me connais. Ton âme me connaît.*

Sans le vouloir, je m'avançai vers lui, comme hypnotisée. Je levai les yeux...

Kalona ! Je l'avais su dès qu'il avait ouvert la bouche. J'avais simplement refusé de l'admettre.

Un cauchemar ! C'était un cauchemar, pas un rêve.

Son corps nu n'était pas complètement solide : il tremblait et se transformait au rythme du vent. Derrière lui, dans les ombres vertes, j'apercevais les silhouettes de ses enfants, les Corbeaux Moqueurs. Ils s'accrochaient aux arbres avec des mains et des pieds d'homme et me fixaient avec des yeux humains plantés dans des têtes d'oiseaux mutants.

— *Tu prétends toujours ne pas me connaître ?*

« Même si c'est un cauchemar, c'est le mien, pensai-je. Je peux me réveiller. Je veux me réveiller ! Je veux me réveiller ! »

Mais je ne pouvais pas. C'était Kalona qui avait le contrôle. Il avait construit ce rêve effrayant, cette prairie ténébreuse, et m'y avait emmenée, je ne savais comment, avant de claquer derrière nous la porte de la réalité.

— Qu'est-ce que vous voulez ? lâchai-je.

— *Tu sais ce que je veux, mon amour. Je te veux, toi.*

— Je ne suis pas votre amour !

— *Bien sûr que si*, dit-il en s'approchant si près que je sentais le froid qui émanait de son corps sans substance. *Tu es mon A-ya.*

A-ya était le nom de la vierge que les Femmes Sages du peuple cherokee avaient créée, des siècles plus tôt, pour le piéger. La panique m'envahit.

— Je ne suis pas A-ya !

— *Tu commandes les éléments.*

— C'est un don de ma déesse.

— *Autrefois déjà, tu les as commandés. Tu es née pour m'aimer.*

Ses grandes ailes noires se déplièrent et il les referma autour de moi dans une étreinte spectrale.

— Non ! Vous me confondez avec quelqu'un d'autre. Je ne suis pas A-ya.

— *Tu as tort, mon amour. Son cœur bat en toi.*

Ses ailes se pressèrent contre moi, m'attirant à lui. Malgré la forme volatile de l'apparition, je sentais leur contact, doux et frais. La brume glaciale qui enveloppait son corps me brûlait la peau, propageait en moi des courants électriques, m'enflammant d'un désir contre lequel j'essayais désespérément de lutter.

J'avais tellement envie de me noyer dans son rire séduisant ! Je me penchai en avant, les yeux fermés, et je haletai quand son souffle m'effleura. Des sensations douloureuses et pourtant délicieuses me faisaient perdre la tête.

— *Tu aimes cette souffrance. Elle te donne du plaisir.*

Ses ailes me pressèrent plus fort, son torse devint encore plus froid.

Des volutes d'une fumée noire et glaciale s'enroulaient autour de moi, insistantes...

— *Rends-toi à moi*, dit-il de sa voix magnifique, irrésistible. *J'ai passé des siècles dans tes bras. Cette fois, c'est moi qui vais être maître de notre union, et tu t'en délecteras. Libère-toi des chaînes de ta déesse lointaine et viens à moi. Laisse-toi aller, entièrement, et je t'offrirai le monde !*

Le sens de ces mots transperçait lentement la brume de douleur et de plaisir dans laquelle je baignais, tel le soleil chassant la rosée. Peu à peu, je retrouvai ma volonté.

Je m'ébrouai comme un chat agacé par la pluie.

— Non ! Je ne suis pas votre amour. Je ne suis pas A-ya. Et je ne tournerai jamais le dos à Nyx !

En prononçant le nom de la déesse, je me réveillai.

Je me redressai, haletante. Lucie dormait à poings fermés à côté de moi. Nala, elle, grognait doucement. Le dos arqué, les poils hérissés, elle regardait un point au-dessus de moi.

— Oh, non ! hurlai-je, et je bondis du lit.

Je m'attendais à voir Kalona sous le plafond de ma chambre, telle une énorme chauve-souris.

Il n'y avait rien.

Je pris Nala dans mes bras et me rassis. Les mains tremblantes, je la caressai en répétant :

— Ce n'était qu'un cauchemar... Ce n'était qu'un cauchemar... Ce n'était qu'un cauchemar...

Cependant, je savais que c'était faux.

Kalona existait vraiment, et il pouvait entrer dans mes rêves.

CHAPITRE DEUX

« Bon, Kalona peut entrer dans tes rêves, mais maintenant tu es réveillée ; alors, reprends-toi ! » m'intimai-je en serrant contre moi Nala, dont le ronronnement familier m'apaisait. Lucie remua dans son sommeil et murmura des mots inintelligibles. Puis, toujours endormie, elle sourit. Je l'observai, heureuse que ses rêves soient meilleurs que les miens.

Soulevant délicatement la couverture sous laquelle elle était blottie, je poussai un soupir de soulagement : le sang n'imbibait plus le bandage recouvrant l'horrible blessure causée par la flèche qui l'avait transpercée.

Elle s'agita de nouveau. Cette fois, ses paupières s'entrouvrirent. Pendant une seconde, elle parut perplexe, puis elle me sourit, encore ensommeillée.

— Comment te sens-tu ?

— Ça va, répondit-elle faiblement. Ne te fais pas de souci.

— C'est un peu dur quand ta meilleure amie n'arrête pas de mourir, fis-je en lui rendant son sourire.

— Cette fois, je ne suis pas morte. J'ai juste failli.

— Pour mes nerfs, ça ne fait pas une grande différence.

— Eh bien, qu'ils se calment et te laissent dormir, dit-elle en fermant les yeux et en remontant la couverture sur elle. Je vais bien. Tout va s'arranger.

Sa respiration se fit plus lourde, et en un clin d'œil elle se rendormit.

Je réprimai un gros soupir et je me recouchai, essayant de trouver une position confortable. Nala se blottit entre Lucie et moi et poussa un miaulement grincheux, sa manière de me faire savoir qu'elle voulait que je cesse de m'agiter.

Tout paraissait normal dans la petite bulle de paix que nous avions créée ici, et c'était franchement bizarre. J'avais du mal à croire que, quelques heures auparavant, ma meilleure amie avait une flèche plantée dans la poitrine et que nous avions dû fuir la Maison de la Nuit dans le chaos le plus total. Je me repassais en boucle les événements de la veille, stupéfaite que nous ayons tous survécu...

À notre arrivée dans les tunnels, Lucie, si incroyable que cela puisse paraître, m'avait demandé de trouver du papier et un crayon pour que nous fassions une liste de ce dont nous aurions besoin, au cas où notre exil s'éterniserait.

Elle dit ça d'une voix parfaitement calme, assise en face de moi, une flèche lui traversant la poitrine. Prise de nausée, je détournai les yeux.

— Lucie, je ne suis pas sûre que ce soit le moment idéal.

Elle tressaillit et grimaça :

— Aïe ! Punaise, c'est encore pire qu'un chardon planté dans le pied !

Elle réussit quand même à sourire à Darius, qui venait de déchirer sa chemise, dévoilant la pointe qui dépassait au milieu de son dos.

— Désolée, reprit-elle, je sais que ce n'est pas ta faute. Comment t'appelles-tu, déjà ?

— Darius, prêtresse.

— C'est un combattant, un Fils d'Érebus, expliqua Aphrodite en adressant un sourire étonnamment doux au jeune homme.

« Étonnamment », car Aphrodite était une fille égoïste, pourrie gâtée, cruelle, bref insupportable, même si je commençais à l'apprécier. En d'autres termes, ce n'était pas quelqu'un de sympa, et il fallait qu'elle ait un sacré faible pour Darius pour se conduire avec autant de gentillesse.

— Comme si ça ne se voyait pas ! intervint Shaunee qui lança à Darius un regard concupiscent. Il est bâti comme une montagne.

— Une montagne extrêmement sexy, enchérit Erin.

— Il est pris, espèce de monstre bicéphale ! Alors, allez jouer ailleurs, les rembarra Aphrodite.

Il me parut cependant que cette insulte ne venait pas du fond du cœur. À vrai dire, plus j'y repensais, plus mon ex-ennemie me paraissait amicale.

Ah, au passage : Erin et Shaunee sont des jumelles d'âme, pas des jumelles biologiques. Erin est une blonde aux yeux bleus, née en Oklahoma, et Shaunee, d'origine jamaïquaine, a la peau couleur chocolat et vient de la côte Est. Dans leur cas, la génétique a peu d'importance : on aurait juré qu'elles avaient été séparées à la naissance et qu'un radar intérieur les avait réunies.

— Oh, super, fit Shaunee. Merci de nous rappeler que nos petits copains ne sont pas là...

— ... Probablement mangés par des hommes-oiseaux, termina Erin.

— Hé, ne soyez pas si pessimistes. La grand-mère de Zoey n'a pas dit que les Corbeaux Moqueurs mangeaient les gens. Ils les attrapent juste avec leur bec énorme et les jettent contre un mur, encore et encore, jusqu'à ce que le moindre petit os de leurs corps soit brisé, et...

— Euh, Aphrodite, la coupai-je, je crois que tu aggraves ton cas.

Elle avait pourtant raison. Mais je ne voulais pas y penser. Je me tournai vers ma meilleure amie, qui offrait un spectacle absolument horrible : elle était pâle, en sueur, couverte de sang.

— Lucie, tu ne penses pas qu'on devrait te trouver un...

— Je l'ai ! Je l'ai !

Jack et Damien firent irruption dans le cagibi où Lucie avait aménagé sa chambre, suivis de près par le labrador sable qui ne quittait pas Jack des yeux. Tout rouge, ce dernier brandit une petite valise marquée d'une croix rouge.

— Elle était exactement là où tu l'avais indiqué, Lucie. Dans votre cuisine.

— Et dès que j'aurai repris mon souffle, j'évoquerai mon agréable surprise à la vue de vos réfrigérateurs et vos fours à micro-ondes, enchaîna Damien, en se tenant le flanc. Il faudra que vous m'expliquiez comment vous avez réussi à tout descendre ici, et d'où vient l'électricité.

Il se tut en apercevant la chemise déchirée et ensanglantée de Lucie ainsi que la flèche dans son dos, et ses joues virèrent au blanc.

— Enfin, tu me le raconteras quand tu ne seras plus *en brochette**.

— En quoi ? demandèrent Shaunee et Erin.

— C'est un terme français qui désigne des aliments mis en broche, espèces d'abrutis. Certes, le monde est devenu fou et des oiseaux de guerre maléfiques ont été libérés, mais cela n'excuse pas un vocabulaire limité, dit-il en se tournant vers Darius, à qui il montra une paire de ciseaux géants. Oh, j'ai trouvé ceci dans une pile d'outils dont la propreté laissait à désirer.

— Passe-moi tout ça, lui ordonna le combattant sans se laisser distraire.

— Que vas-tu faire avec ces pinces ? lui demanda Jack.

— Couper la penne de la flèche afin de la retirer de la poitrine de la prêtresse. Ainsi, elle pourra entamer sa guérison.

Jack pâlit et se réfugia dans les bras de Damien. Duchesse – le labrador profondément attaché à Jack depuis que son propriétaire, un novice nommé James Stark, était mort, puis avait ressuscité, puis avait tiré une flèche sur Lucie, tout ça pour libérer Kalona, l'ange déchu (oui, je me rends compte que c'est complexe et déroutant, mais c'est souvent le cas des complots machiavéliques) – gémit et se blottit contre sa jambe.

Jack et Damien, qui sont gays, vivent en couple. Eh oui, ça arrive, plus souvent qu'on ne le croit. Attendez, je reformule : plus souvent que les *parents* ne le croient.

— Damien, peut-être que Jack et toi, vous pourriez retourner dans cette magnifique cuisine et nous préparer

---

* En français dans le texte.

un truc à manger ? proposai-je. Je parie qu'on se sentirait tous beaucoup mieux avec quelque chose dans le ventre.

— Pas moi ! Je risquerais de vomir, dit Lucie. Enfin, à moins que ce ne soit du sang.

Elle haussa les épaules d'un air contrit et fit une grimace de douleur.

— Euh, je n'ai pas vraiment faim non plus, déclara Shaunee, qui fixait la flèche avec la fascination de ceux qui assistent à un accident de circulation.

— *Idem*, Jumelle, enchérit Erin, qui, quant à elle, regardait tout le monde sauf Lucie.

J'allais leur dire que je me fichais bien de leur appétit et que je voulais juste les éloigner de la blessée, lorsque Erik Night entra dans la pièce.

— Je l'ai ! s'exclama-t-il.

Il tenait à la main un énorme poste CD-radiocassette d'un autre âge. Genre des années 80. Il le posa sur la table et se mit à tripoter les gros boutons argentés, cherchant une station.

— Où est Vénus ? lui demanda Lucie d'une voix tremblante.

Erik jeta un coup d'œil à la porte ou plutôt à la couverture qui en faisait office. Il n'y avait personne.

— Elle était juste derrière moi. Je pensais qu'elle allait me suivre et...

Il se tourna vers Lucie.

— Ça doit faire drôlement mal, dit-il. Tu n'as pas l'air bien.

Elle tenta de lui sourire.

— J'ai déjà été mieux. Je suis contente que vous ayez trouvé le poste. Des fois, on arrive à capter certaines stations.

— Oui, c'est ce qu'elle m'a dit, répondit Erik d'un ton distrait, sans quitter des yeux son dos percé.

Malgré mon inquiétude pour mon amie, j'essayai de me rappeler à quoi ressemblait Vénus. La dernière fois que j'avais pu observer les novices rouges – ces novices morts, ressuscités, devenus des monstres assoiffés de sang –, le croissant de lune tatoué sur leur front était encore bleu saphir, comme celui de tous les élèves de la Maison de la Nuit. Jusqu'à ce que l'humanité d'Aphrodite (surprenant, non ?), mélangée au pouvoir des cinq éléments (que je pouvais tous contrôler) rende son humanité à Lucie, provoquant sa Transformation.

Elle avait gagné au passage de superbes tatouages sur le visage, de la couleur du sang frais, caractéristiques des vampires adultes, représentant des fleurs et du lierre. Les tatouages des autres morts vivants étaient alors devenus rouges à leur tour, et ils avaient tous retrouvé leur humanité. En théorie. Je n'avais pas passé assez de temps avec eux pour être certaine à cent pour cent que leurs problèmes étaient réglés. En revanche, Aphrodite avait perdu sa Marque, reprenant par conséquent sa condition d'humaine, même si elle avait encore des visions.

Bref, la dernière fois que j'avais vu Vénus, elle était franchement répugnante. Mais maintenant elle allait mieux, et comme je savais qu'elle avait traîné avec Aphrodite avant sa mort (et sa résurrection), elle devait être magnifique, car Aphrodite n'était pas du genre à s'afficher avec des laiderons.

Je m'explique, ne voulant pas passer pour une jalouse maladive. Erik Night était beau à se damner, dans le genre Superman/Clark Kent, mais pas seulement. C'était aussi un garçon talentueux, honnête et gentil. Enfin, un vampire, puisqu'il venait de se transformer. Et c'était mon petit ami. Enfin, mon ex-petit ami, depuis peu. Ce qui signifiait, hélas, que je risquais de me ridiculiser en manifestant ma jalousie.

La voix sévère de Darius interrompit mon monologue intérieur.

— La radio peut attendre. Pour l'instant, on doit s'occuper de Lucie. Il va falloir lui dénicher une chemise propre et du sang.

Il ouvrit la trousse de premiers secours et en sortit de l'alcool, de la gaze, des instruments de chirurgie.

Cela fit taire tout le monde.

— Vous savez que je vous adore tous, pas vrai ? fit Lucie en nous adressant un sourire courageux.

Mes amis et moi hochâmes la tête avec raideur.

— Bon, alors ne le prenez pas mal, mais j'aimerais que vous alliez tous, sauf Zoey, vous trouver une occupation, le temps que Darius sorte cette flèche de ma poitrine.

— Pourquoi veux-tu que je reste ? demandai-je.

— Parce que tu es notre grande prêtresse, Zoey, répondit-elle avec une pointe d'humour. Tu dois aider Darius. Et puis, tu m'as déjà vue mourir une fois ; ça ne pourra pas être pire, si ?

Soudain, elle se tut, les yeux fixés sur mes mains.

— Bon sang, Zoey, regarde ça !

Je suivis son regard et sursautai : des tatouages s'étendaient sur mes paumes, identiques à ceux qui ornaient mon visage et mon cou, ainsi que mon dos et ma taille.

Comment avais-je pu oublier ? J'avais senti la brûlure familière au moment où nous avions fui la Maison de la Nuit. Ma déesse, Nyx, la personnification de la Nuit, m'avait à nouveau marquée, me distinguant, une fois de plus, des autres novices et des vampires du monde entier.

— Waouh, Zoey, ils sont incroyables ! souffla Damien en touchant ma main avec hésitation.

Je croisai son regard, en quête d'un quelconque changement, un signe de vénération, de nervosité ou, pire, de peur. Je ne trouvai que la chaleur de son sourire.

— Je l'ai senti avant que nous descendions. Je... je n'y pensais plus.

— C'est bien notre Zoey, commenta Jack. Elle seule peut oublier ce qui tient du miracle.

— Je n'arrive pas à garder un tout petit tatouage, et elle, elle en est couverte, ronchonna Aphrodite sans animosité.

— C'est la Marque de la faveur de notre déesse, déclara Darius d'une voix solennelle, le signe que tu as emprunté le chemin qu'elle a tracé pour toi. Tu es notre grande prêtresse, celle que Nyx a choisie. Et, prêtresse, moi et Lucie avons besoin de ton aide.

— Ah, zut, marmonnai-je en me mordillant nerveusement la lèvre.

— Allez, tant pis ! s'écria Aphrodite, qui s'était approchée de Lucie. Je vais vous donner un coup de main. Le sang et la douleur ne me dérangent pas, tant que ce ne sont pas les miens.

— Je vais voir du côté de l'entrée des souterrains, annonça Erik. La réception sera peut-être meilleure.

Sans me jeter un regard, ni même faire un commentaire sur mes nouveaux tatouages, il prit son poste et s'en alla.

— Bon, nous, on va préparer quelque chose à manger, dit Damien en entraînant Jack.

— Oui, on est de bons cuisiniers, ajouta ce dernier avant de le suivre.

— On va avec eux, décida Shaunee.

— Le sang ! fit Darius. N'oubliez pas le sang. Mélangé à du vin, si vous en avez. Elle en aura besoin pour se remettre.

Il entreprit de nettoyer avec un linge imbibé d'alcool la blessure sur le dos de Lucie.

— Un des réfrigérateurs en est plein, dit Lucie, les dents serrées. Mettez la main sur Vénus. Elle aime le vin, elle ira vous en chercher.

Les Jumelles échangèrent un regard. Finalement, Erin se lança.

— Lucie, est-ce que ces novices sont inoffensifs ? Ce sont quand même eux qui ont tué les footballeurs d'Union et enlevé le petit copain humain de Zoey, pas vrai ?

— L'ex-petit copain, corrigeai-je, mais elles m'ignorèrent.

— Du calme ! répliqua Lucie. Vénus vient d'aider Erik, non ? Aphrodite a passé deux jours ici, et elle est toujours en un seul morceau.

— Oui, mais Erik est un grand vampire vigoureux, objecta Shaunee. Il ne doit pas être facile à attaquer.

— Et Aphrodite est tellement mauvaise qu'il faudrait être fou pour la mordre, grimaça Erin.

— Alors que nous sommes deux petites boules vanille-chocolat. Nous tenterions même le plus gentil des monstres sanguinaires.

— Ta mère est un monstre sanguinaire, dit Aphrodite d'une voix aimable.

— Si vous n'arrêtez pas de vous chamailler, c'est moi qui vais vous mordre ! s'emporta Lucie, haletante.

Son état semblait se détériorer de seconde en seconde.

— Stop ! m'écriai-je, inquiète. Vous me donnez la migraine ! Vous ne voyez pas qu'elle va mal ? Elle vous assure qu'ils sont cool, et ils se sont échappés de la Maison de la Nuit avec nous. Aux dernières nouvelles, ils ne nous ont pas mangés, si ? Alors, soyez sympas et allez chercher Vénus.

— Zoey, ce n'est pas un argument en leur faveur, remarqua Damien, resté à la porte. On essayait de sauver notre peau. Personne n'avait le temps de manger personne.

Je me tournai vers Lucie :

— Lucie, une bonne fois pour toutes, les novices rouges sont-ils dangereux ?

— Acceptez-les tels qu'ils sont, murmura-t-elle. Ce n'est pas leur faute s'ils sont morts et s'ils ont ressuscité.

— Vous voyez, vous ne risquez rien !

Je ne devais réaliser que plus tard qu'elle n'avait pas répondu à ma question...

— D'accord, mais nous la tiendrons personnellement responsable s'il se passe quelque chose, me prévint Shaunee.

— Oui, enchérit Erin, si l'un d'eux nous attaque, nous lui en toucherons deux mots quand elle ira mieux.

— Du sang. Du vin. Tout de suite ! Moins de bavardage, plus d'action, les interrompit Darius.

Ils filèrent tous, me laissant avec le combattant Aphrodite et ma meilleure amie en brochette.

On n'était pas sortis de l'auberge...

CHAPITRE TROIS

— Sérieusement, Darius, il n'y aurait pas un autre moyen ? soufflai-je. Une procédure un peu plus... professionnelle ? Et si on l'amenait à l'hôpital ?

— Il existe sans doute un meilleur moyen, mais pas dans ces conditions. Je ne pense pas que tu veuilles que l'un de nous remonte à la surface cette nuit.

Je me mordillai la lèvre en silence. Il avait raison, mais je cherchais quand même une solution moins effrayante.

— Je ne sors pas, déclara Lucie. Non seulement Kalona et ses affreux mioches sont libres, mais en plus je me retrouverais coincée dehors quand le soleil va se lever, et je sens qu'il ne va pas tarder. Dans mon état, je n'y survivrais pas. Zoey, il va falloir que tu le fasses.

— Tu veux que je tire sur la flèche pendant que tu immobilises ta copine ? me proposa Aphrodite.

— Non, regarder sans rien faire serait encore pire.

— Je ferai de mon mieux pour ne pas hurler, promit Lucie avec un sérieux qui me déchira le cœur.

— Au contraire, tu peux crier autant que tu veux, lui dis-je. Tu sais quoi ? Je vais même crier avec toi ! Darius, je suis prête !

— Je vais couper le bout de la flèche sur sa poitrine, au niveau de la plume, expliqua-t-il. Ensuite, tu presseras ce carré de gaze stérile contre la plaie. Lorsque j'aurai une bonne prise sur la pointe, tu pousseras aussi fort que possible. Moi, je tirerai. Elle devrait sortir facilement.

— Mais… ça ne risque pas de me faire un petit peu mal ? demanda Lucie d'un filet de voix.

— Prêtresse, répondit-il en posant sa grosse main sur son épaule, ça va faire beaucoup plus mal qu'un petit peu.

— C'est pour ça que je suis là, intervint Aphrodite. Je te tiendrai quand tu te tordras de douleur. Comme ça, tu ne gâcheras pas le plan de Darius. Mais je te préviens : si tu essaies encore de me mordre, je ne vais pas me gêner pour te donner une bonne raclée !

— Aphrodite, je ne vais pas te mordre.

— Et si on en finissait ? proposai-je.

Au moment de déchirer ce qu'il restait de la chemise de Lucie, Darius hésita.

— Prêtresse, je vais devoir dénuder ta poitrine.

— À vrai dire, j'y ai pensé pendant que tu t'occupais de mon dos. Tu es une sorte de médecin, pas vrai ?

— Tous les Fils d'Érebus suivent des cours qui leur permettent de soigner leurs frères blessés.

Il lui sourit.

— Donc, oui, tu peux me considérer comme un médecin.

— Alors, ça ne me dérange pas que tu voies mes seins. Les médecins sont formés à ne pas accorder d'importance à ce genre de choses.

— Espérons qu'il a été bien studieux…, marmonna Aphrodite.

Lucie essaya de sourire, blanche comme un linge.

C'est à ce moment-là que je commençai à paniquer. Quand Stark lui avait tiré dessus, obéissant aux ordres de Neferet, elle s'était vidée de son sang à une vitesse alarmante. On avait eu l'impression que la terre saignait autour d'elle, ce qui avait permis à la prophétie du retour de Kalona de se réaliser. Elle s'en était bien sortie jusqu'à maintenant, parlant, marchant, gardant conscience, mais, là, elle se transformait en fantôme à vue d'œil.

— Prête, Zoey ? demanda Darius.

Je sursautai. Mes dents claquaient si fort que je réussis à peine à bégayer : « Oui. »

— Et toi, Lucie ?

— Je suppose, gémit-elle.

— Aphrodite ?

Aphrodite s'agenouilla devant le lit et attrapa les mains de la blessée.

— Essaie de ne pas trop t'agiter.

— Je ferai de mon mieux.

— À trois. Un... deux... trois !

Alors, tout alla très vite. Darius coupa le bout de la flèche comme s'il s'était agi d'une brindille.

— Couvre la plaie ! lança-t-il à mon intention, et je pressai la compresse autour de la flèche qui sortait de la poitrine de Lucie, entre ses seins.

Darius passa derrière elle. Elle haletait, les yeux fermés ; de la sueur perlait sur son front.

— Encore une fois, à trois. Maintenant, tu pousses, Zoey !

J'avais envie de hurler : « Non, faisons-lui un bandage et transportons-la à l'hôpital ! », mais il comptait déjà :

— Un... deux... trois !

Je poussai de toutes mes forces tandis que Darius, s'appuyant d'une main sur l'épaule de Lucie, tirait d'un geste rapide. Il y eut un bruit répugnant.

Nous criâmes toutes les trois. Puis Lucie s'effondra dans mes bras.

— Ne retire pas la compresse, m'ordonna Darius avant de nettoyer la plaie dans son dos.

— Tout va bien. Tout va bien. Elle est sortie. C'est fini…, répétais-je en boucle.

Darius souleva délicatement mon amie et l'allongea sur le lit. Une peur à l'état brut m'envahit quand je regardai son visage.

Je n'avais jamais vu quelqu'un d'aussi pâle. Du moins, personne de vivant. De ses paupières fermées s'échappaient des larmes teintées de rouge qui formaient un contraste saisissant avec sa peau translucide. Seule sa poitrine qui s'abaissait et se soulevait par à-coups indiquait qu'elle était encore en vie.

— Lucie ? Est-ce que ça va ?

— Je suis… toujours… là, murmura-t-elle. Mais… c'est comme si… je flottais… au-dessus… de tout le monde.

— Elle ne saigne plus, annonça Aphrodite à voix basse.

— Elle n'a plus de sang, dit Darius en bandant la poitrine de sa patiente.

— La flèche n'avait pas touché le cœur, expliquai-je. Le but était de la faire saigner, pas de la tuer.

— Nous avons de la chance que le novice ait manqué sa cible.

Je me tus. Pourtant je savais ce que les autres ignoraient : Stark ne pouvait manquer sa cible. C'était le don qu'il avait reçu de Nyx et qui avait parfois des conséquences dramatiques. Or notre déesse ne reprenait jamais ce qu'elle donnait, elle me l'avait dit elle-même. Alors, malgré ce qui lui était arrivé, s'il avait voulu tuer Lucie, il y serait parvenu. Cela signifiait-il qu'il restait en lui plus d'humanité qu'il n'y paraissait ? Après tout, il avait prononcé mon nom, il m'avait reconnue...

Je frissonnai au souvenir du courant qui était passé entre nous juste avant sa mort.

— Prêtresse, tu m'as entendu ?

Darius et Aphrodite me dévisageaient.

— Oh, désolée. Je me suis laissé distraire...

— Prêtresse, je disais que si Lucie ne reçoit pas de sang, cette blessure risque de lui être fatale. Et quand bien même, je ne peux pas vous assurer qu'elle guérira. Elle appartient à un nouveau type de vampires, je ne sais pas comment son corps va réagir.

J'inspirai profondément et pris mon courage à deux mains.

— Très bien. Lucie, nous n'allons pas attendre les Jumelles. Mords-moi.

Elle battit des paupières et réussit à esquisser un sourire.

— Du sang humain, Zoey !

— Elle a raison, dit le combattant. Le sang humain nous fait toujours plus d'effet que celui d'un novice, ou même d'un vampire.

— Bon, dans ce cas, je vais me dépêcher d'aller chercher les Jumelles.

— Du sang frais serait plus efficace que du sang réfrigéré, fit remarquer Darius.

Il n'avait pas regardé Aphrodite, mais elle comprit le message.

— Non mais, je rêve ! Je suis censée la laisser me mordre ? Encore ?

Je ne savais pas quoi répondre. Par chance, Darius vint à ma rescousse.

— Demande-toi ce que la déesse aimerait que tu fasses.

— Eh, merde ! lâcha Aphrodite. Ça craint trop d'être du côté des gentils.

Elle soupira, se leva et roula la manche de sa robe. Puis elle tendit son poignet à Lucie.

— D'accord. Vas-y, mords. Mais je te signale que tu me seras encore une fois redevable ! Je me demande pourquoi c'est toujours moi qui dois te sauver la vie. Après tout, je ne...

Il se produisit alors quelque chose de franchement déconcertant. Lucie attrapa le bras d'Aphrodite, et son expression changea du tout au tout. Ma meilleure amie, douce et docile, se transforma en une inconnue féroce aux yeux rouges et luisants, qui planta les dents dans le poignet d'Aphrodite avec un rugissement terrifiant.

Aphrodite poussa un cri de surprise, qui devint un gémissement troublant alors que mon amie buvait goulûment, comme un prédateur.

OK, je l'avoue, c'était dégoûtant, et en même temps très sensuel.

Les vampires et les novices sont ainsi faits. Quand ils mordent quelqu'un, ils donnent et ressentent un plaisir intense. La légende selon laquelle ils doivent égorger leurs victimes est ridicule – ou alors, il faut qu'ils aient été provoqués et, même dans ce cas, l'humain aimerait sans doute ça.

Enfin, nous sommes ce que nous sommes. Et, à en juger par la réaction de Lucie et d'Aphrodite, il ne faisait aucun doute que les vampires rouges savaient eux aussi s'y prendre.

Aphrodite s'était appuyée de façon suggestive contre Darius. Il la prit dans ses bras, se pencha vers elle et l'embrassa.

Il y avait tant d'électricité dans leur baiser que je vis presque les étincelles. Aphrodite passa son bras libre autour de ses épaules avec une passion qui montrait bien la confiance qu'elle avait en lui. Je me sentais coupable de les regarder, même si une beauté indéniable se dégageait de leur étreinte.

— Houlà. C'est gênant…

— Extrêmement gênant. On se serait bien passés de voir ça.

Je me retournai : les Jumelles étaient plantées devant la porte. Erin tenait plusieurs pochettes de sang, Shaunee une bouteille de vin rouge et un grand verre.

Duchesse entra à son tour, suivie de Jack et de Damien.

Ce dernier, un sac en papier à la main, observait Lucie, Aphrodite et Darius comme s'il s'agissait de cobayes dans une expérience scientifique.

Darius interrompit le baiser et serra Aphrodite contre sa poitrine.

— Prêtresse, elle va se sentir humiliée, me dit-il d'une voix basse, pressante.

Je ne cherchai pas à savoir à qui il faisait référence. Je me précipitai vers les Jumelles et pris une poche de sang des bras d'Erin.

— Je m'en occupe !

Détournant leur attention de la scène qui se déroulait sur le lit, je déchirai la poche avec les dents, comme si c'était un sachet de bonbons, et laissai couler une bonne dose de son contenu dans ma bouche.

— Donne-moi le verre, demandai-je à Shaunee, qui s'exécuta sans dissimuler son écœurement.

Je me léchai les lèvres avec ostentation avant de vider la poche dans le verre et la jeter à la poubelle.

— Maintenant, le vin.

Je remplis le verre à ras bord.

Sans perdre de temps, j'attrapai le bras d'Aphrodite et le détachai de la bouche de Lucie. Je me plaçai devant elle, dissimulant son corps presque nu à la vue de mes amis abasourdis.

Lucie me foudroya du regard. Ses lèvres retroussées révélaient des dents acérées, maculées de sang. Malgré son apparence monstrueuse, choquante, je réussis à dire d'une voix calme :

— OK, ça suffit ! Essaie ça, plutôt.

Elle gronda.

Bizarrement, Aphrodite émit un son similaire. Qu'est-ce qui lui prenait ? Je ne la regardai pas, voulant rester concentrée sur ma meilleure amie – qui se comportait à ce moment précis comme un animal sauvage.

— J'ai dit, ça suffit ! lançai-je d'un ton brusque, mais assez bas, pour que personne d'autre ne puisse m'entendre. Reprends-toi, Lucie. Bois ça tout de suite.

Je lui fourrai le mélange de vin et de sang entre les mains.

Un changement s'opéra alors sur son visage. Elle battit des paupières, le regard dans le vague. Je l'aidai à porter le verre à ses lèvres. Dès que l'odeur du breuvage lui parvint, elle le but à grandes goulées. J'en profitai pour jeter un coup d'œil à Aphrodite. Toujours lovée dans les bras de Darius, elle regardait Lucie avec de grands yeux hébétés.

Un malaise s'empara de moi, pressentiment qui devait s'avérer exact. Je m'adressai à Damien.

— Lucie a besoin d'une chemise. Peux-tu lui en trouver une ?

— Le panier à linge, dit Lucie entre deux gorgées. Il y a des chemises propres dedans.

Elle semblait redevenir elle-même. D'une main tremblante, elle désigna un coin de la pièce. Damien s'y précipita.

— Montre-moi ton poignet, demanda Darius à Aphrodite.

Sans un mot, elle tourna le dos aux Jumelles et à Jack, qui la dévisageaient toujours, et elle lui tendit son bras. Je fus donc la seule à voir la suite. Il porta le poignet à sa bouche et, sans détacher son regard du sien, il passa la langue sur les marques de morsure sanglantes. Aphrodite en eut le souffle coupé, et elle frémit. Le sang se mit aussitôt à coaguler. Soudain, Darius écarquilla les yeux, stupéfait.

— Oh non, fit Aphrodite. C'est ça, n'est-ce pas ?

— Oui, c'est ça, répondit-il tout doucement.

— Non ! répéta Aphrodite, bouleversée.

Darius lui embrassa délicatement le poignet, une lueur amusée dans les yeux.

— Ne t'en fais pas ; cela ne nous affectera pas.

— Promis ? murmura-t-elle.

— Je te donne ma parole. Tu as bien agi, ma beauté. Ton sang lui a sauvé la vie.

Aphrodite secoua légèrement la tête ; elle semblait partagée entre un franc étonnement et le sarcasme.

— Je me demande pourquoi je suis toujours obligée de sauver les fesses de cette péquenaude de Lucie ! Ce doit être ma punition pour toutes les saloperies que j'ai faites dans le passé.

Elle se racla la gorge et passa la main sur son front.

— Tu veux boire quelque chose ? proposai-je.

J'aurais été curieuse de savoir de quoi ils parlaient, mais je ne pouvais pas leur poser la question, puisque, manifestement, ils ne tenaient pas à ce que tout le monde soit au courant.

— Oui, elle veut, répondit Lucie.

— Voilà une chemise, dit Damien en détournant les yeux du corps dénudé de mon amie.

Je lui pris la chemise des mains et la lançai à Lucie. Puis je jetai un coup d'œil aux Jumelles. Les quelques gorgées de sang que j'avais avalées commençaient à me faire de l'effet. La fatigue qui m'accablait à notre arrivée dans les souterrains s'atténua suffisamment pour que je puisse réfléchir.

— OK, les filles, passez-moi le vin. Vous avez un autre verre pour Aphrodite ?

— Je le prendrai nature, précisa Aphrodite. C'est trop répugnant, ce sang !

— On n'a apporté qu'un verre, dit Erin. Il faudra que tu boives au goulot, comme une paysanne.

— Désolée, ajouta Shaunee d'un air hypocrite en lui tendant la bouteille. Tiens, en tant qu'humaine, peux-tu nous expliquer ce que ça fait, de se faire sucer le sang par un vampire ?

— Oui, ça nous intrigue, d'autant plus que tu semblais aimer ça. Nous ne savions pas que tu penchais de ce côté-là.

— Hé, mesdemoiselles Un-Cerveau-pour-Deux ! Vous n'aviez qu'à mieux suivre le cours de sociologie des vampires ! répliqua Aphrodite avant de boire une gorgée à même la bouteille.

— En ce qui me concerne, j'ai lu la partie « physiologie » du *Manuel du novice*, intervint Damien. La salive de vampire contient des coagulants, des anticoagulants, et des endorphines, qui agissent sur les zones de plaisir du cerveau, humain comme vampire. Aphrodite a raison, vous devriez étudier un minimum ! conclut-il d'un ton guindé, alors que Jack hochait la tête avec enthousiasme.

— Tu sais quoi, Jumelle ? dit Shaunee. Avec tout ce qui se passe là-haut et la panique qui règne à la Maison de la Nuit, il risque de ne pas y avoir de cours pendant un bon moment.

— Exact, Jumelle. Ce qui signifie que nous n'aurons pas besoin des conseils de notre puits de science pendant un bon moment.

— Tant mieux, il commence à m'agacer grave !

— Génial ! s'écria Aphrodite. Je bois du vin bon marché au goulot, Mlle Country vient de me mordre pour la deuxième fois, et maintenant je suis obligée d'assister à une dispute de ringards. J'ai touché le fond !

Visiblement repassée en mode garce, elle poussa un soupir dramatique et se laissa tomber sur le lit à côté de Darius.

— Au moins, je vais sans doute réussir à me soûler, maintenant que je suis humaine. Ça va me dégoûter de la boisson pour les dix années à venir.

— Pas avec mon stock de vin.

Nous levâmes tous les yeux. Une novice rouge venait d'entrer dans la pièce, suivie de plusieurs autres, qui se regroupèrent derrière elle, dans l'ombre.

— Ce n'est pas de la piquette ! Je ne fais jamais dans le bon marché.

Tout le monde fixa la novice rouge, sauf moi, qui n'avais pas quitté Aphrodite des yeux. Je ne manquai donc pas de noter la gêne et le malaise qui apparurent sur son visage, avant qu'elle ne se reprenne.

— Hé, troupeau de ringards, lança-t-elle, je vous présente Vénus, mon ancienne camarade de chambre. Les Jumelles débiles et Damien, vous vous rappelez sans doute qu'elle est morte il y a environ six mois ?

Je me tournai vers l'entrée.

— Eh bien, la rumeur de ma mort a été un peu prématurée, dit la jolie blonde d'une voix suave.

Soudain, elle se figea et se mit à humer l'air. Littéralement. Elle leva le menton et renifla à plusieurs reprises, tendant le cou vers Aphrodite. Les autres novices rouges l'imitèrent. Vénus écarquilla les yeux.

— Voyons, voyons, voyons…. Comme c'est intéressant !

— Vénus, ne…, commença Lucie.

— Non, l'interrompit Aphrodite. Ça n'a pas d'importance. Autant qu'ils sachent.

La blonde ricana :

— Comme c'est intéressant ! Lucie et Aphrodite ont imprimé.

CHAPITRE QUATRE

Je dus serrer les dents pour ne pas pousser un cri. Les Jumelles, elles, ne s'en privèrent pas.
— Quoi ? s'exclama Jack. Imprimé ? C'est vrai ?
Aphrodite haussa les épaules :
— Apparemment.
Elle paraissait nonchalante, mais il ne m'échappa pas qu'elle évitait de regarder dans la direction de Lucie.
— Alors ça, c'est la meilleure ! lâcha Shaunee.
— Comme tu dis, Jumelle, acquiesça Erin.
Elles éclatèrent d'un rire hystérique.
— Je trouve ça intéressant, en effet, intervint Damien d'une voix forte pour se faire entendre par-dessus les gloussements des Jumelles.
— Moi aussi, fit Jack, dans le genre bizarre et troublant.
— Il semblerait qu'Aphrodite ait enfin été rattrapée par son karma, commenta Vénus avec un sourire reptilien.
— Vénus, Aphrodite vient de me sauver la vie, déclara Lucie. Pour la deuxième fois. Alors, sois un peu plus sympa avec elle.
Aphrodite se tourna enfin vers Lucie :
— Ne commence pas.
— Ne commence pas quoi ?

— À me défendre ! On a imprimé, c'est déjà assez pénible comme ça. Ne crois pas en plus que je vais devenir ta meilleure amie !

— Ton attitude désagréable ne va pas l'empêcher, tu sais.

— Écoute, je vais juste me comporter comme si ça n'était jamais arrivé, dit Aphrodite en lançant un regard assassin aux Jumelles, prises de fou rire. Vous deux, je vais vous étouffer dans votre sommeil si vous n'arrêtez pas de vous moquer de moi.

Bien sûr, elles s'esclaffèrent de plus belle. Aphrodite les ignora.

— Donc, je reprends ce que je disais avant d'être grossièrement interrompue : Vénus la chieuse, je te présente Zoey, la super novice dont je suis sûre que tu as entendu parler, Darius, le Fils d'Érebus autour duquel tu n'as pas intérêt à tourner, et Jack. Avec lui non plus, il ne va pas se passer grand-chose, puisqu'il est gay. Sa moitié, c'est Damien, le type qui m'observe comme si j'étais une découverte scientifique. Tu as sans doute compris que les Jumelles, c'est les deux petites malignes là-bas.

Sentant le regard de Vénus sur moi, je pivotai vers elle. Elle me fixait avec une intensité qui me mit aussitôt sur la défensive. Je ne la sentais vraiment pas, sans savoir si c'était parce qu'elle se conduisait comme une garce, parce qu'elle avait traîné dans les couloirs avec Erik, ou parce que je me méfiais des novices rouges en règle générale.

— Zoey et moi nous sommes déjà rencontrées, mais ce n'était pas officiel. La dernière fois que je l'ai vue, elle essayait de nous tuer.

La main sur la hanche, je soutins son regard méchant.

— Puisqu'on est parties à se rappeler de bons souvenirs, je vais te rafraîchir la mémoire. Je n'essayais de tuer personne. J'essayais de sauver un garçon humain que *vous* vouliez dévorer. En ce qui me concerne, je préfère les pancakes au chocolat aux joueurs de foot pour mon goûter.

— La fille que tu as attaquée n'en est pas moins morte, rétorqua-t-elle.

Les novices rouges s'agitèrent derrière elle.

— Zoey ? Tu as tué quelqu'un ? demanda Jack.

J'allais répondre, mais Vénus me devança :

— En effet. Elizabeth Sans-Nom-de-Famille.

— Je n'avais pas le choix. Nous ne serions pas sortis vivants d'ici.

Je me tournai de nouveau vers Vénus. Elle était d'une beauté glacée. Sexy et soignée, elle portait un jean de marque et un débardeur noir, court et ajusté, décoré d'un crâne en faux diamants. Elle avait des cheveux longs, épais, d'un blond doré. En d'autres termes, elle n'avait rien à envier à Aphrodite, ce qui n'est pas peu dire, car Aphrodite est absolument sublime. Et, comme Aphrodite autrefois, Vénus était une peste cruelle, et l'avait sans doute été avant sa mort et sa résurrection.

— Je vous avais demandé de nous laisser partir, poursuivis-je. Vous n'avez rien voulu entendre. Alors, j'ai fait ce qu'il fallait pour protéger une personne à laquelle je tenais – et sachez que j'en ferais autant aujourd'hui.

Je réprimai l'envie d'appeler le Feu et l'Air pour donner plus de poids à ma menace.

— Écoutez, on va tous devoir apprendre à s'entendre, intervint Lucie d'une voix fatiguée. Je vous rappelle que le monde extérieur est plein de dangers.

Elle se redressa, ajusta sa chemise et s'appuya sur les oreillers que Darius avait entassés derrière elle.

— Alors, faisons en sorte que cela fonctionne, conclut-elle.

J'entendis quelques novices rouges marmonner leur approbation.

— Je pense que c'est une bonne idée, dis-je.

Même si mon alarme interne me soufflait toujours de me méfier d'eux, je souris à Lucie, et ses joues se creusèrent de deux fossettes. De toute évidence, elle croyait sincèrement que nous pourrions trouver un moyen de cohabiter. Je pensai que mon intuition débloquait peut-être à cause de cette garce de Vénus, et non parce qu'ils étaient mauvais.

— Bien. Pourrais-je avoir un peu plus de vin et de sang ? demanda Lucie en tendant son verre aux Jumelles qui, avec un soulagement visible, se hâtèrent de la servir, profitant de l'occasion pour s'éloigner des novices rouges.

Damien et Jack, accompagnés de Duchesse, se rapprochèrent de moi, eux aussi.

— Merci, dit Lucie quand Erin prit son verre. Et il y a des ciseaux dans ce tiroir, alors inutile d'ouvrir la poche avec tes dents, ajouta-t-elle en me jetant un coup d'œil moqueur.

Puis elle s'adressa à ses copains :

— Nous avons déjà parlé de ça. Vous allez être gentils avec Zoey et nos autres invités !

À cet instant, Erik revint dans la pièce. Je me tendis lorsqu'il se fraya un passage entre nos hôtes : si quelqu'un (Vénus) essayait de le mordre, j'allais lui botter les fesses. Point final.

— Alors, quelles sont les nouvelles du dehors ? demanda Darius.

Erik secoua la tête.

— Je n'arrive pas à capter quoi que ce soit. Pourtant, je suis monté dans le hall. Rien, que des parasites. Mon portable ne fonctionne pas non plus. Par contre, j'ai entendu le tonnerre, et j'ai vu de gros éclairs. Il pleut toujours, et comme il fait de plus en plus froid, il va probablement geler. En plus, le vent a forci. Je ne sais pas si c'est naturel, ou si c'est l'œuvre de Kalona et de ses oiseaux. Dans tous les cas, c'est sans doute ce qui a perturbé les réseaux de communication. Tu as l'air d'aller mieux, remarqua-t-il en regardant Lucie.

— Aphrodite l'a sauvée, expliqua Shaunee avant de glousser. Elle lui a offert son sang.

— Oui, et maintenant elles ont imprimé, ricana Erin.

— Waouh. C'est une blague, pas vrai ?

— Non, elles ne plaisantent pas, répondit Vénus d'une voix charmeuse.

— Ah. Euh... c'est intéressant, fit Erik.

Je vis ses lèvres tressaillir alors qu'il dévisageait Aphrodite. Elle le snoba royalement et reprit une gorgée de vin. Erik simula une quinte de toux pour ne pas rire ; puis, posant les yeux sur Vénus, il lui fit un signe de tête, de son air habituel de garçon aimable et populaire.

— Rebonjour, Vénus.

— Erik, dit-elle avec un sourire prédateur qui me donna des envies de meurtre.

— C'est une bonne idée, de faire les présentations, Aphrodite, déclara Lucie. Et non, je ne dis pas ça parce que nous avons imprimé.

— J'aimerais vraiment que vous arrêtiez de parler de ça, marmonna Aphrodite.

Lucie poursuivit comme si elle ne l'avait pas entendue.

— Le savoir-vivre, c'est important. Vous connaissez déjà Vénus, alors je vais continuer avec Elliott.

Un rouquin s'avança d'un pas. Mourir et ressusciter ne l'avaient pas arrangé. Il était toujours aussi grassouillet, pâle, et la masse de ses cheveux frisés était toujours mal coiffée, pleine d'épis.

— C'est moi, fit-il.

Tout le monde le salua.

— Ensuite, Montoya.

Un garçon petit, hispano-américain, avec un baggy et plusieurs piercings, hocha la tête, faisant valser son épaisse chevelure noire.

— Salut, dit-il avec un léger accent et un sourire chaleureux.

— Et voici Shannon Compton, continua Lucie, en prononçant le nom et le prénom d'une seule traite, « Shannoncompton ».

— Shannoncompton ? répéta Damien. Hé, ce n'est pas toi qui jouais le premier rôle dans *Les Monologues du vagin*, la pièce de théâtre de l'année dernière ?

Le joli visage de la fille s'illumina.

— Si, c'était moi.

— J'adore cette pièce, s'écria-t-il. Elle brise tellement de tabous ! C'est juste après la représentation que tu es… euh…

Il ne termina pas sa phrase et se tortilla, mal à l'aise.

— Que je suis morte ? lui souffla obligeamment Shannon.

— Oui, c'est ça.

— Oh, mince, dit Jack. C'est trop triste…

— Elle n'est plus morte, maintenant, bande d'idiots, soupira Aphrodite, apparemment éméchée.

Lucie lui fit les gros yeux avant de reprendre :

— Et voici Sophie.

— Salut, fit une grande brune avec un sourire gentil, timide.

Je me sentais mieux maintenant que je voyais les novices comme des individus qui, par-dessus le marché, n'essayaient pas de nous manger. Du moins pas encore...

— Lui, c'est Dallas, dit Lucie en désignant un garçon qui se tenait derrière Vénus.

Il contourna celle-ci d'un pas traînant et marmonna ce qui ressemblait à un salut. Il serait passé inaperçu sans la vive intelligence de son regard et le sourire séducteur qu'il adressa à Lucie. « Hum, pensai-je, il se passe peut-être quelque chose... »

— Figurez-vous que Dallas est né à Houston.

Il haussa les épaules.

— Oui, c'est une histoire assez gênante que mon père aime bien raconter. Il paraîtrait que mes parents m'ont conçu à Dallas. Je n'ai jamais demandé de détails.

Certains novices rouges ont éclaté de rire, et la tension a commencé à se dissiper.

— Voici Anthony, que tout le monde appelle Ant.

Ce dernier nous salua gauchement. On n'avait pas de mal à deviner d'où lui venait son surnom*. Il était tout petit ; on lui aurait donné à peine douze ans.

— Juste à côté, c'est Johnny B.

Le contraste n'aurait pas pu être plus saisissant. Johnny B. était grand et costaud. Son corps athlétique et son maintien plein d'assurance me rappelaient Heath.

— Hé, fit-il en souriant de toutes ses dents et en jetant un coup d'œil intéressé aux Jumelles, qui haussèrent les sourcils et le jaugèrent à leur tour.

---

* En anglais, *ant* signifie fourmi.

— Ensuite, Gerarty, reprit Lucie en désignant une blonde – encore une ! –, sauf que celle-ci ne ressemblait pas à une Barbie.

Elle était jolie, mais ses cheveux hirsutes, coupés à la mode des années 70, tiraient plus sur le blond fade que sur le platine.

— C'est l'artiste la plus talentueuse que j'aie jamais connue, déclara Lucie. Elle a commencé à décorer certaines parties des souterrains. Ce sera super cool quand elle aura terminé.

Elle se tut un instant avant d'ajouter :

— Et enfin, Kramisha.

Une fille noire se dégagea du groupe. Il fallait vraiment que j'aie été distraite par Vénus, Aphrodite et Lucie pour ne pas l'avoir remarquée plus tôt. Elle portait un tee-shirt ajusté jaune vif, tellement décolleté qu'on voyait le haut de son soutien-gorge en dentelle noire, et un pantacourt en jean moulant, retenu par une large ceinture en cuir assortie à ses grosses chaussures dorées. La moitié de ses cheveux, ramenés sur le dessus de son crâne, étaient teints en orange.

— Je tiens à vous prévenir que je ne partage mon lit avec personne, lança-t-elle d'un air à la fois ennuyé et agacé.

— Kramisha, je te l'ai dit cent fois, ne crée pas de problème là où il n'y en a pas ! s'impatienta Lucie.

— Je veux juste que les choses soient claires.

— Eh bien, c'est fait, dit Lucie avant de poser les yeux sur moi. Voilà, c'est mon groupe.

— Ils sont au complet ? demanda Darius.

Lucie se mordilla l'intérieur de la joue et fuit son regard.

— Oui, ils sont tous là.

« Oh, oh, je connais cette expression, songeai-je. Elle ment ! » Elle me supplia du regard de ne rien dire, alors je décidai de me taire et d'attendre que nous soyons en tête à tête pour l'interroger.

Sa dérobade réveilla toutefois la sonnette d'alarme dans mon esprit.

Je me raclai la gorge.

— Bon, à nous ! commençai-je. Je suis Zoey Redbird.

Je m'efforçai de m'exprimer normalement, même si la situation était tout sauf normale.

— Je vous ai parlé de Zoey, me coupa Lucie. Elle a une affinité avec les cinq éléments, et c'est grâce à ses pouvoirs que j'ai pu me transformer et que nous avons retrouvé notre humanité.

Elle s'adressait en particulier à Vénus.

— En fait, mes amis m'ont beaucoup aidée, précisai-je avant de poursuivre. Vous connaissez tous Aphrodite. Elle est humaine désormais, sans être ordinaire pour autant.

Aphrodite grogna, mais ne fit aucun commentaire.

— Voici Erin et Shaunee, dites les Jumelles. Erin possède une affinité avec l'Eau, Shaunee avec le Feu.

Elles saluèrent tout le monde.

— Damien et Jack sont en couple. Damien a une affinité avec l'Air, Jack est notre génie de l'audiovisuel.

— Salut ! lança Damien.

— Coucou, fit Jack en brandissant le sac qu'il tenait à la main. J'ai fait des sandwichs. Qui a faim ?

— Quelqu'un pourrait-il m'expliquer ce que ce chien fait là ? demanda Vénus, ignorant son geste amical.

— Il est là parce qu'il est à moi, répondit Jack.

Il se pencha et caressa les oreilles soyeuses de Duchesse.

— Oui, Duchesse reste avec Jack, confirmai-je en jetant un regard mauvais à Vénus, que j'aurais volontiers étranglée avec la laisse de la chienne. Et voici Erik Night.

— Je me souviens de toi, on était dans le même cours de théâtre, dit Shannoncompton en rougissant. Tu es très célèbre.

Erik lui sourit.

— Bonjour, Shannon. Content de te revoir.

— Moi aussi, je me souviens de toi, dit Vénus. Tu sortais avec Aphrodite.

— C'est de l'histoire ancienne, déclara Aphrodite avec un regard appuyé à Darius.

— C'est ce que je vois... Tu n'es plus un novice, Erik, continua Vénus d'une voix sucrée, beaucoup trop intéressée, à mon goût. Quand t'es-tu transformé ?

— Il y a à peine quelques jours. Je partais pour l'académie de théâtre européenne lorsque Shekinah m'a demandé de remplacer temporairement le professeur Nolan à la Maison de la Nuit.

— Waouh, je savais que cette grande prêtresse m'était familière ! s'exclama Shannoncompton. C'était donc Shekinah ! Je l'ai aperçue juste avant qu'elle ne s'approche de ce type ailé et que...

Elle se tut et se mit à se ronger les ongles.

— Et que Neferet la tue, terminai-je sans tourner autour du pot.

— Tu en es certaine ? demanda Darius.

— Oui. Je pense qu'elle l'a fait par la force de son esprit.

— La reine Tsi Sgili..., murmura Damien. Alors, c'est vrai.

— Et voici notre représentant des Fils d'Érebus, Darius, terminai-je.

— J'ai besoin qu'on m'explique tout ce qui s'est passé jusque-là, dit le combattant. Si je dois vous protéger, il me faut des informations.

— D'accord, fis-je, soulagée au-delà des mots qu'un Fils d'Érebus expérimenté soit avec nous.

— On pourrait parler tout en mangeant, proposa Jack. Ça resserre les liens, de partager un repas.

— Sauf si c'est toi, le repas, marmonna Aphrodite.

— Jack a raison, trancha Lucie. Allez chercher les caisses d'œufs stockées dans la cuisine, des sachets de chips, etc.

— Le « etc. » étant du sang ? demanda Vénus.

— Oui, répondit mon amie sans s'attarder sur le sujet.

— Bien, dit Vénus, j'y vais.

— Hé, pendant que tu y es, apporte-moi une bouteille de vin, lança Aphrodite.

— Je ne fais pas dans la charité ! Il faudra que tu la rembourses.

— Je sais. Je paie toujours mes dettes.

— Oui, c'était le cas autrefois, mais comme tu n'es plus la même…

— Sans blague ? Tu viens juste de réaliser que j'étais humaine ?

— Je ne parlais pas de ça, fit Vénus. Remplace ce que tu bois, c'est tout.

Sur ce, elle quitta la pièce.

— Eh ben, je croyais que vous étiez copines…, lâcha Lucie.

Aphrodite fit mine de ne pas l'entendre. J'aurais bien voulu la secouer en hurlant : « Ce n'est pas en refusant de lui parler ou de la regarder que tu vas briser ton Empreinte avec elle ! »

— Elles l'étaient, intervint Erik, rompant le silence.

— Eh oui, que voulez-vous ! soupira Aphrodite. Les choses changent.

— Les gens aussi, enchaînai-je.

Aphrodite croisa mon regard et m'adressa un sourire triste.

— C'est malheureusement vrai.

CHAPITRE CINQ

— Alors, comme sandwichs, nous avons beurre de cacahouète - confiture, sauce tomate - fromage fondu, annonça Jack, et ma spécialité : mayonnaise - beurre de cacahouète - laitue sur pain complet.

— Beurk ! fit Shaunee.

— Ça va pas, la tête ? renchérit Erin.

— Le petit Blanc ne tourne pas rond, déclara Kramisha en prenant un sandwich sauce tomate - fromage.

Elle s'assit sur une caisse à côté des Jumelles.

Jack parut vexé.

— Moi, je les trouve bons, et je vous signale qu'il faut goûter avant de critiquer.

— Je veux bien essayer, dit gentiment Shannon Compton.

— Merci, fit-il.

Il y eut des froissements de papiers alors que, entassés dans la chambre de Lucie, nous nous faisions passer sandwichs et paquets de chips.

Je m'installai sur le lit avec Aphrodite et Darius. Mon amie semblait aller de mieux en mieux. Nous mangions en discutant ; on aurait pu croire que nous nous trouvions dans une annexe un peu miteuse de la Maison de la Nuit, et non dans un tunnel sous la ville, notre vie risquant de basculer à tout jamais. Pendant ce bref moment, nous n'étions qu'un groupe d'adolescents qui passaient du temps ensemble.

— Dites-moi ce que vous savez de la créature qui est sortie de la terre et des oiseaux qui l'accompagnent, demanda Darius.

L'impression de normalité s'écroula aussitôt comme un château de cartes.

— Malheureusement, pas grand-chose, et ce que nous savons vient de ma grand-mère, répondis-je, la gorge serrée. Elle est dans le coma et ne peut pas nous aider pour l'instant.

— Oh, Zoey ! s'écria Lucie en me touchant le bras. Je suis désolée ! Que s'est-il passé ?

— La version officielle, c'est qu'elle a eu un accident de voiture. La vérité, c'est qu'il a été provoqué par les Corbeaux Moqueurs, qui voulaient la faire taire. Ce sont les enfants de l'homme ailé, nés des viols qu'il a commis sur les femmes du peuple de ma grand-mère, il y a plus de mille ans. Lorsque Kalona est revenu, ils ont retrouvé leur corps.

— Et ces créatures existent dans les légendes cherokees ? C'est comme ça que tu es au courant ?

— En fait, on le sait parce qu'il y a quelques jours Aphrodite a eu une vision, sous la forme d'une prophétie annonçant le retour de Kalona. Comme elle l'avait recopiée avec l'écriture de ma grand-mère, nous l'avons appelée. Elle a reconnu les références à la légende de Kalona et elle est venue à la Maison de la Nuit pour nous aider. Voilà pourquoi les Corbeaux Moqueurs l'ont attaquée.

— J'aurais aimé jeter un coup d'œil sur cette prophétie, fit Damien.

— Je la connais par cœur, dit Aphrodite.

Elle but une longue gorgée de vin, hoqueta, puis récita :

L'Ancien endormi, attendant son réveil
Lorsque la terre versera son sang sacré
Alors il sera temps ; la reine Tsi Sgili y veille
Il quittera le lit qui le tient prisonnier

Par la main des morts il sera libéré
Beauté terrible, vision monstrueuse
À nouveau ils seront dominés
Les femmes s'agenouilleront devant sa puissance ténébreuse

La chanson de Kalona au cœur va droit
Car nous tuons de sang-froid

— Waouh ! s'écria Jack en tapant dans ses mains. Jolie prestation !

Aphrodite inclina la tête d'un air royal.

— Merci… Ce n'était rien, vraiment.

Puis elle se remit à boire. J'allais devoir la surveiller. La dernière chose dont nous avions besoin, c'était d'une ivrogne aux visions…

Darius hocha la tête, pensif.

— Kalona est l'Ancien, mais cela n'explique pas quel type de créature il est.

— D'après Grand-mère, c'est un ange déchu, un être immortel qui vivait autrefois sur terre. Il est mentionné dans de nombreuses cultures, ainsi que dans la mythologie grecque, ou encore dans l'Ancien Testament.

— Oui, il en avait marre du paradis, alors il est parti en vacances ici-bas, a trouvé les femmes sexy et s'est accouplé avec elles, ajouta Aphrodite, dont l'élocution était de moins en moins distincte. S'accoupler est un terme élégant pour dire...

— Merci, Aphrodite, la coupai-je. Je vais prendre le relais.

J'étais contente qu'elle ait arrêté de bouder, mais je doutais que ses sarcasmes alcoolisés vaillent beaucoup mieux. Sans un mot, Damien me tendit un sandwich que je fis passer à Aphrodite.

— Mange quelque chose.

Puis je repris mon récit, leur racontant l'histoire de Kalona piégé par les Femmes Sages dans les souterrains grâce à A-ya.

— C'est pour ça que tu nous as amenés ici..., lâcha Darius.

J'acquiesçai.

— Alors, nous devons considérer Kalona comme un immortel très dangereux, et les Corbeaux Moqueurs comme ses serviteurs dévoués, résuma-t-il. Qui est la reine Tsi Sgili ?

— D'après Grand-mère, les Tsi Sgili sont des sorcières cherokees particulièrement cruelles. Aussi maléfiques que des démons, mais mortelles et connues pour leurs pouvoirs psychiques, surtout pour la capacité de tuer avec leur esprit. Neferet est la reine dont parle la prophétie.

— Mais Neferet prétend que Kalona était Érebus, son consort, revenu sur terre et qu'elle était devenue l'incarnation de Nyx, objecta Darius.

— Elle ment. Elle s'est détournée de la déesse. Je le savais déjà, mais je ne pouvais pas m'opposer à elle ouvertement. Regardez ce qui s'est passé ce soir. Tout le monde a vu ce qu'elle avait fait à Lucie et aux novices rouges, et personne n'a rien fait, à l'exception de Shekinah. Ils n'ont pas bougé lorsqu'elle a ordonné à Stark de tirer !

— Voilà pourquoi elle a fait transférer Stark de la Maison de la Nuit de Chicago ! s'écria Damien, ce qui lui valut des regards perplexes. James Stark est le novice qui a remporté la médaille d'or en tir à l'arc aux jeux d'Été. Neferet avait besoin de lui pour blesser Lucie.

— Ça se tient, commenta Aphrodite. Neferet a orchestré la résurrection de Stark, et son plan a fonctionné à merveille ; maintenant, il est sous sa coupe.

Apparemment enchantée par sa déduction, elle but une longue gorgée de vin.

— Il faut croire que j'ai de la chance qu'il ne soit plus aussi bon qu'avant…, lâcha Lucie.

— Ce n'est pas ça, déclarai-je. Il a fait exprès de ne pas te tuer.

— Comment ça ?

— Avant de mourir, il m'a parlé du don qu'il avait reçu de Nyx. Il ne manque jamais sa cible ; il en est incapable. Il réussit à tous les coups.

— Si c'est vrai, cela doit signifier qu'il n'est pas complètement soumis à Neferet, remarqua Damien.

— Il a prononcé ton nom, intervint Erik en me transperçant du regard. Avant de tirer sur Lucie, il t'a reconnue. Il a même dit qu'il t'était revenu.

— J'étais avec lui quand il est mort, me justifiai-je, et je lui ai appris que dans notre Maison de la Nuit certains novices revenaient à la vie. Il parlait de ça.

— En tout cas, il y a eu un échange entre toi et lui, et c'est sans doute ce qui a sauvé Lucie, conclut Darius.

— Pourtant, il n'était pas lui-même…

— Il était sous l'influence de Neferet, même s'il essayait de lui résister.

— Oui, acquiesça Jack, comme si elle lui avait jeté un sort, ou un truc comme ça.

— D'ailleurs, tout le monde était fasciné quand Kalona est apparu, dit Damien.

Vénus eut un petit rire méprisant, assez similaire à celui d'Aphrodite dans ses pires moments.

— Parle pour toi ! Nous, on a su que c'était un sale type à la seconde où on l'a vu.

— Comment vous vous en êtes doutés ? demandai-je. Tous les autres novices – enfin, à part nous – sont tombés à genoux ! Même les Fils d'Érebus n'ont rien tenté contre lui.

Je me gardai bien d'avouer qu'il m'avait attirée, moi aussi.

Vénus haussa les épaules.

— C'était évident. D'accord, il est sexy, mais bon ! Il a jailli de la terre juste à l'endroit où Lucie avait saigné.

Je la fixai avec attention : si elle identifiait si facilement le mal, c'était peut-être qu'elle-même ne le connaissait que trop bien...

— Et puis, il a des ailes ! ajouta Kramisha. C'est trop louche. Ma mère m'a toujours dit de me méfier des garçons, même des plus beaux. Si vous voulez mon avis, un beau mec ailé qui déboule dans un bain de sang avec des oiseaux hideux, ça ne sent pas bon.

— Elle n'a pas tort, concéda Jack, oubliant qu'il était lui-même plutôt pas mal.

— Je dois reconnaître que si je ne m'étais pas trouvé au milieu du cercle, entouré de vous tous, avec Aphrodite qui nous criait de rester groupés et de ficher le camp, je serais peut-être tombé à genoux moi aussi, murmura Damien.

Un sentiment de malaise m'envahit.

— Et vous ? demandai-je aux Jumelles.

— Il était sexy, admit Shaunee.

— Extrêmement sexy, enchérit Erin. Il nous aurait eues, nous aussi. Si Aphrodite n'avait pas hurlé comme une folle, nous serions encore là-bas.

— Une fois de plus, j'ai sauvé le troupeau de ringards, bafouilla Aphrodite.

— Toi, mange ton sandwich, lui ordonnai-je avant de passer à Erik. Et toi ? Est-ce qu'il t'a donné envie de...

Je m'interrompis, ne sachant comment formuler ma question.

— De rester et de le vénérer ? Eh bien, j'ai ressenti sa puissance, oui. Mais n'oublie pas que je savais déjà que quelque chose clochait chez Neferet. Voyant qu'elle tenait à lui, j'en suis venu à la conclusion qu'il ne valait pas mieux.

Nous nous fixâmes pendant un long moment. Erik avait en effet assisté à une dispute entre Neferet et moi. Il avait compris que je l'avais trompé avec Loren Blake, le poète lauréat des vampires ; par la suite, je lui avais expliqué qu'elle avait demandé à ce dernier de me séduire pour m'isoler de mes amis.

— Donc, les novices rouges ne sont pas affectés par Kalona, contrairement aux autres, résuma Darius. Par ailleurs, il semblerait que, dans certaines circonstances, les novices normaux puissent contrôler l'effet qu'il a sur eux. Et, à en croire ce que décrit Erik, ainsi que ma propre réaction, il se pourrait que les vampires soient moins sensibles à son charme que les novices.

Il se tut et regarda Jack.

— Qu'est-ce qu'il en est de toi ?

Jack secoua la tête.

— Je ne l'ai pas beaucoup regardé. Je me faisais du souci pour Lucie, et puis je pensais surtout à rester avec Damien. En plus, Duchesse était bouleversée à cause de S-T-A-R-K, épela-t-il en caressant la chienne. Je devais m'occuper d'elle.

— Et toi, pourquoi ne t'a-t-il fait aucun effet ? m'adressai-je à Darius.

Ses yeux se posèrent brièvement sur Aphrodite, qui grignotait son sandwich.

— J'avais d'autres choses en tête, même si j'ai senti son magnétisme. Cependant, n'oubliez pas que je suis dans une position différente de celle de mes frères combattants. Aucun d'eux n'est aussi proche de votre groupe. Lorsqu'un Fils d'Érebus entreprend une mission de protection, comme je l'ai fait lorsque je vous ai escortées, Aphrodite et toi, un lien très fort se crée.

Il me sourit avec chaleur.

— Souvent, une grande prêtresse est protégée tout au long de sa vie par le même groupe de combattants. Ce n'est pas un hasard si nous portons le nom du consort loyal de la déesse, Érebus.

Je lui rendis son sourire, priant intérieurement pour qu'Aphrodite ne se conduise pas comme une idiote et ne lui brise pas le cœur.

— Que se passe-t-il là-haut, en ce moment, à votre avis ? demanda soudain Jack.

Tout le monde regarda le plafond voûté de la petite pièce, et je sus que je n'étais pas la seule à me réjouir de l'épaisseur de la terre entre nous et « là-haut ».

— Aucune idée, répondis-je, préférant la vérité à une absurdité du genre : « Je suis sûre que tout va bien. » Ce qui est sûr, c'est qu'un immortel a été libéré de sa prison terrestre. Qu'il a ramené avec lui des créatures démoniaques, et qu'à l'époque où il vivait sur terre il a violé les femmes et traité les hommes comme ses esclaves. Que notre grande prêtresse, et ce qui reste de notre Maison de la Nuit, sont passés du côté obscur.

Erik rompit le silence qu'avaient provoqué mes mots.

— Une référence à *La Guerre des étoiles*, ça fonctionne toujours.

Je lui lançai un regard amusé avant de continuer.

— Ce que nous ignorons, ce sont les dégâts que Kalona et les Corbeaux Moqueurs ont causés dans la communauté. D'après Erik, il y a un orage, accompagné de pluie et de grêle, mais son origine n'est peut-être pas surnaturelle. Nous sommes en Oklahoma, et le temps a tendance à être bizarre.

— Ooooo-klahoma ! s'écria Aphrodite. La patrie des tornades et des tempêtes de neige !

Je réprimai un soupir.

— Cependant, à la colonne « certitudes », on peut ajouter le fait que nous sommes en sécurité ici, et que nous avons tout ce qu'il faut pour survivre.

« Du moins, j'espère que c'est le cas », songeai-je.

Je tapotai le lit sur lequel j'étais assise, recouvert d'une jolie parure verte.

— Et, puisqu'on en parle, où avez-vous déniché tout ça ? Je ne veux pas être méchante, mais ce lit, ta table, les frigos et le reste représentent une sacrée amélioration par rapport aux chiffons sales et aux autres horreurs que j'ai vus ici il y a un mois.

— C'est en grande partie grâce à Aphrodite, répondit Lucie.

— Aphrodite ? répétai-je, incrédule.

— Eh oui ! Je suis devenue la patronne des bonnes âmes, déclara-t-elle avant de roter comme un ivrogne. Oups, *scusa*.

— Scusa ? répéta Jack.

— C'est de l'italien, imbécile. Élargis tes horizons.

— Euh... quel rapport entre Aphrodite et ce que vous avez là ? insistai-je avant que cette discussion ne vire à la dispute.

— Elle a acheté tout ça, répondit Lucie. D'ailleurs, c'était son idée.

— Je suis restée là pendant deux jours, lança l'ex-novice. Tu pensais que j'allais vivre dans un taudis ? Sûrement pas ! J'ai des cartes de crédit, donc je m'en sers. Cette formule figure sur les armoiries familiales, juste au-dessus d'un verre de martini sec. Il y a un dépôt de meubles qui livre sur Utica Square, à deux pas d'ici. Et un magasin d'électroménager, pas loin non plus. À vrai dire, je l'ignorais jusqu'à ce qu'un des monstres rouges m'éclaire, car je ne n'ai pas pour habitude de fréquenter ce genre d'endroit.

— Ce ne sont pas des monstres ! protesta Lucie.

— Oh, lâche-moi.

— C'est moi qui connaissais ces magasins, intervint Dallas. Je suis bon en bricolage.

— Et ils livrent aussi dans les tunnels ? demanda Erik.

— Normalement, non, répondit Lucie. Mais il a suffi d'un peu de, euh... de persuasion pour qu'ils descendent tout ici et s'empressent d'oublier cette course.

— Je ne comprends toujours pas, dit Darius. Comment avez-vous pu les persuader de venir ici ?

Je soupirai.

— Une autre chose que tu dois savoir sur les vampires rouges...

— Et les novices rouges, m'interrompit Lucie, même s'ils sont un peu moins puissants.

— Et les novices rouges. Eh bien, ils peuvent contrôler l'esprit des humains.

— Ça paraît beaucoup plus pervers que ça ne l'est en réalité, se hâta de préciser Lucie. J'ai juste effacé la mémoire des livreurs. Je n'ai pas contrôlé leur esprit. Nous ne nous servons pas de nos pouvoirs pour faire des choses répréhensibles, ajouta-t-elle en regardant ses copains. N'est-ce pas ?

Ils marmonnèrent : « Oui », mais je remarquai que Vénus n'avait rien dit et que Kramisha regardait autour d'elle d'un air coupable.

— Donc, ils peuvent contrôler l'esprit des gens, ils ne supportent pas la lumière du soleil, résuma Darius. Leurs pouvoirs de guérison sont excellents. Ils doivent communier avec la terre pour se sentir vraiment bien. J'oublie quelque chose ?

— Oui, répondit Aphrodite. Ils mordent.

CHAPITRE SIX

— Aphrodite, je veux que tu arrêtes de boire, dis-je tandis que les novices rouges éclataient de rire.

— C'est une vraie dingue, même sans Empreinte et sans alcool, dit Kramisha en rigolant. On s'est tous habitués à elle, cela dit.

— Oui, m'adressai-je à Darius sans me laisser distraire par la jovialité ambiante. C'est une bonne description des novices rouges.

— Et du vampire rouge, précisa fièrement Lucie. Oh, et je peux aussi vous dire que le lever du soleil a eu lieu... (Elle pencha la tête sur le côté, comme si elle écoutait des grillons.) ... il y a exactement soixante-trois minutes.

— Tous les vampires adultes savent quand le soleil se lève, lui rappela Darius.

Lucie bâilla.

— Oui, mais je parie que ça ne leur donne pas autant sommeil qu'à moi !

— Non, en effet.

— Moi, ça m'épuise. Particulièrement aujourd'hui, sans doute à cause de cette stupide flèche.

Maintenant qu'elle en parlait, je me rendis compte que j'étais exténuée, d'autant plus que l'effet du sang s'était estompé. Je passai en revue les novices, bleus et rouges, et je remarquai les cernes sous leurs yeux. La fatigue l'emporta sur mes problèmes, soucis et soupçons grandissants à l'égard de nos hôtes.

— Et si nous allions tous dormir un peu ? proposai-je. On est en sécurité ici, et on ne pourra rien faire tant qu'on ne se sera pas reposés.

— Tu as raison, m'appuya Darius, mais je pense que nous devrions poster des gardes à l'entrée des tunnels, au cas où, si tu es d'accord, prêtresse.

— Oui, ce n'est pas bête. Lucie, y a-t-il d'autres entrées que celle de la gare ?

— Zoey, ces souterrains relient plusieurs vieux bâtiments du centre-ville, répondit-elle. Je pensais que tu le savais.

— Mais personne ne descend plus ici, à part vous, n'est-ce pas ?

— Non, pas dans ce secteur-là, car tout le monde pense qu'il est vieux, sale et abandonné.

— Peut-être parce qu'il est vieux, sale et abandonné, railla Aphrodite d'une voix pâteuse.

Ignorant mon interdiction, elle avait entamé une deuxième bouteille de vin.

— C'est pas vrai, protesta Kramisha en fronçant les sourcils. Ils sont pas sales et abandonnés. On est là et on les a décorés. Tu es bien placée pour le savoir, vu qu'avec ta carte de crédit illimité c'est toi qu'as tout payé.

— Tu t'exprimes toujours aussi mal ? demanda Aphrodite en la considérant de ses yeux vitreux.

— Écoute, tu es humaine, tu viens d'imprimer avec Lucie, et tu es complètement bourrée, alors je me retiens de botter ton joli petit cul, mais si tu continues à me parler comme ça, je vais oublier mes bonnes manières.

— Pourrait-on se concentrer sur les vrais méchants qui veulent notre peau, plutôt que de nous disputer ? soupirai-je, exaspérée. Lucie, la section que vous occupez est-elle reliée au reste du réseau de souterrains ?

— Oui, mais elle est condamnée ; en tout cas, c'est ce que penserait le premier venu.

— Y a-t-il un seul point de passage ? demanda Darius.

— À ma connaissance, oui, répondit Lucie. Et il est bloqué par de grosses portes en métal. Et vous ? Vous en avez trouvé d'autres ?

— Peut-être, répondit Ant.

— Peut-être ?

— Au cours de mes explorations, je suis tombé sur une ouverture, mais elle était trop étroite, même pour moi. Je pensais y retourner et l'élargir avec une pelle ou, encore mieux, avec l'aide de Johnny B., mais je n'en ai pas encore eu l'occasion.

Johnny B. nous montra fièrement ses muscles bandés. Je l'ignorai, mais les Jumelles gloussèrent d'un air appréciateur.

— Alors, en gros, à part l'entrée dans la gare, il y a en au moins une autre, c'est ça ? m'assurai-je.

— C'est ça, confirma Lucie.

— Dans ce cas, je te conseille de poster un garde à chaque entrée, prêtresse, dit Darius.

— Bonne idée !

— Je vais prendre le premier tour sous la gare, proposa le combattant. Erik, tu me relèveras. C'est le point le plus vulnérable ; il doit être surveillé par des vampires adultes.

— Entendu, fit Erik.

— Si vous êtes d'accord, Jack et moi allons nous placer à l'autre entrée, proposa Damien.

— Je suis d'accord, déclara Darius. Shaunee et Erin, pourrez-vous prendre la relève ?

Elles haussèrent les épaules.

— Pas de problème, dit Erin.

— Il serait plus sage que les novices rouges ne montent pas la garde pendant la journée, continua Darius.

— Hé, on est capables de se défendre ! fanfaronna Johnny B. Je t'assure que...

— Ce n'est pas ça, le coupai-je, devinant le raisonnement de Darius. Nous devons vous laisser dormir pour que vous puissiez monter la garde la nuit, quand vous êtes plus forts. Plus forts, j'espère, que les créatures qui nous attaqueront.

Cela dit, même si Darius n'avait pas évoqué le problème du soleil, je ne leur aurais pas confié la protection du groupe. Je ne leur faisais pas suffisamment confiance.

— Oh, oui. Je suis partant pour veiller sur la prêtresse et sa bande, lança Johnny B. en me faisant un clin d'œil insolent.

Je me forçai à rester calme. La dernière chose dont j'avais besoin, c'était un autre mec à la Heath dans ma vie.

Soudain, je me rendis compte qu'Erik m'observait : il m'avait ignorée depuis notre arrivée dans les souterrains, et il choisissait le moment où un autre type me faisait du charme pour me regarder.

Jack leva la main comme un bon petit élève.

— Euh, une question...

— Oui, Jack.

— Où va-t-on dormir ?

— Bonne question, dis-je en me tournant vers Lucie. Alors ?

Johnny B. la devança.

— Je tiens à préciser que je suis disposé à partager mon lit. Il y a plus de place dans mon cœur que dans celui de Kramisha.

— C'est pas ton cœur que tu veux partager, rétorqua cette dernière.

— Ne sois pas aussi dure avec moi, bébé.

Kramisha leva les yeux au ciel.

— T'es vraiment naze !

— Nous avons des sacs de couchage, dit Lucie. Vénus, tu vas montrer à Zoey et aux autres où ils se trouvent. Vous pouvez vous installer dans n'importe quelle chambre, sauf celle de Kramisha, qui ne partage pas son lit, précisa-t-elle en souriant à sa camarade.

— Mais si, je veux bien qu'on dorme chez moi, ça me dérange pas. Pas dans mon lit, c'est tout.

— Vous avez chacun une chambre ? m'étonnai-je.

J'étais soufflée. La première fois que j'étais venue ici, les novices, qui ressemblaient plus à des bêtes sauvages qu'à des hommes, erraient dans une sorte de décharge nauséabonde.

La pièce dans laquelle nous étions entassés était douillette, éclairée par des lanternes et des bougies. Les meubles neufs étaient confortables, et il y avait même de jolis coussins assortis sur le lit. Tout paraissait si normal ! Et si c'était seulement la fatigue qui me faisait voir le mal partout ?

— Ça n'a pas été très difficile, répondit Vénus. Il y a plein de culs-de-sac ; on les a transformés en chambres. La mienne est très bien, ajouta-t-elle en adressant un sourire charmeur à Erik.

Je songeai avec regret qu'il n'aurait pas été correct de demander au Feu de brûler tous ses jolis cheveux, à cette petite maligne. Ce n'était pourtant pas l'envie qui m'en manquait...

— Euh... J'ai une question, fit Jack. Où va-t-on au pot ?

— Au pot ? répéta Aphrodite en s'étranglant de rire. Il a vraiment dit ça ?

Tout le monde l'ignora.

— Il y a ce qu'il faut, dit Lucie en poussant un bâillement géant. Vénus, tu leur montres ?

— Vous avez une salle de bains et des toilettes ? m'étonnai-je.

Vénus me jeta un regard méprisant.

— *Des* salles de bains. Avec des douches.

— Et de l'eau chaude ? demanda Jack avec enthousiasme.

— Bien sûr, répondit-elle. Nous ne sommes pas des barbares !

— Comment avez-vous fait ? voulus-je savoir.

— Elles se trouvent dans la gare, juste au-dessus de nous, expliqua Lucie. Cette partie est complètement condamnée, c'est donc sans danger.

— C'est strictement privé, précisa Vénus.

Elle commençait à me taper sur les nerfs, et pas seulement parce qu'elle bavait sur Erik.

— Bref, reprit Lucie, il y a deux vestiaires, un pour les garçons et un pour les filles. Ils servaient sans doute aux employés de la gare. Il y a même un gymnase. Dallas s'est occupé des installations.

Elle se laissa tomber sur ses oreillers et fit signe à Dallas de prendre le relais. Il haussa les épaules d'un air nonchalant, mais à son petit sourire on voyait bien qu'il n'était pas peu fier.

— J'ai trouvé l'arrivée d'eau principale dans la gare, et je l'ai ouverte, c'est tout. Les tuyaux étaient en bon état.

— Non, ce n'est pas tout, rectifia Lucie.

Il la regarda avec affection. Décidément, il y avait quelque chose entre eux… Il faudrait que je tire les vers du nez à mon amie.

— J'ai aussi réussi à raccorder l'électricité. Ça a relancé les chaudières et, grâce à la carte d'Aphrodite, on a pu acheter des rallonges hyper longues et le matériel nécessaire pour remettre en marche le vieux système d'éclairage des souterrains.

— Waouh ! fit Jack. C'est cool.

— Impressionnant, acquiesça Damien.

Dallas se contenta de sourire.

— Bon, vous voulez utiliser les salles de bains ou non ? s'impatienta Vénus.

— Oui ! s'exclama Jack. Une bonne douche chaude avant d'aller monter la garde, ce sera parfait.

Tout le monde commença à sortir. Je restai en arrière.

— Hé, Zoey, ça te dirait de partager ma chambre ? demanda Lucie.

— Bien sûr !

Nos regards se posèrent sur Aphrodite, toujours perchée au bout du lit, à moitié affalée sur Darius.

— Aphrodite, va te chercher un sac de couchage, dit Lucie. Tu peux dormir ici, toi aussi.

— Oh non ! Pas question ! Notre Empreinte n'est pas ce genre d'Empreinte. Et puis, tu n'es pas mon genre.

— Aphrodite, ne sois pas bête. Je n'étais pas en train de te faire des avances.

— Je préfère te mettre au courant. Je tiens aussi à te dire que je vais rompre cette maudite Empreinte dès que je saurai comment m'y prendre.

Lucie soupira.

— Ne fais rien qui pourrait nous blesser toutes les deux. J'ai eu ma dose.

J'écoutais cet échange avec un réel intérêt. Ayant moi-même imprimé avec mon petit ami humain, Heath, je savais ce que c'était d'être lié à un humain par la magie du sang. Je savais aussi que briser une Empreinte était très douloureux.

— Zoey, arrête de me dévisager comme ça ! explosa Aphrodite.

Je sursautai.

— Je ne te dévisage pas, mentis-je.

— C'est ça ! Arrête, c'est tout.

— Il n'y a aucune raison d'avoir honte, ma beauté, dit Darius en la prenant tendrement dans ses bras.

— C'est quand même bizarre, lâcha Lucie.

Darius lui sourit avec gentillesse.

— Il y a plusieurs types d'Empreintes.

— Oui, eh bien, la nôtre n'est pas du type « j'ai bu ton sang, et je suis à toi », lança Aphrodite.

— Bien sûr que non, la rassura Darius en l'embrassant sur le front.

— Ce qui signifie que tu peux dormir ici sans en faire tout un plat, conclut Lucie.

— Sûrement pas ! Je vais avec Darius, déclara Aphrodite d'un air décidé en brandissant sa bouteille à moitié vide.

— Darius doit garder l'entrée des souterrains. Il n'a pas besoin de s'occuper en plus d'une ivrogne.

— Je-vais-avec-Darius, s'entêta-t-elle.

— Elle peut venir avec moi, dit Darius, qui essayait en vain de réprimer un sourire. Je lui prendrai un sac de couchage. Elle ne me dérangera pas, et j'aime l'avoir auprès de moi.

Lucie et moi le dévisageâmes, incrédules, et je jure que ses joues rosirent légèrement.

— Il doit parler d'une autre Aphrodite, dit Lucie. Une qu'on ne connaît pas.

— Viens, Darius, fit Aphrodite. Je sais où sont les sacs de couchage. Ignore-les.

Elle tenta de nous faire les gros yeux, et ne réussit qu'à roter. Elle attrapa la main de Darius et l'entraîna vers la sortie en vacillant, tandis que Lucie et moi éclations de rire.

Avant de passer sous la couverture accrochée à l'entrée de la chambre, Darius se retourna vers Erik, que j'avais presque oublié. Presque.

— Erik, va dormir. Je te réveillerai quand ce sera l'heure que tu me remplaces.

— D'accord. Je serai...

— La chambre de Dallas est de l'autre côté du souterrain, dit Lucie. Je suis sûre qu'il ne verra pas d'inconvénient à ce que tu dormes avec lui.

— OK. Je serai là-bas, donc.

Darius hocha la tête.

— Prêtresse, pourras-tu surveiller les bandages de Lucie ? S'il faut les changer...

— S'il faut les changer, je le ferai, l'interrompis-je.

Je l'avais déjà aidé à extraire une flèche de sa poitrine, j'arriverais bien à changer un pansement sans paniquer.

— Si vous avez besoin de moi, demandez à un novice de...

Aphrodite le tira par le bras hors de la pièce. Puis elle repassa la tête à l'intérieur.

— Bonne nuit. Ne nous dérangez pas !

Sur ce, elle disparut.

— Le pauvre ! Je n'aimerais pas être à sa place, marmonna Erik.

Je ne cherchai pas à cacher ma satisfaction. J'étais contente qu'Erik ne s'intéresse plus à Aphrodite. Il croisa mon regard, et, lentement, me sourit.

CHAPITRE SEPT

— Allez-y, rattrapez-les, dit Lucie en se tournant sur le côté. Je vais dormir.

Un miaulement grincheux se fit entendre ; puis une petite boule de poils orange se faufila dans la pièce et sauta sur le lit.

— Nala ! s'écria Lucie en lui gratouillant la tête. Hé, tu m'as manqué.

La chatte lui éternua en pleine figure, fit trois tours sur l'oreiller, s'y étendit et mit en route son moteur à ronronnements. Lucie et moi échangeâmes un regard complice. Voir Nala s'installer confortablement avec elle donnait une touche encore plus douillette et familière à cette chambre.

— Allez-y, répéta Lucie d'une voix ensommeillée en se blottissant contre la chatte. Prenez une douche, faites ce que vous voulez. Nal et moi allons faire une petite sieste. Oh, pour rejoindre les autres, prenez à gauche, puis toujours à droite. Le passage pour la gare se trouve près de la pièce où on a mis les frigos.

— Darius a dit qu'il fallait que je regarde tes bandages.

— Plus tard, fit-elle en bâillant à s'en décrocher la mâchoire. Ils tiennent bien.

— Si tu le dis..., fis-je en m'efforçant de ne pas montrer mon soulagement (décidément, je ne serai jamais infirmière). Dors bien. Je reviens vite.

Je jure qu'elle s'est endormie avant même qu'Erik et moi soyons sortis.

Nous tournâmes à gauche et marchâmes sans rien dire pendant un petit moment. Les souterrains n'étaient plus aussi effrayants qu'auparavant, mais cela ne les rendait pas joyeux pour autant. Des lanternes pendues à de gros clous plantés dans les murs à intervalles réguliers éclairaient le tunnel humide.

Soudain, j'aperçus quelque chose du coin de l'œil. Je ralentis et scrutai l'ombre épaisse, le ventre serré.

— Qu'y a-t-il ? demanda Erik.

— Je ne sais pas, je...

À cet instant, il y eut une explosion. J'allais hurler, craignant une attaque des novices rouges ou, pire, des Corbeaux Moqueurs, quand Erik m'empoigna par les épaules et me tira sur le côté. Des dizaines de chauves-souris s'étaient envolées juste devant nous.

— Elles sont aussi terrifiées que toi, dit-il dès qu'elles nous eurent dépassés.

Je frissonnai.

— Ça m'étonnerait. Beurk. Les chauves-souris sont des rats avec des ailes.

Il ricana alors que nous nous remettions en marche.

— Je croyais que c'étaient les pigeons, les rats avec des ailes !

— Les chauves-souris, les pigeons, les corbeaux... Je ne fais plus vraiment de distinction, ces jours-ci. Tout ce qui bat des ailes me fiche la trouille.

— Je comprends.

Nous arrivâmes à une section du souterrain très étonnante et nous arrêtâmes pour la contempler.

— Waouh, c'est vraiment cool ! soufflai-je.

— Ce doit être l'œuvre de cette Gerarty. Lucie ne te l'a pas présentée comme l'artiste qui décorait les souterrains ?

— Si, mais je ne m'attendais pas à ça.

Oubliant les chauves-souris, je passai la main sur les dessins élaborés de fleurs, de cœurs, d'oiseaux et de tourbillons, entremêlés en une mosaïque de couleurs vives qui semblait insuffler vie et magie à cet endroit sinistre.

— Certaines personnes, humains comme vampires, paieraient une fortune pour avoir une telle œuvre d'art, dit Erik.

Il n'ajouta pas : « Si l'existence des novices et des vampires rouges était un jour révélée au monde », mais je savais qu'il le pensait.

— J'espère que cela arrivera, répondis-je. Ce serait bien que les gens sachent que les novices rouges existent.

Et puis, s'ils se montraient au grand jour, les questions qui me taraudaient trouveraient peut-être une réponse…

— Quoi qu'il en soit, repris-je, les humains et les vampires devraient entretenir de meilleures relations.

— Comme toi et ton petit ami ? demanda-t-il sans aucun sarcasme.

Je le regardai dans les yeux.

— Je ne suis plus avec Heath.

— Tu en es sûre ?

— Oui.

— OK. Bien.

Nous repartîmes en silence, perdus dans nos pensées.

Peu après, le tunnel tourna légèrement à droite. Sur la gauche se trouvait une ouverture voûtée, munie d'un rideau en velours noir avec une photo d'Elvis en costume blanc du plus mauvais goût.

— Ce doit être la chambre de Dallas, dis-je.

Erik hésita un instant, puis souleva la couverture. Nous jetâmes un coup d'œil à l'intérieur. La pièce n'était pas très grande, et ne comportait pas de lit, juste deux matelas empilés l'un sur l'autre. Dallas y dormait à poings fermés sous un édredon rouge. Il y avait également une table chargée d'un tas d'objets indéfinissables et deux poufs noirs. Sur le mur incurvé se trouvait une affiche de… de…

— Jessica Alba dans *Sin City* ! souffla Erik. Ce gamin a des goûts excellents. Très sexy, cette actrice vampire.

Je fronçai les sourcils et rabattis le pan de tissu.

— Quoi ? fit-il. Ce n'est pas ma chambre !

— Allons rejoindre les autres.

— Zoey, dit-il au bout de quelques minutes de marche silencieuse. Je dois te remercier.

— Pourquoi ?

— Pour m'avoir sauvé, tout à l'heure, à la Maison de la Nuit.

— Je ne t'ai pas sauvé. Tu nous as suivis de ton propre chef.

— Si, tu m'as sauvé. Sans toi, je pense que j'aurais perdu toute volonté.

Il s'arrêta et me toucha le bras, me tournant doucement vers lui. Je plongeai mon regard dans ses yeux bleus brillants, désormais encadrés de tatouages au tracé complexe. Depuis qu'il s'était transformé, son allure à la Clark Kent avait pris une autre dimension. Il avait maintenant un côté plus sombre, terriblement sexy. Je regrettais amèrement notre rupture, et je m'en voulais de l'avoir causée. Malgré tout ce qui s'était passé, j'avais encore envie d'être avec lui ; j'avais envie qu'il me fasse de nouveau confiance.

— Tu me manques, lâchai-je.

Voyant ses yeux s'écarquiller et ses lèvres esquisser un sourire, je réalisai que j'avais parlé à voix haute.

— Je suis juste là.

J'avais le visage et le cou en feu.

Son sourire s'élargit.

— Tu ne veux pas savoir comment tu m'as sauvé ?

— Si, bien sûr.

— Eh bien, au lieu de me laisser hypnotiser par le pouvoir de Kalona, je pensais à toi.

— Vraiment ?

— Tu étais incroyable quand tu as formé ce cercle, tu le sais, au moins ?

Je secouai la tête, prise au piège de ses yeux. Je n'osais plus respirer ; je n'osais rien faire qui puisse rompre le charme.

— Tu étais extraordinaire. Belle, puissante, sûre de toi. J'étais fasciné.

— Je t'ai entaillé la main.

— Il le fallait. Ça faisait partie du rituel.

Il me montra sa paume. Une fine cicatrice courait sous son pouce.

Je l'effleurai.

— Je ne voulais pas te faire mal.

Il saisit ma main et la retourna. Puis, imitant mon geste, il fit glisser le doigt sur mon tatouage saphir. Je frissonnai.

— Je n'ai pas eu mal quand tu m'as coupé. Je ne sentais que la chaleur de ton corps, ton odeur. C'est pour ça que cette créature ne n'a pas eu d'emprise sur moi.

C'est pour ça que je n'ai pas cru Neferet. Tu m'as sauvé, Zoey.

— Malgré tout ce qui s'est passé entre nous ?

Il inspira à fond, tel un plongeur s'apprêtant à sauter d'une falaise vertigineuse.

— Je t'aime, Zoey. Ce qui s'est passé n'y a rien changé. Pourtant, je l'ai souhaité.

Il prit mon visage entre ses mains.

— Neferet et Kalona me sont indifférents parce que je suis fou de toi. Tu m'as hypnotisé, Zoey. Je veux me remettre avec toi, il suffit que tu dises oui.

— Oui, murmurai-je sans aucune hésitation.

Il posa ses lèvres sur les miennes. Il avait toujours le même goût ; il me touchait toujours de la même façon. Je l'enlaçai et me pressai contre lui. Je n'arrivais pas à croire qu'il m'avait pardonné, qu'il voulait de moi malgré tout, qu'il m'aimait comme avant.

— Zoey, chuchota-t-il contre mes lèvres, toi aussi, tu m'as manqué.

Il m'embrassa de nouveau. J'en eus le vertige. Ce baiser était différent de nos baisers d'autrefois, quand il était encore novice, quand je n'avais pas encore perdu ma virginité dans les bras d'un autre. C'était comme s'il connaissait un secret, et qu'il me le faisait partager. Il gémit, puis il me plaqua contre le mur. Ses mains couraient sur mon corps, s'aventuraient sur ma peau nue.

Ma peau nue ?

Plaquée contre le mur ?

Je me figeai. « Pense-t-il que, sous prétexte que je ne suis plus vierge, tout est permis ? Et puis quoi encore ! »

Je ne voulais pas faire ça. Pas ici ; pas comme ça. Ma seule et unique expérience sexuelle avait tourné au désastre ; elle avait été la pire erreur de ma vie. Elle ne m'avait certainement pas transformée en nymphomane !

Je m'arrachai à ses lèvres. Ça n'eut pas l'air de le déranger ; il continua de m'embrasser dans le cou.

— Erik, s'il te plaît, arrête, fis-je, essoufflée.

— Hum, tu es trop belle !

Il avait une voix si sexy que je faillis flancher. Après tout, j'avais envie de me remettre avec lui, et il était tellement canon, tellement familier...

Je commençais tout juste à me détendre quand j'aperçus quelque chose par-dessus son épaule : des yeux rouges luisaient dans une mer d'obscurité profonde et houleuse, masse fantomatique qui palpitait dans l'air.

— Erik ! Arrête. Tout de suite.

Je le repoussai violemment, et il trébucha. Le cœur battant à tout rompre, je me positionnai de façon à affronter le danger.

Les yeux avaient disparu, mais la masse mouvante était toujours là. Néanmoins, le temps que je cligne des yeux, elle s'évanouit à son tour, nous laissant seuls, dans ce tunnel sombre et silencieux.

Soudain, venant de la direction opposée, j'entendis un claquement de talons sur le sol en béton. J'inspirai profondément, prête à appeler les éléments pour combattre cette nouvelle menace sans visage.

C'était Kramisha. Elle lança un long regard appuyé à Erik.

— Eh ben, vous faites ça là ? Ça ne rigole pas !

Erik passa le bras autour de mes épaules. Je n'avais pas besoin de le regarder pour savoir qu'il souriait, tout à fait décontracté. Il était très bon acteur ; il maîtrisait à merveille l'expression sexy du garçon pris sur le fait.

— Salut, Kramisha, dit-il d'une voix suave.

Moi, en revanche, j'avais du mal à tenir debout, et je n'en menais pas large. Mes lèvres étaient endolories et humides.

— Kramisha, tu n'as pas vu quelque chose dans ce coin-là ? demandai-je, hors d'haleine.

— Non, petite, je n'ai vu que toi et ton copain en train de vous léchouiller, répondit-elle du tac au tac, un peu trop vite, à mon avis.

— Ooooh ! Erik et Zoey se bécotent ? C'est trop mignon !

Jack se matérialisa soudain à côté de nous, comme sorti de nulle part, suivi de Duchesse.

— Zoey, ce n'étaient que des chauves-souris, me rassura Erik en me pressant contre lui. Hé, Jack, je te croyais sous la douche.

— Il va y aller, dit Kramisha, il est juste venu chercher des serviettes avec moi. Et, oui, il y a des chauves-souris par ici. Elles ne nous embêtent pas si on les laisse tranquilles.

Elle bâilla et s'étira langoureusement.

— Puisque vous êtes là, vous pourriez accompagner Jack pendant que je vais faire un somme ?

— Pas de problème, fis-je, ayant retrouvé mes esprits et me sentant ridicule d'avoir paniqué à cause de malheureuses chauves-souris. Erik et moi allions justement à la salle de bains.

Elle nous regarda d'un air entendu.

— Bien sûr. C'est tout à fait l'impression que vous donniez.

Je rougis de nouveau.

Elle pivota et entra dans une petite pièce. Elle alluma une lanterne puis nous jeta un coup d'œil par-dessus son épaule.

— Quoi ? Qu'est-ce que vous attendez ?

Jack, Duchesse, Erik et moi la suivîmes à l'intérieur. C'était une sorte de vaste placard bien rangé, avec des étagères pleines de serviettes et de grands peignoirs molletonnés, que Duchesse se mit à renifler.

— Ce chien est propre ? demanda Kramisha.

— D'après Damien, la gueule d'un chien est plus propre que celle d'un humain, répondit Jack en tapotant la tête du labrador.

— Nous ne sommes pas des humains, rétorqua-t-elle. Alors, tu peux lui dire d'éloigner sa grosse truffe de la marchandise ?

— Très bien. Mais tâche de te rappeler qu'il a subi de gros traumatismes, et qu'il est très sensible.

Tandis que Jack tirait Duchesse vers lui, j'examinai la pile de linge.

— Eh bé... ! Qui aurait pu deviner qu'on trouverait tout ça ici ?

Kramisha se mit à nous fourrer des serviettes dans les bras.

— Aphrodite. C'est elle qui a payé. Vous n'imaginez pas tout ce qu'on peut commander avec autant d'argent ! Ça m'a conforté dans le choix de ma future carrière.

— Ah oui ? dit Jack. Qu'est-ce que tu veux faire ?

— Je veux être écrivain. Un écrivain riche. Avec une carte de crédit illimité. Les gens vous traitent différemment quand vous avez du fric.

— Oui, c'est vrai, fit Jack. Les vendeurs font souvent de la lèche aux Jumelles quand on fait les magasins ensemble. Leurs familles ont de l'argent.

Il avait fini sa phrase dans un murmure, comme s'il s'agissait d'un grand secret, ce qui n'était pas le cas. Tout le monde savait que leurs parents étaient riches. Pas autant que ceux d'Aphrodite, certes, mais quand même. Pour mon anniversaire, elles m'avaient acheté une paire de bottes qui valait quatre cents dollars ! C'était une preuve suffisante à mes yeux.

— Moi aussi, j'ai envie qu'on me fasse de la lèche, continua Kramisha. Alors, je vais gagner plein de sous. Bon, allons-y. On se séparera devant ma chambre. Jack, tu sauras retrouver le chemin ?

— Oui.

Nous repartîmes dans le tunnel. À la porte suivante était pendu un pan chatoyant de soie violette.

— Voici mon chez-moi, annonça Kramisha qui, me voyant fixer le superbe tissu, ajouta : Je l'ai déniché dans un magasin de déco. Ils ne livrent pas, mais ils acceptent les cartes de crédit.

— La couleur est magnifique, dis-je, me sentant ridicule d'imaginer des monstres dans tous les recoins d'un endroit aménagé avec autant de goût.

— Merci. J'aime mettre de la couleur. Elle joue un grand rôle dans la décoration. Vous voulez entrer ?

— Oui.

— Carrément ! renchérit Jack.

Elle jeta un regard méfiant à Duchesse.

— Tu es certain qu'elle est propre ?

— Bien sûr, répondit-il, vexé. C'est une vraie dame.

— Il vaut mieux, grommela Kramisha avant de tirer le rideau d'un geste solennel. Bienvenue dans mon royaume !

Sa chambre aux murs d'un vert clair faisait deux fois la taille de celle de Lucie. Deux lanternes et une dizaine de bougies allumées ajoutaient un parfum de citron à l'odeur de peinture fraîche. L'ameublement, en bois sombre, se composait d'un lit, d'une coiffeuse, d'une table de nuit et d'une bibliothèque. D'énormes coussins en satin, roses et violets, étaient éparpillés dans la pièce. Sur le lit je vis une demi-douzaine de livres, certains ouverts, d'autres fermés, la page marquée d'un signet, comme si elle les lisait en même temps. Tous les volumes, y compris ceux alignés sur les rayonnages, avaient des codes-barres sur la tranche. Kramisha suivit mon regard.

— Bibliothèque municipale. Elle ferme tard le week-end.

— Je ne savais pas qu'on pouvait emprunter autant d'ouvrages à la fois, dit Jack.

Kramisha parut mal à l'aise.

— On ne peut pas. Enfin, normalement. Il faut triturer un peu l'esprit des bibliothécaires. Je les rendrai dès que j'aurai la possibilité d'en acheter à la librairie.

Je soupirai, ajoutant « vol à la bibliothèque » à la liste des actes que les novices rouges devaient être encouragés à ne plus commettre. En attendant, je me sentis un peu rassurée : une fille aux tendances monstrueuses aurait-elle honte d'un petit vol ? Certainement pas.

Je m'approchai du lit pour voir les titres. Il y avait là un énorme exemplaire des œuvres complètes de Shakespeare ; une édition illustrée de *Jane Eyre*, posée sur un livre de Tanith Lee ; *Vol du Dragon*, d'Anne McCaffrey, et plusieurs livres aux couvertures ignobles et aux titres douteux. Curieuse, je posai mes serviettes sur le dessus-de-lit rose vif et commençai à lire la première page de l'un d'eux.

Je jure que mes rétines se mirent à brûler, tant la scène décrite était chaude.

— De la littérature érotique, commenta Erik en regardant par-dessus mon épaule. Génial !

— Euh... ça fait partie de mes recherches, prétendit Kramisha.

Elle m'arracha l'ouvrage des mains en lançant un regard coquin à Erik.

— Et, étant donné ce que j'ai vu, vous n'avez pas besoin de conseils en la matière.

Je piquai un fard.

— Hé, des poèmes ! s'écria Jack. Cool.

Ravie de cette diversion, je me tournai vers lui. Les posters accrochés aux murs étaient recouverts de vers, tous écrits de la même main avec des marqueurs fluo.

— Ils te plaisent ? demanda Kramisha.

— Oui, ils sont très beaux. J'aime beaucoup la poésie.

— Ce sont les miens.

— Tu plaisantes ? Je pensais que tu les avais recopiés. Tu es drôlement douée !

— Merci. Je vous avais dit que je voulais devenir écrivain. Un écrivain riche et célèbre, avec plein de cartes de crédit.

Mon attention fut attirée par un court poème écrit en noir sur un poster rouge.

— Ça aussi, c'est de toi ? demandai-je.

— Ils sont tous de moi. J'ai toujours aimé écrire, mais depuis que j'ai été marquée, je suis de plus en plus prolifique. Ils me viennent comme ça. Cela dit, j'aimerais composer autre chose que de la poésie – c'est sympa, mais ce n'est pas avec ça que je vais faire fortune. Je me suis renseignée à la bibliothèque, et...

— Kramisha, la coupai-je, quand as-tu rédigé celui-ci ?

J'avais mal au ventre et la bouche sèche.

— Ils me sont tous venus ces derniers jours. Depuis que Lucie nous a remis d'aplomb. Avant, je ne pensais qu'à manger des humains, ajouta-t-elle avec un sourire contrit en haussant une épaule.

— De quand date celui-ci ? insistai-je en désignant le poème.

> *Des ombres dans des ombres*
> *Il regarde dans les rêves*
> *Ailes noires comme l'Afrique*
> *Corps dur comme de la pierre*
> *Il a fini d'attendre*
> *L'appel des corbeaux.*

Jack, qui le découvrit à son tour, poussa un petit cri.

— Oh, déesse ! souffla Erik.

— Attends..., fit Kramisha. Facile, c'est le dernier que j'ai écrit... hier. J'étais...

Elle se tut brusquement.

— Merde ! Il parle de lui !

CHAPITRE HUIT

— Qu'est-ce qui t'a poussée à l'écrire ? murmurai-je, sans quitter le poster des yeux.

Kramisha s'assit lourdement sur son lit. Soudain, elle paraissait aussi épuisée que Lucie. Elle secoua la tête, et ses cheveux noir et orange dansèrent contre ses joues lisses.

— Rien de particulier. Des mots se bousculent dans ma tête, et je les couche sur le papier.

— Qu'est-ce que cela signifiait pour toi ? demanda Jack en lui tapotant doucement le bras.

— Je n'y ai pas réfléchi. Je l'ai écrit, c'est tout.

Elle regarda le poster et détourna aussitôt les yeux, comme s'il l'effrayait.

— Ce sont des poèmes que tu as composés depuis que Lucie s'est transformée ? poursuivis-je en parcourant les autres, dont plusieurs étaient des haïkus.

> *Des yeux qui épient*
> *Noir dans le noir ils attendent*
> *Plume sombre tombe*
> *D'abord accepté*
> *Aimé puis trahi – vengeance*
> *Sucrée comme une glace*

— Douce Nyx ! chuchota Erik, pour que je sois la seule à l'entendre. Ils parlent tous de lui.

Plus je lisais, plus mon ventre se serrait.

> *Ils ont mal agi*
> *Comme l'encre d'un stylo cassé*
> *Jeté à cause d'un autre*
> *Usé*
> *Mais il est revenu*
> *Vêtu de nuit*
> *Beau comme un roi*
> *Avec sa reine*
> *Le mal*
> *Devenu bien*
> *Si bien*

— Kramisha, à quoi pensais-tu quand tu as écrit celui-là ?

— À notre exclusion injuste de la Maison de la Nuit, je suppose. Je sais que nous sommes mieux sous terre, mais je ne trouvais pas normal que seule Neferet connaisse notre existence. Ce n'est pas une bonne grande prêtresse.

— Tu pourrais me rendre un service et recopier ces poèmes ?

— Pourquoi ?

— Parce que, répondis-je, espérant que mon instinct ne me trompait pas, je pense que tu as reçu un don de Nyx. Je veux que nous l'utilisions à bon escient.

— Elle a l'étoffe d'un Poète Lauréat des Vampires, déclara Erik, et elle serait sacrément mieux que le dernier !

Je lui lançai un regard mauvais ; il se contenta de hausser les épaules en souriant.

— Ce n'était qu'un constat…

Même si la mention de Loren me mettait mal à l'aise, surtout quand elle venait d'Erik, je sentis la justesse de ses propos tout au fond de moi. Nyx avait de toute évidence posé ses yeux sur cette jeune fille.

« Et puis zut ! songeai-je. Nous n'avons pas d'autre grande prêtresse sous la main. Je peux bien faire une proclamation. »

— Kramisha, je te nomme Poète Lauréat.

— Quoi ? Tu plaisantes, n'est-ce pas ?

— Je suis sérieuse. Nous formons un nouveau groupe de vampires. Un groupe *civilisé*. Il nous faut donc un poète lauréat. Ce sera toi.

— Euh… je suis d'accord avec toi, Zoey, intervint Jack, mais le conseil ne devrait-il pas voter ?

— Si, et j'ai mon conseil avec moi, répondis-je.

J'avais bien conscience que Jack parlait du conseil de Nyx, celui qu'avait dirigé Shekinah et qui régissait la vie de tous les vampires. Néanmoins, j'avais mon conseil des préfets, reconnu par l'école, et dont les membres étaient Erik, les Jumelles, Damien, Aphrodite, Lucie et moi.

— Kramisha a ma voix, déclara Erik.

— Tu vois, c'est pratiquement officiel.

— Ouais ! se réjouit Jack.

— C'est une idée folle, mais ça me plaît, dit Kramisha, rayonnante.

— Recopie ces poèmes avant de te coucher, d'accord ?

— Oui, sans problème.

— Viens, Jack, fit Erik. Notre Poète Lauréat a du travail. Hé, félicitations, Kramisha !

— Oui, toutes mes félicitations ! lui fit écho Jack en serrant la jeune poétesse dans ses bras.

— Allez-y maintenant. J'ai du pain sur la planche ! Et ensuite il me faudra du repos. Un Poète Lauréat se doit d'être beau, conclut Kramisha avec la rime.

— Ce poème parlait vraiment de Kalona ? voulut savoir Jack quand nous nous retrouvâmes dans le tunnel.

— Je pense que tous parlaient de lui. Pas toi ? m'adressai-je à Erik.

Il hocha la tête d'un air sombre.

— Oh, non ! Qu'est-ce que ça signifie ? s'affola Jack.

— Je n'en ai aucune idée, répondis-je. Nyx est à l'œuvre cependant, je le sens. Déjà, la prophétie nous est venue sous la forme d'un poème ; et maintenant, ça ! Ce ne peut pas être une coïncidence...

— S'il s'agit de la déesse, nous devons pouvoir en retirer quelque chose, réfléchit Erik à haute voix.

— Oui, c'est aussi mon avis.

— Il faut juste trouver quoi...

— Nous aurons besoin d'un cerveau plus gros que le mien, lâchai-je.

Il y eut un court silence, puis nous nous écriâmes tous en même temps :

— Damien !

Ombres sinistres, chauves-souris et inquiétudes concernant les novices rouges temporairement oubliées, je repris ma progression dans les tunnels avec Erik et Jack.

— La porte de la gare est par là, dit Jack en nous précédant dans une cuisine accueillante, puis dans une petite pièce qui faisait apparemment office de garde-manger, quoique je soupçonne qu'elle avait autrefois abrité plus de poches de sang que de boîtes de céréales et paquets de chips...

Le long d'un mur se trouvaient des sacs de couchage bien roulés et des oreillers empilés les uns sur les autres.

— C'est par là qu'on entre dans la gare ? demandai-je en désignant un escalier en bois escamotable qui menait à une trappe dans le plafond.

— Oui, c'est ça.

Jack monta les marches et poussa la planche. Quand je passai la tête dans le bâtiment « abandonné », je ne vis d'abord qu'obscurité, entrecoupée par des flash d'une lumière stroboscopique qui provenait des fenêtres et des portes condamnées. Je compris en entendant le roulement du tonnerre qu'il s'agissait d'éclairs.

L'orage mentionné par Erik se déchaînait toujours. Ces caprices du temps n'avaient rien d'inhabituel à Tulsa, même au début du mois de janvier, mais en ces circonstances je ne pouvais m'empêcher de penser que ce phénomène n'était pas normal.

Je sortis mon téléphone : pas de réseau.

— Le mauvais temps peut perturber la réception, dit Erik en voyant mon air angoissé. Vous vous souvenez de ce gros orage, il y a un mois ou deux ? Mon téléphone n'a pas fonctionné pendant trois jours entiers.

— Merci d'essayer de me rassurer, mais je... je ne crois pas que ce soit naturel.

— Oui, je sais.

J'inspirai profondément : à cet instant, nous ne pouvions rien faire pour rompre notre isolement.

« Chaque chose en son temps ! » décidai-je. Je redressai les épaules et regardai autour de moi. Nous nous trouvions dans l'ancienne billetterie, une petite pièce munie de guichets, protégés par des barres en cuivre terni. Nous passâmes dans une immense salle au sol en marbre, dont les murs étaient couverts de mosaïques à moitié effacées par le temps, qui représentaient des personnages des légendes amérindiennes, des coiffes de plumes, des chevaux, des vêtements en cuir avec des franges.

En contemplant la beauté érodée de l'ancien hall de gare, je me dis que ce serait un endroit formidable pour abriter une école. Perdue dans mes pensées, je traversai la salle vide et remarquai les couloirs qui partaient dans plusieurs directions. Je me demandai s'il y avait suffisamment de pièces dans le bâtiment pour faire des classes.

Nous empruntâmes un des couloirs, qui menait à une double porte en verre.

— C'est la salle de gym, nous apprit Jack.

Nous regardâmes à travers les vitres sales : on ne distinguait que des formes vagues qui évoquaient de grosses bêtes endormies, revenues d'un monde oublié.

— Là-bas, ce sont les vestiaires des garçons, et ici, ceux des filles, poursuivit Jack en désignant une porte fermée sur notre droite.

— Bon, je vais filer sous la douche, dis-je sans conviction. Vous pouvez parler des poèmes à Damien ? S'il veut en discuter avec moi, dites-lui que je serai dans la chambre de Lucie, en train de dormir, j'espère, pour au moins quelques heures. Si ça peut attendre, on se réunira tous après nous être reposés.

Au moment où je me détournais, Erik me toucha le bras.

— Hé, on est ensemble, pas vrai ?

Je lus dans ses yeux la vulnérabilité qu'il essayait de cacher derrière l'assurance de son sourire. Il n'aurait pas compris si je lui avais répondu que j'avais besoin de lui parler de... euh... de sexe avant d'accepter de me remettre avec lui. Son ego en aurait pris un coup, il aurait eu de la peine, et je serais revenue au point de départ.

— Oui, on est ensemble.

Il m'embrassa avec douceur, l'air de dire : « Je suis heureux que tu sois de nouveau ma petite amie », et je me sentis fondre.

— Essaie de dormir un peu, murmura-t-il. À tout à l'heure !

Je suis restée plantée là : avais-je mal compris le sens de ses baisers passionnés dans le tunnel ? Après tout, il n'était plus un novice, mais un vampire adulte, qui avait accompli sa Transformation. Bref, il avait beau n'avoir que dix-neuf ans, c'était maintenant un homme.

Cette tension sexuelle entre nous était sans doute quelque chose de naturel, et non le signe qu'il me manquait de respect. Ma relation désastreuse avec Loren Blake m'avait au moins appris que sortir avec un homme était différent de sortir avec un adolescent, humain ou novice. La comparaison me rendait nerveuse. Mais Erik n'était pas Loren ! Il ne m'avait jamais utilisée, il ne m'avait jamais menti. Il s'était transformé, mais il était resté celui que je connaissais et que, peut-être, j'aimais. Il ne fallait pas que je me fasse de souci. Le reste se réglerait de lui-même. À côté de ce qui se passait en ce moment – un immortel lancé à nos trousses, la Maison de la Nuit tombée entre les griffes de Neferet, les novices rouges, Grand-mère dans le coma, et les horribles Corbeaux Moqueurs qui semaient le chaos à Tulsa –, mes doutes sur Erik étaient sans importance. Non ?

— Zoey ! Te voilà enfin ! Tu viens ou quoi ?

Erin avait passé la tête par la porte du vestiaire des filles. Un gros nuage de vapeur s'en échappait. Elle ne portait que ses sous-vêtements (assortis, évidemment, de chez Victoria's Secret).

— Désolée... J'arrive, dis-je avant de me précipiter à l'intérieur.

CHAPITRE NEUF

Prendre une douche avec quelqu'un qui possédait une affinité avec l'Eau et le Feu fut une expérience qui, de gênante, devint intéressante, puis carrément marrante.

Gênante, car, même si nous étions entre filles, nous n'étions pas habituées aux douches communes. Par chance, celles-ci étaient toutes propres, brillantes, comme neuves (sans doute grâce à Kramisha ou à Dallas, ou aux deux, et à la carte bancaire d'Aphrodite). Elles étaient séparées par des cloisons, même s'il n'y avait ni portes ni rideaux. Les toilettes, elles, avaient des portes, mais celles-ci ne voulaient pas rester fermées.

Au début, j'étais un peu mal à l'aise à l'idée de me montrer nue à mes amies. Heureusement, la vapeur épaisse qui emplissait la pièce créait une illusion d'intimité.

Je choisis une cabine, des produits pour le corps et les cheveux, et commençai à me laver. Soudain, je me rendis compte qu'il y avait trop de vapeur pour que ce soit naturel. De l'eau bouillante jaillissait de toutes les douches, même inoccupées, et un brouillard chaud, aussi dense que de la fumée, tourbillonnait dans la pièce.

Hum... Je sortis la tête de ma cabine.

— Hé ! Qu'est-ce que vous avez fait ?

— Hein ? fit Shaunee en enlevant des bulles de savon de ses yeux. Quoi ?

J'agitai le bras :

— Ça ! On dirait que quelqu'un a un peu abusé de ses pouvoirs.

— Nous ? Mademoiselle Feu et Mademoiselle Eau ? demanda Erin, que je distinguais à peine à travers la vapeur. Qu'est-ce qu'elle raconte, Jumelle ?

— Je crois que notre Zoey sous-entend que nous utilisons nos affinités, dons de la déesse, dans le but égoïste de fabriquer un brouillard épais, chaud, parfumé, relaxant, parfait après une journée aussi éprouvante, répondit Shaunee.

— Est-ce qu'on ferait une chose pareille, Jumelle ?

— Absolument, Jumelle.

— Quelle honte, Jumelle ! pouffa Erin.

Je levai les yeux au ciel. Pourtant, Shaunee avait raison. Le brouillard sentait bon le printemps, l'herbe et les fleurs, et l'eau était délicieuse. Même si la pièce n'était éclairée que de temps à autre, par la lueur des éclairs, et malgré les détonations violentes du tonnerre, elles avaient réussi à créer une atmosphère particulièrement apaisante.

Je pensai qu'après tout ce que nous avions vécu, nous avions bien mérité de nous faire un peu plaisir.

— Hé, est-ce que vous envoyez aussi de la vapeur dans les vestiaires des garçons ? demandai-je en me frottant les cheveux.

— Non, répondit joyeusement Shaunee, c'est juste pour les filles. Tiens, on va s'amuser un peu !

Erin tendit les bras vers moi, et l'eau se mit à me frapper de toutes parts.

— C'est trop froid, non ? lança Shaunee en claquant des doigts.

Soudain, les jets devinrent très chauds, et la vapeur s'épaissit encore.

— Air, viens à moi, murmurai-je entre deux gloussements. Renvoie tout ça aux Jumelles !

Je soufflai doucement dans leur direction. Le brouillard brûlant tourna autour de moi, puis fonça droit sur Shaunee et Erin, qui hurlèrent et tentèrent de répliquer.

Elles n'avaient aucune chance : j'étais la seule à pouvoir contrôler les cinq éléments ! Cette variante hilarante d'une bataille de pistolets à eau dura un bon moment. Enfin, essoufflées à force de rire, nous conclûmes une trêve. Ou plutôt je forçai les Jumelles à crier : « Stop ! On se rend ! », avant d'accepter gracieusement leur capitulation.

Je soupirai d'aise en enfilant mon peignoir en éponge, fatiguée et toute propre. Nous étendîmes nos vêtements dans les douches et demandâmes à l'Eau de les laver, puis au Feu et à l'Air de les sécher. Ensuite, nous redescendîmes dans les tunnels, retrouvant avec soulagement les entrailles de la terre, où nous étions protégées par des vampires mâles qui ne laisseraient entrer personne.

Lucie dormait si profondément que je m'approchai sur la pointe des pieds pour m'assurer qu'elle respirait encore ; puis je me glissai sous les couvertures de l'autre côté du lit. Nala releva la tête et éternua, contrariée. Elle vint néanmoins se blottir sur mon oreiller et posa sa petite patte blanche sur ma joue. Je lui souris et sombrai dans le sommeil.

Hélas, mon repos ne fut pas bien long, car c'est là que je fis ce cauchemar avec Kalona. Je me réveillai en sursaut, terrorisée. Impossible de me rendormir : j'avais trop peur de rêver de lui à nouveau, et me posais trop de questions sur l'avenir.

Je regardai l'heure sur mon portable : 14 h 05. Je n'avais dormi que trois heures ! Pas étonnant que j'aie l'impression d'avoir du sable dans les yeux.

Torturée par la soif, je jetai un coup d'œil à Lucie avant de me lever, prenant bien soin de ne pas la réveiller. Recroquevillée sur le côté, elle ronflait doucement. On aurait dit une fillette de dix ans. Difficile de croire que c'était la même Lucie qui, les yeux rouges, les crocs sortis, avait bu le sang d'Aphrodite avec une telle avidité qu'elles avaient imprimé.

Je soupirai. J'avais le sentiment de porter le poids du monde sur mes épaules. Comment allais-je régler tout ça ? Saurais-je distinguer le bien et le mal ? Ils se confondaient tellement !

Des images de Stark et de Kalona défilèrent devant mes yeux.

« Non ! Tu as embrassé Stark avant qu'il ne meure et que Neferet ne s'en mêle. Il était différent alors, mais tu ne dois pas oublier qu'il a changé. Quant à Kalona, ce n'était qu'un cauchemar, point final. »

Ce dont je ne revenais pas, c'était que l'immortel m'ait appelé A-ya dans mon rêve.

« Je dois lui ressembler, si étrange que ce soit. À moins qu'il n'ait dit ça que pour m'embrouiller les idées, ce qui serait fort probable, surtout si Neferet lui a parlé de moi. »

Nala avait repris sa place sur l'oreiller de Lucie et ronronnait, l'air béat. Si un monstre cauchemardesque avait rôdé dans les parages, elle l'aurait senti. Un peu réconfortée, je lui caressai la tête, puis je sortis.

Il régnait un silence de mort dans les souterrains. Les lampes à huile étaient toujours allumées ; heureusement, car je n'aimais pas beaucoup l'obscurité ces temps-ci... Cela dit, même si je restais sur mes gardes, je me sentais rassurée à l'idée d'être sous terre, loin des clairières baignées de lune et des arbres sur lesquels se perchaient des créatures fantomatiques.

Je m'arrêtai devant la chambre de Kramisha et jetai un coup d'œil à l'intérieur. Je ne voyais que sa tête émergeant de sous l'édredon violet. Les Jumelles étaient affalées par terre dans des sacs de couchage, leur chat haineux, Belzébuth, blotti entre elles.

Je refermai le rideau tout doucement, ne voulant pas les réveiller. Je décidai que, dès que j'aurais mis la main sur un soda, j'irais remplacer Damien et Jack ; comme ça, elles pourraient dormir plus longtemps. De toute façon, pour moi, c'était fichu.

Il n'y avait personne dans la cuisine. Le seul bruit, familier, provenait des réfrigérateurs. J'ouvris l'un d'eux et fis un pas en arrière, sous le choc : il était rempli de poches de sang scellées. Je me mis à saliver et je claquai la porte.

Puis je me ravisai et j'attrapai une poche d'un geste résolu. Je n'avais presque pas dormi ; j'étais extrêmement stressée. Un ange déchu en avait après moi et me prenait pour une poupée de terre, morte depuis des siècles. Autant regarder les choses en face : il me faudrait beaucoup plus qu'un soda pour affronter cette journée.

Je saisis des ciseaux et, avant que le dégoût ou la culpabilité ne l'emporte, j'entaillai le sac et commençai à boire.

Je sais, je sais. Boire du sang comme s'il s'agissait d'un jus de fruits peut paraître complètement répugnant, mais, en fait, c'était exquis. Il n'avait pas ce goût métallique et salé que je lui trouvais avant d'être marquée. C'était comme un mélange, délicieux et électrisant, de miel, de vin et de Red Bull, en mieux. Il fit circuler l'énergie dans tout mon corps et chassa ma peur.

Après avoir jeté le plastique vide dans la poubelle, je pris une bouteille de soda et un sachet de chips.

Alors seulement je revins à la réalité : un, je ne savais pas où étaient Damien et Jack et, deux, il fallait que j'appelle sœur Marie Angela pour prendre des nouvelles de Grand-mère.

Vous devez penser : quelle idée de confier la vie de sa grand-mère à une nonne ! Mais si vous aviez rencontré sœur Marie Angela, prieure des bénédictines de Tulsa, vous ne trouveriez pas ça étrange.

En plus de ses activités religieuses, elle dirigeait l'association Chats de gouttière, avec l'aide d'autres sœurs de l'abbaye. C'est là que je l'avais vue pour la première fois. Je voulais que les novices de mon école deviennent plus actifs dans la communauté humaine. La Maison de la Nuit s'était installée à Tulsa cinq ans auparavant, mais ses occupants vivaient en autarcie. Pas besoin d'être très malin pour savoir que l'isolement et l'ignorance engendrent les préjugés.

Bref, Shekinah avait approuvé ma proposition de venir en aide à une association caritative humaine, à condition que je sois bien protégée. Voilà comment Darius avait commencé à s'intégrer à notre groupe. J'avais choisi Chats de gouttière parce que, avec tous les chats vivant à la Maison de la Nuit, ça m'avait paru logique.

Sœur Marie Angela et moi avions immédiatement sympathisé. Elle est cool, spirituelle, sage et elle ne porte pas de jugements hâtifs. Lorsque Grand-mère avait été attaquée par des Corbeaux Moqueurs et conduite à l'hôpital Saint John dans le coma, je l'avais appelée pour lui demander de veiller sur elle et de la protéger de ces créatures maléfiques. Puis, quand la situation avait dégénéré à la Maison de la Nuit, c'était encore elle qui avait mis Grand-mère, et les nonnes de son couvent, à l'abri sous terre.

Du moins, je l'espérais. Je lui avais parlé pour la dernière fois la veille, juste avant que le réseau téléphonique ne soit coupé.

Donc, après réflexion, par ordre d'importance, il fallait, un, que je l'appelle, deux, que quelqu'un m'indique où trouver Jack et Damien. Pour faire d'une pierre deux coups, je décidai d'aller voir Darius, qui montait la garde au sous-sol de la gare. Il saurait me renseigner, et il y aurait peut-être du réseau, à moins que l'apocalypse n'ait déjà eu lieu au-dessus de nous. Heureusement, grâce au sang, je me sentais un peu plus optimiste.

En route, je me rappelai la voix de l'ange noir, la douleur et le plaisir mêlés qu'il avait provoqués en moi quand il m'avait touchée et appelée son « amour ». C'était absurde ! La douleur ne pouvait pas donner du plaisir. Ce n'était qu'un rêve ! Je n'étais pas l'amour de Kalona, certainement pas.

Soudain, je pris conscience que mes nerfs étaient à vif. Plongée dans mes pensées, je ne m'étais pas rendu compte que mon corps s'était tendu et les battements de mon cœur s'étaient accélérés. J'avais la nette et terrifiante impression que quelqu'un m'observait.

Je me retournai, m'attendant à voir – au mieux – des chauves-souris. Rien, juste le tunnel désert qui s'étendait devant moi.

— Tu te montes la tête, dis-je à voix haute.

Comme en réponse, la lanterne la plus proche de moi s'éteignit.

La terreur m'envahit, et je reculai d'un bond. Je me cognai contre l'échelle en métal soudée au mur, qui menait au sous-sol de la gare. Ivre de soulagement, je me mis à grimper. Juste à ce moment-là, un bras d'homme apparut devant mes yeux, me fichant une peur bleue.

— Hé, lança Erik, donne-moi les chips et le soda. Tu vas te prendre une gamelle si tu essaies de tout tenir en même temps.

Je m'exécutai et montai les échelons aussi vite que je pus, le visage en feu.

Erik caressa ma joue brûlante.

— Je vois que je te fais rougir ! Ça me plaît !

Je me gardai bien de lui dire la vérité, craignant qu'il ne se moque de moi. Et je n'avais pas envie de lui parler de mon rêve. Ni à lui ni à qui que ce soit d'autre.

— Arrête, tu sais que je déteste rougir ! Brrr ! Il fait froid ici !

— La température a chuté en quelques heures. Ce doit être un enfer de glace, dehors. Tu sais, je te trouve adorable avec les joues roses.

— Toi et ma grand-mère êtes les seules personnes au monde à penser ça, fis-je en lui souriant de mauvaise grâce.

Je regardai autour de moi. La pièce, éclairée par plusieurs lanternes, n'avait rien de sinistre. Erik avait installé une chaise près de la trappe. Dessus, je vis, surprise, un exemplaire de *Dracula*, de Bram Stoker, d'où dépassait un marque-page, à peu près au milieu du livre. Je haussai les sourcils.

— Quoi ? Je l'ai emprunté à Kramisha, fit-il, l'air confus. Ce livre m'intrigue depuis que tu m'as dit que c'était l'un de tes préférés. Je n'en ai lu que la moitié, alors ne me dis pas ce qui va se passer.

Je lui fis un grand sourire, flattée.

— Oh, je t'en prie ! Tu sais comment il se termine. Tout le monde le sait. Alors… Ça te plaît ?

— Oui, et j'en suis le premier étonné. Je redoutais un peu le côté vieux jeu, les vampires présentés comme des monstres, tout ça…

Je pensai à Neferet, que je considérais comme un monstre caché sous de merveilleux atours, et aux novices rouges, mais je me tus : je ne voulais pas gâcher ce moment. Je revins donc à *Dracula*.

— Oui, Dracula a beau être un monstre, j'ai toujours de la peine pour lui.

— De la peine ? Zoey, il est le mal incarné !

— D'accord, mais il aime Mina. Comment quelqu'un de foncièrement mauvais pourrait-il connaître l'amour ?

— Hé, je n'en suis pas encore là ! Ne me raconte pas tout !

Je roulai des yeux.

— Erik, tu sais bien que Dracula est fou de Mina ! Il la mord, et elle commence à se transformer. C'est à cause de ça que le comte est traqué, et finalement…

— Stop ! s'écria-t-il en me couvrant la bouche. Je ne plaisantais pas ! Je ne veux pas que tu me racontes la fin. Si j'enlève ma main, tu me promets de bien te tenir ?

Je hochai la tête.

Il ôta sa main, mais il ne s'éloigna pas. Je poussai un soupir d'aise : je me sentais si bien avec lui ! J'étais vraiment heureuse de l'avoir retrouvé.

— Tu veux que je te dise comment j'aimerais que le livre se termine ? demandai-je.

— Tu me jures de ne pas me révéler la vraie fin ?

— Croix de bois, croix de fer !

— Alors, vas-y, dit-il d'une voix basse, intime.

— Je voudrais que Dracula ne laisse personne s'interposer entre Mina et lui. Qu'il la morde, qu'elle devienne comme lui et qu'il l'emmène au loin, où ils resteraient ensemble pour toujours, et vivraient heureux.

— Parce qu'ils se ressemblent et sont faits l'un pour l'autre, conclut Erik.

Je sondai ses yeux bleus extraordinaires ; il était très sérieux.

— Oui, malgré toutes les épreuves qu'ils ont endurées. Ils devraient se pardonner leurs erreurs. Je pense qu'ils en sont capables.

— Je le pense aussi. Quand deux personnes tiennent vraiment l'une à l'autre, elles peuvent tout se pardonner.

Nous ne parlions plus des personnages du livre ; nous parlions de notre propre histoire, nous nous testions pour savoir si elle pourrait fonctionner.

Je devais lui pardonner la réaction qu'il avait eue après m'avoir surprise avec Loren. Il avait été horrible, mais la vérité, c'était que je l'avais blessé beaucoup plus qu'il ne m'avait blessée, et pas seulement à ce moment-là. Quand j'avais commencé à le fréquenter, je sortais encore avec Heath, mon petit ami humain. Erik l'avait très mal vécu, mais il avait cru que je reviendrais à la raison, que je comprendrais que Heath appartenait à mon ancienne vie, et qu'il n'avait pas sa place dans mon avenir, contrairement à lui.

Et il n'avait pas tort. D'autant plus que mon Empreinte avec Heath s'était brisée à cause de mon histoire avec Loren. J'en avais eu la triste confirmation deux jours plus tôt, quand je l'avais croisé dans un fast-food. Il m'avait jeté à la figure qu'il ne voulait plus jamais me revoir.

Bien sûr, je l'avais averti que Kalona et les Corbeaux Moqueurs étaient revenus, et je lui avais conseillé de se mettre à l'abri avec sa famille, mais c'était terminé entre nous, et c'était très bien comme ça.

Je fixai Erik dans les yeux.

— Alors, elle te plaît, ma version de *Dracula* ?

— Oui.

Il m'embrassa ; ses lèvres étaient douces et chaudes. Il m'attira à lui et notre baiser se fit plus intense. Je me sentais tellement bien dans ses bras que j'ignorai la petite sirène d'alarme qui retentit dans la partie rationnelle de mon cerveau lorsque ses mains se posèrent sur mes fesses. Mais il me serra beaucoup trop fort, et je sortis de ma torpeur.

Il dut se rendre compte que je me raidissais, car il me relâcha.

— Au fait, qu'est-ce que tu fais là ? demanda-t-il d'un air dégagé.

Je battis des paupières, décontenancée par ce brusque changement d'attitude. Je fis un pas en arrière, attrapai mon soda et bus une longue gorgée.

— Oh, je... euh... je voulais parler à Darius et voir si mon téléphone fonctionnait, bafouillai-je en plongeant la main dans ma poche et en brandissant mon portable.

Trois barres s'allumèrent sur l'écran.

— Oui ! On dirait que ça marche !

— La pluie verglaçante s'est arrêtée, et il y a un petit moment que je n'ai pas entendu de tonnerre. C'est bon signe ! Du moins, j'espère...

— Moi aussi. Je vais essayer d'appeler sœur Marie Angela pour prendre des nouvelles de ma grand-mère.

Je m'exprimais plus facilement désormais. Erik paraissait gentil, normal. Avais-je réagi de manière excessive ? Étais-je devenue trop méfiante envers les garçons, à cause de Loren ?

Réalisant qu'un silence gênant s'était installé entre nous et qu'il me regardait d'un air interrogateur, je demandai :

— Où est Darius ?

— Je l'ai remplacé plus tôt que prévu ; je n'arrivais plus à dormir. Il a besoin de repos, puisqu'il représente à lui seul toute notre armée.

— Aphrodite était encore soûle ?

— Elle dormait comme une masse. Darius l'a portée. Elle va avoir une bonne migraine à son réveil, dit-il, l'air ravi par cette perspective. Ils sont allés se coucher dans la chambre de Dallas. Il n'est pas parti depuis longtemps, peut-être qu'il ne dort pas encore.

— Je voulais qu'il m'indique comment rejoindre Damien et Jack. J'étais réveillée moi aussi, et j'ai décidé de les relever.

— Oh, c'est facile, ils ne sont pas loin de l'entrée de la gare, celle que nous avons empruntée tout à l'heure.

— Tant mieux. Je n'ai pas envie d'embêter Darius. Notre armée doit se reposer ! Hé, tu n'aurais pas remarqué quelque chose de... euh... de bizarre en venant ici ? ajoutai-je d'un ton faussement dégagé.

— Bizarre ? Comment ça ?

— Par exemple, des lanternes qui s'éteignent subitement.

— Non. Mais ça n'aurait rien eu de très étrange. Il faut penser à les remplir d'huile, et les événements récents ont perturbé l'emploi du temps des novices rouges.

— Oui, ça se tient.

Je me laissai aller un moment à un sentiment de soulagement, même si je savais au fond de moi que j'avais tort, et je lui souris. C'était vraiment un petit ami super ; j'étais très heureuse d'être avec lui. Ne pouvais-je en rester là, et ne pas tout gâcher en me disant qu'il attendait plus de moi que je ne pouvais lui donner ? Oublier Stark et la visite troublante de Kalona ?

Je me levai si brusquement que je faillis renverser ma chaise.

— Il faut que j'appelle sœur Marie Angela !

Il me regarda d'un drôle d'air.

— OK, va par là-bas, mais pas trop près de la grille. S'il y a quelqu'un dehors, je ne veux pas qu'il t'entende.

Je m'éloignai de lui et composai le numéro de la sœur en croisant les doigts. Il y eut une tonalité, puis une autre, et encore une autre... Je commençais à paniquer quand elle répondit enfin. La connexion était épouvantable.

— Oh, Zoey ! Je suis tellement contente que tu appelles !

— Ma sœur, est-ce que vous allez bien ? Comment va Grand-mère ?

— Elle va bien... allons bien. Nous sommes...

— J'ai du mal à vous entendre. Où êtes-vous ? Grand-mère est-elle consciente ?

— Ta grand... consciente. Nous sommes sous l'abbaye, mais...

Il y eut des parasites, puis sa voix redevint très claire.
— Est-ce toi qui influences le temps, Zoey ?
— Moi ? Non. Êtes-vous en sécurité là-bas ?
— ... bien. Ne t'inquiète pas, nous...
Soudain, la communication fut interrompue.
— Zut ! m'écriai-je, frustrée.
J'essayai de la rappeler ; en vain.
— Zut de zut !
— Qu'est-ce qu'elle a dit ? demanda Erik en s'approchant de moi.
— Pas grand-chose. On a été coupées, et je n'arrive plus à la joindre. Apparemment, elle va bien, et Grand-mère aussi.
— C'est une excellente nouvelle ! Ne t'inquiète pas, tout va s'arranger. Les nonnes l'ont mise à l'abri, non ?
J'acquiesçai. J'étais au bord des larmes, mais c'était plus de l'énervement que de l'angoisse. J'avais une confiance absolue en sœur Marie Angela ; si elle affirmait que Grand-mère n'était pas en danger, je n'avais pas à me faire du souci.
— C'est dur, de ne pas savoir ce qui se passe dehors, soupirai-je.
Erik posa sa main chaude sur la mienne. Il me tourna vers lui, puis caressa les nouveaux tatouages qui couvraient ma paume.
— Hé, ça va aller. Nyx est avec nous, ne l'oublie pas. Il suffit que tu regardes ces dessins pour en avoir la preuve ! Oui, nous ne sommes pas nombreux, mais nous sommes forts, et nous savons que nous avons choisi le bon côté.
À ce moment-là, mon portable bipa : je reçus un message.

— Oh, cool, dis-je en l'ouvrant. C'est peut-être sœur Marie Angela.

Je lus :

Tous les novices et tous les vampires doivent retourner immédiatement à la Maison de la Nuit.

— Quoi ? fis-je en fixant l'écran, ahurie.
— Laisse-moi voir.

Je lui montrai le message. Il hocha lentement la tête.

— C'est Neferet, je reconnais son numéro.
— Elle t'a donné son numéro ?

Je m'efforçai de dissimuler mon agacement, sans grand succès.

Il haussa les épaules.

— Oui, juste avant que je parte en Europe. Elle a dit que je pouvais l'appeler si j'avais besoin de quoi que ce soit.

J'eus un petit rire méprisant.

— Tu es jalouse ? demanda-t-il, amusé.
— Non ! mentis-je. Mais cette garce manipulatrice me rend dingue.
— En tout cas, elle s'est embarquée dans une sale histoire avec ce Kalona.
— Oui, ça, c'est sûr. Mais, là, elle rêve ! Pas question qu'on retourne là-bas !
— Tu as raison, il faut qu'on en sache plus sur ce qui s'est passé. Et puis, si c'est ton instinct qui parle, nous devons l'écouter.

Il me fit un sourire rassurant en repoussant une mèche de cheveux de mon visage. Son regard était chaleureux, bienveillant.

— Merci de croire encore en moi, lâchai-je.

— Je croirai toujours en toi, Zoey. Toujours.

Il me prit dans ses bras et m'embrassa.

Soudain, la porte en métal donnant sur l'extérieur s'ouvrit à la volée, laissant entrer la lumière trouble de l'après-midi orageux, et un courant d'air glacé. Erik fit volte-face et me poussa derrière lui. Une peur brute me serra la poitrine comme un étau.

— Descends ! Va chercher Darius ! cria-t-il en se précipitant en avant pour affronter l'intrus dont la silhouette se découpait sur le ciel gris.

J'avais commencé à courir vers l'échelle lorsque j'entendis la voix de Heath :

— Hé, c'est toi, Zo ?

CHAPITRE DIX

— Heath !

Je me précipitai vers lui, hurlant presque mon soulagement de le voir, lui, plutôt qu'un Corbeau Moqueur terrifiant ou, pis encore, un immortel aux yeux couleur du ciel nocturne, à la voix chargée de secrets interdits.

— Heath ? répéta Erik, l'air mécontent.

Il m'attrapa le bras au moment où j'allais passer devant lui et fronça les sourcils.

— Ton petit ami humain ?

— Ex-petit ami, corrigeâmes-nous en même temps, Heath et moi.

— Hé, tu ne serais pas Erik ? L'ex-petit ami novice de Zoey ? demanda Heath.

Il sauta avec légèreté du seuil, l'image même – un bon mètre quatre-vingts, des cheveux ondulés châtain clair, des yeux et des taches de rousseur absolument craquants – du joueur de football américain. Oui, j'admets volontiers que mon petit ami de lycée est un peu cliché, mais c'est un cliché adorable.

— Petit ami, rectifia Erik d'une voix dure. Pas ex-petit ami. Et vampire, pas novice.

— Oh, railla Heath, je te féliciterais bien de t'être réconcilié avec Zoey et d'avoir eu de l'avancement, mais ce serait hypocrite. Tu vois ce que je veux dire, mec ?

Il contourna Erik, me prit le poignet et son regard s'arrêta sur mes nouveaux tatouages.

— Waouh ! Ça, c'est carrément cool ! Alors, ta déesse prend toujours soin de toi ?

— Oui.

— Tant mieux, dit-il en me serrant dans ses bras. Je me suis fait du souci pour toi ! Tu es en un seul morceau ?

— Je vais bien, répondis-je, un peu fébrile.

La dernière fois que je l'avais vu, il avait déclaré que c'était fini entre nous. Seulement, son odeur était incroyable. L'odeur de mon enfance, mélangée à un parfum excitant et délicieux. Je savais ce qui m'attirait autant : son sang. Et ça m'embrouillait encore plus.

— Excellent, dit-il en me relâchant.

Je reculai et me rapprochai d'Erik. Je vis un éclat douloureux dans les yeux de Heath, qui ne dura qu'une seconde. Il sourit et haussa les épaules, comme si notre étreinte ne signifiait rien, puisque nous n'étions plus que des amis désormais.

— À vrai dire, je m'en doutais, reprit-il. Même si ce truc entre nous est brisé, je le saurais s'il t'arrivait quelque chose.

Il avait prononcé « ce truc » d'une voix pleine de sous-entendus, et je sentis qu'Erik bouillait à côté de moi.

— Je voulais juste m'en assurer. Et puis, il faut que tu m'expliques ton coup de téléphone d'hier soir.

— Un coup de téléphone ? fit Erik en me regardant d'un air suspicieux.

— Parfaitement ! répondis-je en relevant le menton.

Il était peut-être mon petit ami, mais je n'allais pas pour autant accepter son attitude possessive et sa jalousie.

— J'ai appelé Heath pour lui dire de protéger sa famille des Corbeaux Moqueurs. Nous ne sommes plus ensemble, mais je ne veux pas qu'il lui arrive du mal.

— Les Corbeaux Moqueurs ? répéta Heath.

— Que se passe-t-il dehors ? demanda Erik.

— Ce qui se passe ? Comment ça ? Tu parles du gros orage qui a viré à la pluie verglaçante, ou du gang qui a pété les plombs ? Et c'est quoi, ces Corbeaux Moqueurs ?

— Quel gang qui a pété les plombs ?

— Non, je dirai que dalle tant que tu n'auras pas répondu à ma question.

— Les Corbeaux Moqueurs sont des créatures démoniaques issues des légendes cherokees, expliquai-je. Jusqu'à hier soir, minuit, ce n'étaient que des esprits maléfiques, mais tout a changé quand leur père, un immortel nommé Kalona, s'est libéré de sa prison souterraine pour s'installer à la Maison de la Nuit de Tulsa.

— Tu penses vraiment que c'est une bonne idée de lui raconter tout ça ? intervint Erik.

— Hé, et si tu laissais Zoey décider ce qu'elle va me raconter ou non ? s'emporta Heath, qui semblait à deux doigts de lui mettre une droite.

— Tu es un *humain*, riposta Erik sur le même ton, prononçant le mot « humain » comme s'il s'agissait d'une maladie honteuse. Tu ne peux pas gérer les mêmes choses que nous. Essaie de te rappeler que j'ai sauvé tes petites fesses quand tu t'es fait attaquer par des esprits vampires.

— C'est Zoey qui m'a sauvé, pas toi ! Et je *gère* Zoey depuis bien plus longtemps que toi.

— Ah oui ? siffla Erik. Combien de fois l'as-tu mise en danger depuis qu'elle a été élue par Nyx ?

Là, il avait marqué un point. Heath baissa d'un ton.

— Écoute, je ne la mets pas en danger en venant ici. Je voulais seulement m'assurer qu'elle allait bien. J'ai essayé de l'appeler plusieurs fois, mais les communications sont perturbées.

— Heath, je n'ai pas peur pour moi, mais pour toi, dis-je en regardant Erik de manière à lui faire comprendre qu'il devait se taire...

— Je sais que ces saletés de zombis ont essayé de me dévorer la dernière fois que je suis venu ici. Mes souvenirs sont vagues, mais j'ai quand même apporté ça, dit-il en sortant de la poche de sa veste un pistolet noir au canon très court. C'est celui de mon père. J'ai aussi des munitions. S'ils s'avisent à nouveau de s'en prendre à moi, je pourrai tirer sur ceux que tu n'arriverais pas à maîtriser.

— Heath, ne me dis pas que tu te balades avec un pistolet chargé dans ta poche !

— Zo, j'ai mis la sécurité. Je ne suis pas complètement débile.

Erik eut un petit rire sarcastique. Heath le regarda en plissant les yeux. L'atmosphère était chargée de haine. J'intervins avant qu'ils ne se mettent à se taper la poitrine comme des primates.

— Les novices qui sont là ne mangent plus les humains, Heath, alors tu n'auras à tirer sur personne. Je m'inquiétais pour toi, à cause des Corbeaux Moqueurs.

— Elle a répondu à ta question, lança Erik. Maintenant, c'est quoi, cette histoire de gang ?

Heath haussa les épaules.

— On ne passe que ça aux infos. Enfin, quand la télé veut bien fonctionner. Il paraît qu'un gang a dérapé hier, vers minuit, pendant un rite d'initiation pour le Nouvel An, ou un truc comme ça. Sur Fox News, Chera Kimiko a parlé d'un bain de sang. Les flics ont mis du temps à intervenir. Des gens ont été tués en centre-ville, du coup tout le monde a la trouille, parce que d'habitude les voyous ne traînent pas là-bas. Les Blancs riches flippent à mort. Aux dernières nouvelles, ils voulaient appeler la garde nationale, même si, d'après les flics, tout est sous contrôle.

Il se tut ; j'aurais presque pu entendre les rouages tourner dans son cerveau.

— Alors, ce n'était pas un gang... mais ces espèces de corbeaux.

— Brillante déduction ! ironisa Erik.

— Oui, dis-je. Les Corbeaux Moqueurs ont commencé à attaquer quand nous nous sommes échappés de la Maison de la Nuit. Ils n'ont pas mentionné des créatures étranges, aux infos ?

— Non, juste des gangsters, qui s'étaient jetés sur les gens au hasard. Certains ont eu la gorge tranchée. C'est comme ça qu'ils tuent, ces Corbeaux Moqueurs ?

Je me souvins qu'une des deux visions d'Aphrodite sur ma mort avait failli se réaliser quand l'un d'eux avait essayé de m'égorger à la Maison de la Nuit, alors même qu'il n'avait pas retrouvé son enveloppe corporelle. Je frissonnai.

— Oui, apparemment. Je ne sais pas grand-chose sur eux, cela dit. Grand-mère pourrait nous éclairer, mais elle a eu un accident de voiture à cause d'eux, et...

— Grand-mère a eu un accident ? me coupa-t-il. Je suis vraiment désolé, Zo. Comment va-t-elle ?

Sa compassion était sincère. Grand-mère l'aimait beaucoup et il m'avait accompagnée chez elle, dans sa plantation de lavande, plein de fois.

— Elle va se remettre, déclarai-je fermement. Il le faut. Les sœurs bénédictines s'occupent d'elle dans le sous-sol de leur abbaye.

— Hein ? Un sous-sol ? Des bonnes sœurs ? Pourquoi n'est-elle pas à l'hôpital ?

— Elle y était avant le retour de Kalona, et avant que les Corbeaux Moqueurs ne récupèrent leur corps, mi-oiseau, mi-humain.

— Mi-oiseau, mi-humain ? Ça n'a pas l'air très ragoûtant.

— C'est pire que tout ce que tu pourrais imaginer, sans compter qu'ils sont très gros. Et maléfiques. Heath, tu dois m'écouter attentivement. Kalona est un immortel, un ange déchu.

— Par « déchu », tu entends qu'il ne fait plus partie des gentils et qu'il ne vole pas dans les cieux en jouant de la harpe ?

— Il a des ailes, dit Erik. De grandes ailes noires. Mais non, ce n'est pas un gentil, et il ne l'a jamais été.

— Non, ce n'est pas vrai ! m'écriai-je.

Ils me dévisagèrent tous les deux, étonnés. Je leur fis un sourire nerveux.

— Euh, enfin, d'après Grand-mère, Kalona était un ange, alors je suppose qu'il a été gentil, autrefois. Il y a très, très longtemps.

— Il me paraît plus sûr de partir du principe qu'il est totalement démoniaque, dit Erik.

— De nombreuses personnes ont été blessées hier soir, reprit Heath. Je ne sais pas combien ont été tuées, mais ça a été terrible. Si ce Kalona est lié à ces meurtres, alors, en effet, il doit être démoniaque.

— OK, vous avez sans doute raison, admis-je à contrecœur.

C'était quoi, mon problème ? Je savais mieux que quiconque à quel point il était mauvais ! J'avais ressenti sa puissance sombre ; je n'ignorais pas que Neferet s'était alliée avec lui, et qu'elle avait décidé de tourner le dos à Nyx. Un seul adjectif pouvait résumer tout ça : démoniaque.

— Attendez, j'avais presque oublié ce truc, lança Erik en se précipitant vers la radio. Voyons voir…

Il manipula les boutons argentés, et finit par trouver la station Channel 8, pleine de parasites. Le présentateur parlait à toute vitesse d'une voix grave.

— *Revenons à notre reportage spécial sur les actes de violence commis hier soir par un gang dans le centre-ville de Tulsa. Les autorités sont catégoriques : la situation est sous contrôle. Voici les propos du chef de la police : « Il s'agissait du rite d'initiation d'un nouveau gang se faisant appeler les Moqueurs. Ses leaders ont été arrêtés, et les rues de Tulsa sont de nouveau parfaitement sûres pour nos concitoyens. » Bien entendu, la ville et sa région seront soumises à une vigilance de niveau rouge jusqu'à demain soir. Nous vous encourageons à ne sortir de chez vous qu'en cas d'urgence. On attend encore au moins quinze centimètres de pluie verglaçante, ce qui va ralentir les services chargés de rétablir l'électricité dans les nombreux quartiers qui en sont dépourvus depuis hier soir. Restez avec nous ; plus d'informations dans le bulletin météo complet de notre édition de cinq heures, soit dans une demi-heure.*

Pour finir : on nous demande de faire une annonce publique. Tout le personnel et les élèves de la Maison de la Nuit doivent rentrer à l'école en raison des conditions météorologiques. Je répète, tout le personnel et les élèves de la Maison de la Nuit doivent réintégrer l'école.

Maintenant, revenons à notre programme…

— Il n'y avait pas de gang en centre-ville hier soir, dis-je. C'est complètement ridicule !

— Elle a réussi, murmura Erik d'un air sombre. Elle a manipulé la presse, et sans doute l'opinion publique.

— Le « elle » désignant la grande prêtresse qui a foutu le bazar dans mon esprit ? se renseigna Heath.

— Non, prétendit Erik.

— Oui, répondis-je au même moment.

Je regardai Erik en fronçant les sourcils.

— Il a besoin de connaître la vérité pour se protéger.

— Moins il en sait, mieux ça vaudra pour lui.

— Non. Tu vois, avant, je pensais comme toi. Résultat : tout le monde s'est retourné contre moi. C'est aussi pour ça que j'ai commis de grosses erreurs, ajoutai-je en les regardant l'un après l'autre. Si je n'avais pas gardé autant de secrets, si j'avais cru mes amis capables d'affronter la vérité, je n'en serais peut-être pas arrivée là.

— D'accord, soupira Erik en s'adressant à Heath. Elle s'appelle Neferet. C'est la grande prêtresse de la Maison de la Nuit. Elle est puissante ; très puissante. Elle peut entre autres lire dans les pensées.

— Je sais déjà qu'elle peut bidouiller l'esprit des gens. À cause d'elle, j'ai oublié des choses qui me sont arrivées. Je commence tout juste à m'en souvenir.

— Est-ce que ça te fait mal à la tête, de te souvenir ? demandai-je, repensant à la douleur que j'avais éprouvée en brisant les barrages que Neferet avait construits dans ma mémoire.

— Oui, c'est douloureux, mais de moins en moins.

— Neferet est aussi la reine de Kalona, continua Erik.

— Alors, elle est vraiment tordue.

— Tordue et dangereuse, soulignai-je. Kalona a un seul point faible : il ne supporte pas d'aller sous terre. Alors, tu seras en sécurité sous la surface du sol.

— Et les Corbeaux Moqueurs ?

— On ne sait pas. Aucun n'est descendu ici, mais ça ne veut pas dire grand-chose.

Je songeai à la présence que j'avais ressentie dans les souterrains. De qui s'agissait-il ? Des novices rouges ? Des Corbeaux Moqueurs ? D'une autre créature sans visage, que Kalona aurait envoyée contre nous ? Ou était-ce seulement mon imagination malade ? Je n'avais qu'une certitude : si je leur parlais de mes doutes, ils me prendraient pour une folle ; alors je préférai me taire.

— Aujourd'hui, c'est samedi, dit Heath. On est en vacances jusqu'à mercredi, mais si cette tempête continue, on risque de ne pas avoir cours de la semaine. Ce ne sera pas trop difficile de rester à l'abri, même si les Corbeaux Moqueurs attaquent de nouveau et s'ils s'en prennent cette fois à Broken Arrow.

Mon estomac se noua.

— Ce n'est pas exclu. Neferet sait que je suis de Broken Arrow, et qu'il y a des personnes auxquelles je tiens là-bas.

— Elle pourrait y envoyer des Corbeaux Moqueurs rien que pour t'atteindre ?

— Oui, surtout si mon groupe et moi ignorons l'ordre de retourner à l'école.

— Mais attends, Zo ! Je croyais que vous deviez rester à l'école, à proximité des vampires adultes, pour ne pas tomber malades.

— Je suis là, dit Erik. Et il y a un autre vampire adulte, sans parler de Lucie.

— Lucie ? Je pensais que c'était une morte vivante.

— Plus maintenant. Elle s'est transformée en une nouvelle sorte de vampire, avec des tatouages rouges. Tous les novices qui ont tenté de te manger sont devenus des novices rouges, et ils ne sont plus aussi affreux.

— Waouh ! Je suis content que ta meilleure amie aille mieux.

— Moi aussi, fis-je en souriant.

— Alors, trois vampires suffisent à vous empêcher de tomber malades ?

— Il faudra bien, dit brusquement Erik. Heath, tu dois t'en aller maintenant.

Heath et moi le regardâmes, surpris. Je me rendis compte que j'avais beaucoup souri à Heath, heureuse que nous nous parlions de nouveau.

— La tempête, expliqua Erik. S'il ne part pas avant le coucher du soleil, il sera coincé ici. Or c'est dans une demi-heure environ. Heath, combien de temps il t'a fallu pour venir de Broken Arrow ?

— Presque deux heures. Les routes sont très mauvaises.

En temps normal, il n'aurait mis qu'une demi-heure. Erik avait raison. Il devait rentrer chez lui, d'autant plus que je n'étais pas persuadée qu'il serait en sécurité à proximité des novices rouges. Heath était cent pour cent humain, plein de sang frais, tiède, délicieux – je me mis à saliver à cette seule pensée – et je ne connaissais pas l'étendue de leur self-control.

— Fais comme il dit, Heath. Il ne faut pas que tu restes dehors ce soir. On ne sait pas ce que les Corbeaux Moqueurs ont dans la tête.

Heath me fixa comme si nous étions seuls, tous les deux.

— Tu te fais du souci pour moi, Zo !

Ma gorge s'assécha. Ce n'était pas une conversation que je voulais avoir devant Erik.

— Bien sûr que je me fais du souci pour toi ! Nous sommes amis depuis longtemps.

Je sentais les yeux d'Erik sur moi. Je me forçai à ne pas m'agiter d'un air coupable.

Heath me fit un sourire lent, chaleureux.

— Des amis. Bien sûr.

— Il est temps que tu y ailles, s'impatienta Erik.

— J'irai quand Zo me dira d'y aller, déclara Heath en le défiant du regard.

— Oui, il est temps que tu partes, dis-je aussitôt.

Heath ne me lâcha pas des yeux pendant plusieurs battements de cœur.

— Bien, comme tu veux !

Il se tourna vers Erik.

— Alors, tu es un véritable vampire maintenant ?

— Oui.

Heath le regarda de haut en bas. Ils avaient à peu près le même gabarit. Erik était plus grand ; Heath plus musclé. En tout cas, ils donnaient tous les deux l'impression de pouvoir se défendre. J'étais tendue tout à coup : allaient-ils se battre ?

— Il paraît que les vampires sont très protecteurs à l'égard de leurs prêtresses, finit par dire Heath. C'est vrai ?

— C'est vrai, répondit Erik.

— Alors, tu as intérêt à faire en sorte qu'il n'arrive rien à Zoey.

— Il ne lui arrivera rien tant que je serai en vie.

— J'espère bien, fit Heath d'une voix dure. Parce que, sinon, je te retrouverai et, vampire ou non, je te tuerai.

CHAPITRE ONZE

— Arrêtez ! m'écriai-je en me plaçant entre eux. Vous ne trouvez pas que j'ai assez de problèmes comme ça ? Bon sang, vous êtes de vrais gamins !

Ils continuaient à se fusiller du regard au-dessus de ma tête.

— J'ai dit, stop !

Je leur donnai un coup de poing dans la poitrine, et ils baissèrent enfin les yeux sur moi.

— Vous êtes ridicules, à gonfler le torse et à faire les coqs ! fulminai-je. Je n'aurais qu'à claquer des doigts pour vous botter les fesses à tous les deux.

Heath se balança d'un pied sur l'autre, gêné. Puis il me sourit comme un petit garçon qui vient de se faire gronder.

— Désolé, Zo. J'oublie toujours que tu as des pouvoirs magiques.

— Moi aussi, je suis désolé, lui fit écho Erik. Je sais que je n'ai pas de souci à me faire puisqu'il n'y a plus rien entre toi et lui, ajouta-t-il en adressant un petit sourire suffisant à Heath.

Celui-ci me regarda comme s'il s'attendait que je dise un truc du genre « Euh... Erik, tu ferais bien de t'inquiéter, parce que Heath me plaît toujours. » Or c'était impossible. Il appartenait à mon ancienne vie, et il n'avait pas de place dans mon présent, ni dans mon futur. Étant humain, il était beaucoup plus vulnérable et risquait d'être tué si on nous attaquait.

— OK, je m'en vais, lâcha-t-il, rompant le lourd silence qui s'installait.

Il fit volte-face, se dirigea vers la porte, puis il s'arrêta net.

— Mais, avant, je dois parler à Zoey en privé.

— Je ne bouge pas d'ici, déclara Erik.

— Personne ne te l'a demandé, répliqua Heath. Zoey, pourrais-tu sortir un moment ?

— Sûrement pas ! protesta Erik en se rapprochant de moi, comme si je lui appartenais. Elle n'ira nulle part avec toi.

J'allais lui dire qu'il n'était pas mon père lorsqu'il eut un geste qui m'irrita profondément : il m'attrapa le poignet et me tira vers lui, alors même que je n'avais pas fait un pas pour suivre Heath.

Mon premier réflexe fut de me dégager.

Il plissa les yeux. À cet instant précis, j'avais l'impression de me trouver face à un inconnu fou et méchant, non à mon petit ami.

— Tu n'iras nulle part avec lui, répéta-t-il.

La colère m'envahit. S'il y a bien une chose que je ne supporte pas, c'est qu'on essaie de m'intimider. C'est en partie pour ça que je ne me suis jamais entendue avec mon beauf-père qui, au fond, n'est qu'un tyran. Et voilà que je retrouvais cette attitude chez Erik !

Je ne hurlai pas, je ne le frappai pas ; et pourtant ce n'était pas l'envie qui m'en manquait. Je me contentai de secouer la tête et de prendre ma voix la plus froide.

— Ça suffit, Erik ! Ce n'est pas parce qu'on s'est remis ensemble que tu peux me dicter ma conduite.

— Non, mais parce qu'on s'est remis ensemble, tu es censée ne plus me tromper avec ton petit ami humain !

Je reculai d'un pas, bouche bée, comme s'il m'avait giflée.

— Je t'interdis de me parler comme ça ! m'écriai-je, furieuse, au bord de la nausée. En tant que petite amie, je me sens blessée. En tant que grande prêtresse, je me sens insultée. Et en tant que personne dotée d'un cerveau en état de marche, j'en viens à me demander si tu n'as pas complètement perdu la tête. Qu'est-ce que tu crois ? Qu'à l'instant où je vais me retrouver seule avec Heath, dans un parking, en pleine tempête, je vais coucher avec lui ? Tu crois que je suis ce genre de fille ?

Il ne répondit pas, mais ses yeux assassins ne me quittèrent pas. Le silence électrique fut troublé par le ricanement moqueur de Heath.

— Hé, Erik, permets-moi de te donner un conseil. Zo n'aime pas, mais alors vraiment pas, qu'on lui dise ce qu'elle doit faire. Et c'est comme ça depuis, oh... au moins le CE2. Avant même que la déesse lui accorde des pouvoirs magiques, elle détestait qu'on lui donne des ordres.

Il me tendit la main.

— Tu viens faire un tour avec moi quelques minutes ? On pourra discuter sans public.

— Oui. J'ai besoin de changer d'air.

Ignorant Erik et la main de Heath, je me dirigeai à pas bruyants vers la porte en métal, qui paraissait beaucoup plus solide qu'elle ne l'était en réalité. Je la poussai et sortis dans la sinistre soirée d'hiver. Les bourrasques d'un vent glacial sur mon visage échauffé m'apaisèrent un peu ; j'inspirai profondément, essayant de me calmer et de ne pas hurler ma frustration.

Je crus qu'il pleuvait ; or c'était plutôt comme si le ciel crachait de petits grêlons, doucement, sans interruption. Tout était recouvert de glace, ce qui donnait aux parages une apparence surnaturelle.

— Ma camionnette est là-bas, dit Heath en désignant le fond du parking désert.

Elle était garée sous un arbre, planté à l'origine pour orner le trottoir qui faisait le tour de la gare. Il avait payé le prix de nombreuses années de négligence : au lieu de pousser dans le rond creusé à cet effet, ses racines avaient fendu le ciment autour de lui. Ses branches chargées de glace se balançaient, fragiles, près du vieux bâtiment en granit ; certaines s'appuyaient sur le toit. Il semblait sur le point de se briser en mille morceaux.

— Viens, dit Heath, m'abritant la tête sous sa veste. On sera mieux dans la camionnette.

Je balayai des yeux le paysage gris, désolé. Il n'y avait rien d'effrayant ni de monstrueux. Juste le froid, l'humidité et le vide.

— D'accord, fis-je, le laissant me conduire vers le véhicule, serrée contre lui.

Je n'aurais sans doute pas dû m'agripper à lui pour ne pas glisser, mais je me sentais tellement à l'aise que je n'hésitai pas. À quoi bon se voiler la face ? Il faisait partie de ma vie depuis l'école primaire. J'étais mieux avec lui qu'avec quiconque, excepté Grand-mère. Que nous sortions ensemble ou non, il m'était plus proche que n'importe quel membre de ma famille. Il avait été mon ami avant même de devenir mon petit ami.

« Mais il ne pourra plus jamais n'être qu'un ami ; il y aura toujours quelque chose de plus entre vous », me chuchota ma conscience, que je choisis d'ignorer.

Il m'ouvrit la portière. Son odeur, mêlée à celle du produit nettoyant, s'en échappa. M'installer à l'intérieur à côté de lui aurait été trop intime ; cela m'aurait rappelé trop de souvenirs. Alors, je me perchai au bout du siège passager, juste pour ne pas être complètement trempée. Il me fit un sourire triste, comme s'il comprenait ma manœuvre, et s'adossa contre la portière ouverte.

— Bon, de quoi voulais-tu me parler ?

— Je n'aime pas te savoir ici. Je ne me souviens pas de tout, mais je sais que ces souterrains sont dangereux. Tu as beau prétendre que ces novices ont changé, ça m'inquiète que tu sois avec eux.

— Je ne peux pas te reprocher ta méfiance, mais je t'assure que la situation n'est plus du tout la même. Ils ont retrouvé leur humanité. Et puis, pour l'instant, c'est ici que nous sommes le plus en sécurité.

Heath me fixa un long moment, puis soupira lourdement.

— C'est toi la prêtresse ; j'espère que tu sais ce que tu fais. Je me demandais juste si vous ne devriez pas retourner à la Maison de la Nuit. Cet ange déchu n'est peut-être pas si terrible que ça.

— Oh, si, il l'est, tu peux me croire ! Tu ne l'as pas vu quand il est sorti de terre ! On aurait dit qu'il avait jeté un sort sur les novices et les vampires. C'était vraiment flippant. Tu connais déjà l'étendue des pouvoirs de Neferet. Eh bien, Kalona est mille fois plus puissant qu'elle.

— Ce n'est pas bon, ça.

— Non.

Il se tut, se contentant de me regarder. J'étais hypnotisée par ses yeux marron, d'une douceur extrême. Soudain, je me sentis bizarre, troublée par la bonne odeur de son savon, l'odeur avec laquelle j'avais grandi, et la chaleur émanant de son corps.

Lentement, il prit ma main et la retourna pour admirer mes tatouages. Il en suivit le tracé avec un doigt.

— C'est vraiment incroyable, ce qui t'est arrivé, souffla-t-il. Parfois, quand je me réveille le matin, j'oublie que tu as été marquée et que tu es à la Maison de la Nuit, et j'ai hâte d'être au match de vendredi pour que tu viennes me voir jouer. Ou alors, je suis impatient de te parler avant d'aller en cours. Et puis, je me souviens que c'est fini, tout ça... C'était moins dur quand nous avions notre Empreinte, parce que j'avais l'impression d'avoir encore une chance, de posséder une partie de toi. Plus maintenant.

Il me faisait trembler à l'intérieur.

— Je suis désolée, Heath. Je... je ne sais pas quoi dire. Je ne peux rien changer.

— Si, fit-il en pressant ma main contre son tee-shirt de l'équipe de Broken Arrow, juste au-dessus de son cœur. Tu le sens battre ?

Je hochai la tête. Je percevais son martèlement, fort et régulier, à peine trop rapide. Je pensai au sang délicieux qui coulait dans ses veines. Comme j'aurais aimé y goûter, juste un tout petit peu... Mon propre cœur s'emballa.

— La dernière fois que je t'ai vue, reprit-il, je t'ai dit que c'était trop douloureux de t'aimer. Mais j'avais tort. La vérité, c'est que c'est trop douloureux de ne pas t'aimer.

— Non, Heath. On ne peut pas, fis-je d'une voix rauque, luttant contre mon désir.

— Bien sûr qu'on peut, bébé. On est bien ensemble. On a de l'entraînement.

Il s'empara du doigt que je pointais sur sa poitrine et passa légèrement le pouce sur mon ongle.

— C'est vrai que vos ongles sont si aiguisés qu'ils peuvent trancher la peau ?

J'opinai. Je savais qu'il fallait que je m'en aille, que je retourne dans les tunnels, à la vie qui m'y attendait, mais j'en étais incapable. Heath m'offrait lui aussi une vie, et il m'était impossible de m'éloigner de lui.

Il posa mon doigt au creux de son cou.

— Coupe-moi, Zo. Bois mon sang, murmura-t-il. Nous sommes déjà liés. Nous le serons toujours. Recrée cette Empreinte entre nous.

Il appuya plus fort. Nous respirions tous les deux bruyamment. Mon ongle perça sa peau et, fascinée, je regardai le minuscule ruban écarlate qui se déroulait sur sa peau pâle.

Le parfum familier de son sang me submergea. Rien ne soutenait la comparaison avec du sang humain frais – ni celui d'un novice, ni même celui d'un vampire adulte. Je me penchai vers lui...

Heath m'attira à lui.

— Oui, bébé, oui. Bois, Zo. Tu te rappelles comme c'est bon ?

Mes pensées s'affolèrent : et si je n'en prenais qu'une petite gorgée ? Même si nous imprimions de nouveau, ce ne serait pas si grave... J'avais adoré notre Empreinte, et lui aussi, jusqu'à ce que...

Jusqu'à ce que je la brise, lui brisant au passage le cœur et endommageant son âme, de manière irréversible peut-être.

Je le repoussai et sautai à terre. La pluie glacée qui me cingla le visage atténua ma soif de sang.

— Je dois y retourner, Heath. Toi aussi, rentre chez toi. Ta place n'est pas ici.

— Zoey, que se passe-t-il ?

Il fit un pas vers moi, et je reculai.

— Qu'est-ce que j'ai fait ?

— Rien. Ce... ce n'est pas toi, Heath. Tu es super. Tu l'as toujours été, et je t'aime. C'est pour ça que nous ne pouvons pas imprimer. Ce ne serait pas bon pour toi, surtout en ce moment.

— Pourquoi tu ne me laisses pas décider de ce qui est bon ou pas pour moi ?

— Parce que tu ne raisonnes pas dès qu'il s'agit de nous deux ! hurlai-je. Tu te souviens comme tu as souffert à l'instant où notre Empreinte a été rompue ? Tu m'as dit que tu avais eu envie de mourir !

— Alors, ne la romps pas.

— Les choses ne sont pas aussi simples.

— Peut-être que c'est toi qui les compliques. Il y a toi. Il y a moi. Nous nous aimons depuis que nous sommes gamins, point final.

— La vie n'est pas un livre, Heath ! Rien ne nous garantit une fin heureuse.

— Je n'ai pas besoin de garantie si je t'ai, toi.

— Justement. Tu ne m'as pas, Heath. Tu ne peux plus m'avoir. Non ! m'écriai-je en le faisant taire d'un geste quand il voulut protester. Je ne peux pas faire ça, pas maintenant. Monte dans ta camionnette et fonce à Broken Arrow ; moi, je vais retrouver mes copains et mon petit ami.

— Oh, je t'en prie ! Toi et cet abruti de vampire ? Tu ne vas pas le supporter longtemps, Zo, je t'assure.

— Il ne s'agit pas que d'Erik. Toi et moi, c'est fini, Heath. Tu dois m'oublier et continuer ta vie. Ta vie d'humain.

Je me détournai et partis. Lorsque je l'entendis me suivre, je ne me retournai pas.

— Non ! Va-t'en, Heath, et ne reviens jamais ! lançai-je.

Je retins mon souffle. Le bruit de pas s'arrêta. « Il ne faut pas que je le regarde ! Sinon, je vais me jeter dans ses bras. »

J'avais presque atteint l'entrée de la gare quand le premier croassement déchira l'air. Je stoppai net comme si je m'étais heurtée contre un mur de pierre et fis volte-face. Heath se tenait sous l'arbre, à côté de sa camionnette.

Soudain, je vis une ombre remuer dans l'arbre qui ployait sous le poids de la glace. Je battis des paupières, intriguée. Alors, l'image se transforma et devint plus nette. J'en eus le souffle coupé. Neferet ! Elle était accrochée à une branche épaisse et luisante qui reposait sur le toit de la gare. Ses yeux écarlates brillaient ; ses cheveux volaient furieusement autour d'elle comme si elle était prise dans un ouragan.

Elle ricana. Son expression était tellement cruelle que je me figeai.

Comme je la fixais, horrifiée, l'image se métamorphosa de nouveau, vacilla, et à sa place apparut un énorme Corbeau Moqueur. La créature me regardait avec des yeux d'homme, de la couleur du sang. Ses bras et ses jambes nus émergeaient du corps d'un oiseau gigantesque. Je voyais sa langue fourchue et la salive qui coulait de sa gueule avide.

— Zoey, que se passe-t-il ? demanda Heath et, avant que je puisse l'en dissuader, il suivit mon regard. Oh, non !

— Zzzzoey ? lâcha la créature d'une voix d'outre-tombe. Nous t'avons cherchée.

J'étais comme paralysée. Aucun son ne sortit de ma bouche, pas même le cri de terreur qui emplissait ma gorge.

— Mon père ssssera très content quand je te présss-senterai à lui, siffla le monstre en dépliant ses ailes.

— Dans tes rêves ! hurla Heath.

CHAPITRE DOUZE

Quand je réussis à détacher le regard du Corbeau Moqueur, je vis que Heath m'avait rejointe. Il avait dégainé son pistolet et le pointait sur la créature.

— Pauvre humain ! lança celle-ci d'une voix stridente. Tu penses pouvoir arrêter un Anccccien ?

Ensuite, tout alla très vite. L'oiseau monstrueux s'élança à l'instant précis où mon corps se débloquait. Je me précipitai en avant. Heath appuya sur la détente et le coup partit. Mais le Corbeau Moqueur se déplaçait à une vitesse vertigineuse : il esquiva la balle, qui se planta dans l'arbre glacé. Alors qu'il volait droit sur Heath, j'aperçus ses serres en dents de scie. Si je n'agissais pas très vite, Heath allait mourir.

Hurlant de peur et de rage, je poussai mon ami sur le côté juste au moment où le Corbeau Moqueur allait frapper ; c'est donc moi qui reçus le coup.

D'abord, je ne ressentis aucune douleur, juste une pression sur ma peau, traversant la partie supérieure de ma poitrine. La force de l'impact me fit pivoter, si bien que je me retrouvai face au Corbeau Moqueur lorsqu'il se posa sur ses horribles jambes humaines.

Ses yeux s'agrandirent.

— Non ! Il te veut en vie !

— Zoey ! Mets-toi derrière moi ! cria Heath en essayant de se relever.

Il glissa sur le sol gelé – qui, chose bizarre, avait viré au rouge –, puis il tomba lourdement.

C'était étrange : alors même qu'il se trouvait juste à côté de moi, sa voix me parvenait comme s'il parlait à l'autre bout d'un long tunnel.

Soudain, à ma grande surprise, mes genoux cédèrent et je m'affalai par terre. Un bruissement d'ailes attira mon attention sur la créature : elle s'apprêtait manifestement à revenir vers moi.

Je levai la main, qui me parut chaude et lourde. Je la regardai : elle était couverte de sang. « Du sang ? Alors, c'est ça, cette flaque rouge ? »

— Air, viens à moi ! appelai-je dans un murmure.

Heureusement, l'élément n'avait pas de problèmes d'audition : il se mit aussitôt à tourner autour de moi.

— Empêche-le de s'envoler, ordonnai-je.

Le grotesque homme-oiseau se retrouva aussitôt pris au piège d'une petite tornade. Avec un cri perçant, insupportable, il replia ses ailes, désormais inutiles, dans son dos et se mit à marcher dans notre direction, s'arc-boutant contre les bourrasques.

— Zoey ! Zoey !

Heath passa un bras autour de moi. Ça me rendit service car, sinon, je me serais écroulée. Je lui souris, me demandant pourquoi il pleurait.

— Attends une seconde, il faut que j'en finisse avec cette saleté. Feu, j'ai besoin de toi.

L'air tourbillonnant autour de moi se réchauffa. Je pointai mon doigt couvert de sang sur le Corbeau Moqueur.

— Brûle-le !

Une colonne de flammes furieuses encercla la créature. Une odeur répugnante de viande rôtie et de plumes brûlées parvint à mes narines. Je crus que j'allais vomir.

— Feu, je te remercie. Air, en partant, pourrais-tu emporter cette odeur nauséabonde, s'il te plaît ?

Je voulais parler normalement, mais je ne faisais que murmurer. Les éléments m'obéirent néanmoins.

Prise de vertige et de nausée, je me laissai aller contre Heath. J'essayais de comprendre ce qui n'allait pas chez moi, mais mes pensées étaient comme engluées, ce qui, bizarrement, ne me paraissait pas très important.

J'entendis quelqu'un courir au loin, puis Heath hurla, le visage baigné de larmes.

— Au secours ! On est là ! Zoey a besoin d'aide !

Le visage d'Erik apparut à côté de celui de Heath. « Génial, ils vont recommencer à se grogner dessus », pensai-je. Pourtant, non. La réaction d'Erik m'intrigua, sans plus. Je le regardais, détachée.

— Merde ! lâcha-t-il en pâlissant.

Sans ajouter un mot, il arracha sa chemise (la belle chemise noire à manches longues qu'il avait portée à l'occasion de notre dernier rituel), faisant sauter tous les boutons. Il était trop mignon avec son petit marcel. Sérieusement, il avait un corps canon. Il s'agenouilla.

— Serre les dents, Zoey, ça va faire mal.

Il roula sa chemise en boule et l'appuya contre ma poitrine.

Alors seulement la douleur me déchira. J'en eus le souffle coupé.

— Oh, déesse ! Désolé, Zoey, désolé !

Je baissai les yeux pour voir pourquoi j'avais aussi mal. Tout mon corps était couvert de sang !

— Que… que…

J'essayai de formuler une question ; en vain : la souffrance et une sensation de torpeur grandissante m'empêchaient de parler.

— Nous devons l'amener à Darius, s'écria Erik. Il saura quoi faire.

— Je vais la porter, répondit Heath.

— Allons-y !

Heath se pencha sur moi.

— Je dois te déplacer, Zo. Accroche-toi, d'accord ?

Je tentai de hocher la tête, mais je ne pus que gémir de douleur. Heath me prit dans ses bras et me serra contre sa poitrine comme si j'étais un nourrisson anormalement grand. Puis il s'élança derrière Erik, ne cessant de glisser.

Le trajet jusqu'aux souterrains fut un cauchemar que je n'oublierai jamais. Une fois dans le sous-sol, devant l'échelle en métal qui menait dans le réseau de tunnels, ils s'arrêtèrent une seconde.

— Descends le premier, fit Heath. Je vais te la passer.

Erik acquiesça et disparut dans le trou.

— Désolé, bébé, dit Heath. Je sais que ça doit être affreux pour toi.

Il m'embrassa doucement sur le front, puis s'accroupit et réussit, je ne sais comment, à me transférer à Erik.

Heath nous rejoignit en bas, et Erik me remit dans ses bras.

— Je cours prévenir Darius, s'écria-t-il. Suis le tunnel principal. C'est celui qui est le mieux éclairé. On viendra à ta rencontre.

— Qui est Darius ? demanda Heath, mais Erik était déjà parti.

« Il est beaucoup plus rapide que je ne l'aurais cru », essayai-je de remarquer, mais seuls des mots incompréhensibles sortirent de ma bouche.

— Chut ! fit Heath.

Il marchait aussi vite que possible, tout en s'efforçant de ne pas trop me secouer.

— Reste avec moi, Zo. Ne ferme pas les yeux. Continue de me regarder. Reste avec moi.

Il n'arrêtait pas de parler, ce qui m'agaçait parce que j'avais vraiment mal et que je ne voulais qu'une seule chose : fermer les yeux et m'endormir.

— Il faut que je me repose, murmurai-je.

— Non ! On ne se repose pas ! Hé, on n'a qu'à faire comme si on était dans *Titanic*, tu sais, ce film avec Leonardo DiStupido que tu passais en boucle quand tu étais gamine.

— DiCaprio, rectifiai-je, irritée qu'il soit encore jaloux du béguin que j'avais eu, il y avait des années de ça, pour Leonardo, ou, comme j'aimais alors l'appeler, « mon petit ami Leo ».

— C'est ça, c'est ça. Tu te rappelles, tu disais que, à la place de Rose, tu ne l'aurais jamais lâché ? Bon, eh bien, on va faire une reconstitution. Je suis DiCaprio, avec ses manières efféminées, et tu es Rose. Tu dois continuer de me regarder, sinon je vais me transformer en glace à l'eau géante.

— Imbécile, réussis-je à articuler.

Il me fit un grand sourire.

— Ne m'abandonne jamais, Rose. D'accord ?

Je l'admets, c'était débile, et pourtant il était parvenu à me captiver. La première fois que j'avais vu ce film – et que j'avais pleuré comme un bébé –, ce passage m'avait rendue dingue. Cette idiote de Rose promet de ne jamais le laisser tomber, et c'est précisément ce qu'elle fait. Elle n'aurait pas pu se pousser pour que Leo/Jack puisse monter lui aussi sur cette fichue planche ? Il y aurait tenu sans problème !

Pendant que je me repassais cette scène déchirante, Heath courait, suivant la courbe du tunnel principal.

Un instant plus tard, Erik y apparut, Darius sur les talons. Quand Heath s'arrêta, je réalisai à quel point il était essoufflé. Oh, oh… J'étais si lourde que ça ?

Darius me jeta un coup d'œil et je crus le voir pâlir.

— Je vais l'emmener dans la chambre de Lucie, dit-il. J'y serai bien avant vous, mais je veux que cet humain m'y rejoigne, alors montre-lui le chemin. Ensuite, va chercher les Jumelles et Damien, et réveille aussi Aphrodite, on pourrait avoir besoin d'elle.

Il se tourna vers Heath.

— Je vais la prendre.

Heath hésita. Le visage de marbre de Darius s'adoucit.

— Ne crains rien. Je suis un Fils d'Érebus, et je te donne ma parole que je la protégerai toujours.

Heath me déposa à contrecœur dans ses bras. Le combattant me regarda d'un air sombre.

— Je vais me déplacer très vite, prêtresse. Tu dois me faire confiance.

Même si je m'y attendais, la vitesse de Darius me coupa la respiration. Les murs défilaient devant mes yeux, tout flous ; la tête me tournait. J'avais déjà expérimenté une fois ce phénomène qui tenait presque de la téléportation, mais c'était toujours aussi impressionnant.

Quelques secondes à peine s'étaient écoulées lorsqu'il s'arrêta devant la couverture dissimulant la chambre de Lucie. Il y entra. Lucie s'assit dans son lit, se frotta les yeux, et nous contempla, tout endormie. Puis elle ouvrit la bouche et sauta par terre.

— Zoey ! Que s'est-il passé ?

— Un Corbeau Moqueur, répondit Darius. Enlève ce qu'il y a sur la table.

Lucie poussa d'un geste les objets qui l'encombraient. J'aurais voulu protester : il ne fallait pas tout déranger ! J'étais sûre qu'elle avait cassé un verre ou deux et fait voler un tas de DVD dans la pièce. Néanmoins, non seulement ma voix ne marchait plus, mais j'étais trop occupée à ne pas m'évanouir, tant la douleur fut atroce lorsque Darius me posa sur la table.

— Que peut-on faire ? Que peut-on faire ? répétait Lucie en pleurant.

On aurait dit une petite fille perdue.

— Parle-lui. Fais en sorte qu'elle reste consciente, ordonna Darius.

Il se détourna et se mit à sortir du matériel d'une trousse de premiers secours.

Lucie me prit la main.

— Zoey, tu m'entends ?

— Oui, répondis-je au prix d'un effort surhumain.

Elle serra mes doigts.

— Ça va aller, Zoey ! Il ne peut rien t'arriver, parce que je ne sais pas ce que je ferais...

Un sanglot l'interrompit.

— Tu ne mourras pas ! Tu as toujours cru en moi, et j'ai essayé d'être à la hauteur. Sans toi, j'ai peur que ce qu'il y a de bon en moi disparaisse, et que je choisisse l'obscurité. Et puis, j'ai encore beaucoup de choses à te dire. Des choses importantes.

J'aurais aimé la rassurer, lui demander d'arrêter ces bêtises... Cependant, au-delà de la souffrance et de l'engourdissement, je commençai à avoir une drôle d'impression. Quelque chose clochait en moi. J'aurais eu du mal à définir cette nouvelle sensation, qui, plus que le sang, plus que la peur que je lisais sur le visage de mes amis, me disait qu'il m'était arrivé quelque chose de grave, et que la détresse de Lucie était justifiée.

Alors, la douleur s'atténua un peu. Si c'était ça, mourir, j'étais d'accord : c'était mieux que de vivre et de souffrir le martyre.

Alors que j'étais en train de le penser, Heath fit irruption dans la pièce, s'approcha de moi et prit mon autre main. Il enleva délicatement les cheveux collés sur mon visage.

— Comment vas-tu, bébé ? Tu tiens le coup ?

Je tentai de lui sourire ; en vain.

À cet instant, les Jumelles arrivèrent en courant, suivies de Kramisha.

— Oh non !

Erin s'arrêta à quelques pas de moi, la main contre la bouche.

— Zoey ? souffla Shaunee d'un air confus.

Elle cligna plusieurs fois des yeux, puis son regard glissa sur ma poitrine, et elle éclata en sanglots.

— Ce n'est pas joli, commenta Kramisha. Pas joli du tout.

Elle posa les yeux sur Heath, qui était tellement concentré sur moi qu'il n'aurait pas remarqué un éléphant en tutu.

— Ce n'est pas l'humain qui est venu ici l'autre fois ? lâcha-t-elle.

Je regardais mes amis avec intérêt : j'ignore pourquoi, j'étais devenue extrêmement consciente de ce qui se déroulait autour de moi, excepté de mon corps, qui ne semblait plus m'appartenir.

Les Jumelles se tenaient par les épaules et pleuraient à chaudes larmes ; Darius fouillait toujours dans sa trousse ;

Lucie me tapotait la main et essayait sans succès de réprimer ses sanglots. Heath me chuchotait des répliques de *Titanic*, les massacrant au passage. En d'autres termes, tout le monde n'avait d'yeux que pour moi... sauf Kramisha. Elle fixait Heath d'un regard avide. Une sonnette d'alarme retentit dans mon esprit et je m'efforçai de reprendre le contrôle de mon corps. Il fallait que je dise à Heath de se méfier. Il devait partir au plus vite.

— Heath, parvins-je à murmurer.

— Je suis là, bébé.

Si j'avais pu, j'aurais levé les yeux au ciel. Sa bravoure était bien mignonne, mais à cause d'elle il risquait de se faire dévorer par les novices rouges de Lucie.

— Hé, tu n'es pas l'humain qui nous a rendu visite ? Celui que Zoey était venue chercher ?

Kramisha s'était rapprochée de Heath et ses iris avaient viré au rouge, ce qui était un très mauvais signe. Étais-je la seule à remarquer la manière intense dont elle le dévisageait ?

— Darius ! haletai-je.

Heureusement, le combattant m'entendit. J'accrochai son regard et lui indiquai Kramisha, qui salivait presque. Je lus sur son visage qu'il avait compris.

— Kramisha, sors de là ! aboya-t-il. Tout de suite !

Elle hésita, détourna les yeux de Heath et me regarda. « Va-t'en », articulai-je en silence. Elle hocha la tête et quitta la pièce.

C'est là qu'Aphrodite fit son entrée. Elle avait vraiment une sale tête ! Elle foudroya tout le groupe du regard.

— Bon sang, cette Empreinte est une vraie calamité ! Lucie, tu ne pourrais pas te reprendre et contrôler un peu tes émotions ? Un peu de respect pour ceux qui ont encore une gueule de bois qui tuerait la moyenne de...

Elle se tut, ayant enfin réussi à ajuster son regard trouble sur moi. Son visage, déjà pâle et cerné, devint tout blanc.

— Oh, déesse ! Zoey ! s'écria-t-elle en se précipitant vers moi. Non, Zoey. Non. Je n'ai pas vu ça. Je n'ai jamais vu ça ! Tu as échappé à ma première vision de ta mort. Et dans la deuxième, tu étais censée te noyer ! Non ! Ce n'est pas normal !

J'essayai de parler, mais elle s'en prenait déjà à Heath.

— Toi ! Qu'est-ce que tu fous là ?

— Je... je suis venu voir si elle allait bien, bredouilla-t-il, intimidé par sa véhémence.

Elle secoua la tête.

— Non, tu n'es pas censé être là. Ce n'est pas normal !

Elle pointa sur lui un doigt accusateur.

— C'est toi qui as causé ça, n'est-ce pas ?

Les yeux de mon ami se remplirent de larmes.

— Oui. Je crois que oui.

CHAPITRE TREIZE

La scène fut interrompue par Damien, Jack et Erik, qui accoururent, suivis de Duchesse. Jack me jeta un coup d'œil, hurla et s'évanouit. Damien le rattrapa à temps, lui évitant de se cogner la tête par terre. Il l'allongea sur le lit de Lucie tandis que le pauvre labrador, bouleversé, gémissait, ses grands yeux marron inquiets passant de moi à Jack, à Damien, à moi, puis de nouveau à Jack.

Puis Damien rejoignit les autres, agglutinés autour de moi. Darius se fraya un passage parmi mes amis tel un Moïse vampire traversant la mer Rouge.

— Ils doivent former un cercle et se concentrer sur les pouvoirs de guérison de leur élément, lança-t-il à Aphrodite.

Elle hocha la tête, me toucha doucement le front, puis se mit à la tâche.

— Troupeau de ringards, à vos places ! On va le former, ce cercle.

Erin et Shaunee le dévisagèrent, désemparés.

— Je... je ne sais pas dans quelle direction se trouve l'est, dit Damien d'une voix pleine de larmes.

Lucie pressa ma main avant de la relâcher.

— Moi, si. Je sais toujours où est le nord, je peux te montrer.

— Mettez-vous autour de la table, ordonna Darius. Et apportez-moi un drap.

Damien retourna vers le lit, murmura à Jack, qui s'était réveillé et pleurait comme un bébé, que tout allait s'arranger, attrapa le drap du dessus et le tendit à Darius.

— Reste avec moi, prêtresse, fit le combattant. Heath, Erik, continuez de lui parler.

Erik prit ma main libre.

— Je suis là, Zoey, dit-il. Il faut que tu t'en sortes. On a besoin de toi.

Il hésita un instant, ses beaux yeux bleus plongés dans les miens.

— *J'ai* besoin de toi, et je suis désolé pour tout à l'heure.

Heath porta mon autre main à ses lèvres et l'embrassa avec tendresse.

— Hé, Zo, je t'ai dit que je n'avais pas touché une goutte d'alcool depuis plus de deux mois ?

C'était trop bizarre, de les avoir tous les deux à côté de moi ! Même si j'étais contente qu'ils ne se bagarrent pas, ce n'était pas forcément bon signe : je devais être dans un sale état.

— C'est bien, non ? J'ai arrêté de boire.

J'aurais bien aimé le féliciter. C'était à cause de son problème de boisson que j'avais rompu avec lui juste avant d'être marquée.

Darius ôta la chemise d'Erik de ma poitrine et déchira le haut de ma robe. Je sentis l'air frais des souterrains sur ma peau maculée de sang.

— Déesse, non ! s'écria Erik.

— Ah, merde ! lâcha Heath en secouant la tête. C'est moche, vraiment moche. Personne ne peut survivre à…

— Aucun *humain* ne peut survivre à une telle blessure, mais Zoey n'est pas humaine, et je n'ai pas l'intention de la laisser mourir, le coupa Darius.

Je commis l'erreur de baisser les yeux. Heureusement, je n'avais plus assez d'énergie pour hurler. Une grande lacération partait du haut de mon épaule gauche, passait au-dessus de mes seins et se terminait à mon épaule droite. La coupure était profonde et irrégulière. Des bouts de peau hideux y pendouillaient, découvrant plus de muscles et de graisse que je n'aurais jamais cru avoir. Cependant le saignement n'était pas abondant. Oh non ! Je m'étais vidée de mon sang ! Je commençai à pousser des petits halètements hystériques.

— Zoey, regarde-moi, dit Erik.

Comme je continuais de fixer ma blessure, sur laquelle Darius pressait de gros carrés de gaze, Erik prit mon menton et me força à lever les yeux.

— Tu vas t'en sortir. Il faut que tu t'en sortes !

— Oui, Zo, enchaîna Heath. Ne regarde pas. Rappelle-toi ce que tu me disais quand je me blessais en jouant au foot : « Ça fait moins mal si tu l'ignores. »

Erik relâcha mon menton, et je réussis à hocher la tête. Si j'avais été capable de parler, je leur aurais assuré que je ne comptais pas m'imposer une nouvelle fois ce spectacle. J'en avais assez vu.

— Le cercle ! lança Darius.

— Nous sommes prêts, répondit Damien.

En effet, lui, Lucie et les Jumelles avaient pris position autour de nous.

— Alors, allez-y, ordonna Darius d'un ton brusque.

Il y eut un silence embarrassé.

— C'est toujours Zoey qui forme le cercle, finit par dire Erin. On ne l'a jamais fait sans elle.

— Je m'en occupe, annonça Aphrodite.

Elle s'approcha de Damien, qui lui jeta un regard dubitatif.

— Pas besoin d'être un novice ou un vampire pour le faire. Tout ce qu'il faut, c'est être attaché à Nyx. Et je suis attachée à Nyx. Mais vous devez me soutenir, d'accord ?

Damien me consulta du regard. Avec un effort qui me coûta le peu d'énergie qu'il me restait, j'inclinai la tête. Il me sourit.

— Je suis avec toi, dit-il à Aphrodite.

Aphrodite se tourna vers les Jumelles.

— Nous aussi, fit Erin.

Ensuite, elle s'adressa à Lucie, qui s'essuya les yeux et me fit un grand sourire confiant.

— Tu m'as sauvé la vie deux fois. Je suis sûre que tu peux faire la même chose pour Zoey.

Aphrodite rougit, releva le menton, redressa les épaules, et je sus que, pour la première fois, elle se sentait acceptée dans notre groupe.

— OK, allons-y. C'est le premier élément, celui que nous accueillons dès notre premier souffle, jusqu'au dernier. J'appelle l'Air !

Une brise soudaine souleva les cheveux de Damien et Aphrodite. Avec un soulagement évident, elle se dirigea vers Shaunee.

Alors, je cessai de suivre le rituel, ou plutôt mon champ de vision commença à se rétrécir, et tout devint gris, comme si j'étais dans un tunnel.

— Zoey, tu es toujours avec nous ? demanda Darius.

Je n'arrivais pas à lui répondre. J'avais l'impression que ma tête était très légère, et le reste du corps incroyablement lourd, comme si un imbécile y avait garé un camion.

— Zoey ? dit Erik. Zoey, regarde-moi !

— Zoey ? Bébé ?

J'aurais beaucoup aimé les rassurer, mais j'en étais incapable. Mon corps ne fonctionnait plus correctement. J'avais le sentiment d'assister en spectateur détaché à un jeu qui se déroulait autour de moi. Je pouvais regarder, mais je ne pouvais pas participer.

— Tous les éléments sauf l'esprit ont été invoqués, déclara Aphrodite, qui se tenait à côté de Darius. C'est celui de Zoey...

— Appelle-le. Vous autres, concentrez le pouvoir de votre élément sur Zoey. Remplissez-la de force, de chaleur et de vie.

Aphrodite invoqua l'esprit ; cependant je n'éprouvais pas l'énergie que sa présence me donnait habituellement. Je sentis un courant d'air chaud ; puis l'odeur de la pluie et de l'herbe coupée me parvint, mais cela ne dura qu'un instant. Le voile gris devant mes yeux était de plus en plus épais.

J'entendis Darius demander :

— C'est toi l'humain avec lequel Zoey avait imprimé ?

— Oui, répondit Heath.

— Parfait. Ton sang lui sera encore plus bénéfique que celui d'Aphrodite.

— En voilà une bonne nouvelle, murmura Aphrodite en s'essuyant les yeux du dos de la main.

— Accepterais-tu que Zoey boive ton sang ?

— Bien sûr ! s'exclama Heath. Dis-moi ce que je dois faire.

— Assieds-toi là. Tiens sa tête sur tes genoux, puis donne-lui ton bras.

Heath se percha sur la table, puis Darius et Erik posèrent ma tête sur ses cuisses tièdes. Il tendit le bras, que Darius agrippa fermement. Je ne comprenais pas ce qu'ils fabriquaient, jusqu'à ce que Darius appuie la lame de son couteau suisse sur le poignet de Heath.

L'odeur du sang m'enveloppa comme un brouillard exquis.

— Mets la coupure contre sa bouche, ordonna Darius.

— Allez, bébé. Bois un peu. Tu te sentiras mieux, murmura Heath.

En temps normal, je n'aurais jamais fait une chose pareille devant Erik et mes copains, même si le sang de mon ami sentait délicieusement bon.

Néanmoins, la situation n'avait rien de normal. Alors, quand Heath posa son poignet contre mes lèvres, j'ouvris la bouche, plantai mes dents dans sa peau et me mis à boire.

Heath passa l'autre bras autour de moi, enfouissant son visage dans mes cheveux. Le monde se rétrécit, comme s'il n'y avait plus que lui et moi, et son sang qui explosait dans ma bouche. Dès la première gorgée, je repris conscience de mon corps et je ressentis une douleur si intense dans ma poitrine que j'aurais arraché ma bouche à sa peau s'il n'avait pas resserré son étreinte.

— Non ! chuchota-t-il à mon oreille. Si j'arrive à tenir le coup, toi aussi, tu en es capable, Zo.

Je tressaillis : nous avions imprimé de nouveau ! Même dans mon état, je m'en rendais compte. J'avalais son sang avec sauvagerie, mue par mon instinct de survie et, par l'Empreinte qui nous liait, Heath ressentait ma souffrance, ma peur et le besoin que j'avais de lui, toutes ces choses que l'engourdissement de mon corps avait étouffées. La douleur était cuisante, et je comprenais maintenant que je risquais vraiment de mourir.

Je gémis, bouleversée par la pensée de ce que je lui infligeais.

— Ce n'est rien, bébé. Ce n'est rien. Ce n'est pas si terrible, murmura-t-il, les dents serrées, en proie à un mélange de souffrance et de désir.

Je ne sais pas combien de temps s'écoula. Soudain, je réalisai que, même si ma blessure me faisait toujours un mal de chien, mon corps s'était réchauffé. Une petite brise me caressait la peau et portait à mes narines les senteurs d'une pluie de printemps et d'un champ de foin. Mon esprit était lui aussi revigoré. Le sang de Heath m'avait donné suffisamment d'énergie pour me permettre d'accepter l'aide des éléments qui réconfortaient mon âme tout en apaisant mon corps.

Soudain, je m'aperçus que Heath avait arrêté de me parler. J'ouvris les yeux : il était pâle à faire peur. Il se serait affalé sur moi si Darius ne l'avait pas retenu fermement par les épaules.

Aussitôt, je cessai de boire.

— Heath !

L'avais-je tué ? Paniquée, j'essayai de m'asseoir, mais la douleur m'en empêcha.

— L'humain va bien, prêtresse, me rassura Darius. Referme sa plaie pour qu'il ne perde plus de sang.

Je passai la langue sur son poignet. « Guéris... Ne saigne plus. » Lorsque je m'écartai, je vis que l'hémorragie s'était arrêtée.

— Tu peux rompre le cercle, dit le combattant à Aphrodite, qui me regardait avec curiosité.

« Tu vois, aurais-je voulu lui dire, il y a toutes sortes d'Empreintes. Celle que j'ai avec Heath n'a absolument rien à voir avec celle que tu as avec Lucie. » Mais je n'avais pas assez de force, et je ne me sentais pas prête à répondre à la tonne de questions qu'elle m'aurait sans aucun doute posées.

Elle adressa un sourire charmeur à Darius, et je me souvins que ma première Empreinte avec Heath avait été brisée quand j'avais couché avec Loren. Tout compte fait, c'était Darius qui allait devoir répondre à ses questions… À en juger par son air ravi, il acceptait cette tâche avec plaisir.

— Erik, aide-moi à la porter jusqu'au lit, fit-il.

Le visage fermé, Erik souleva ma tête des genoux de Heath. Puis lui et Darius m'allongèrent sur le lit libéré par Jack.

Les yeux écarquillés, ce dernier observait la scène en caressant nerveusement Duchesse.

— Va vite chercher quelque chose à manger et à boire, lui demanda Darius. Et une bouteille de vin. Les novices rouges doivent rester à distance.

Jack hocha la tête et décampa, la chienne sur les talons.

— Ils ne vont pas attaquer Heath, déclara Lucie en me prenant la main. D'autant plus qu'il a imprimé avec Zoey. Son sang sent mauvais maintenant.

— Je n'ai pas le temps de vérifier ça, répondit Darius, qui examinait ma blessure. Bien, tu ne saignes plus.

— Je te crois sur parole, murmurai-je, heureuse d'avoir retrouvé ma voix, si faible et tremblante soit-elle. Merci pour le cercle, les amis.

Ils se précipitèrent tous vers moi.

— Stop ! les arrêta Darius. J'ai besoin d'espace pour travailler. Aphrodite, va me chercher des pansements dans la trousse de secours.

— Hé, est-ce que j'ai fini de mourir ?

Il me regarda dans les yeux, et j'eus la certitude que j'avais failli y passer.

— Oui, tu n'es plus en train de mourir.

— Mais… ? le relançai-je, sentant qu'il se retenait d'ajouter quelque chose.

— Il n'y a pas de « mais », intervint Lucie. Tu ne mourras pas, point final.

— Mais il te faudra plus de soins que je ne peux t'en donner pour guérir complètement, enchaîna Darius.

— Comment ça, plus de soins ? intervint Aphrodite, qui tenait plusieurs pansements dans son poing serré.

— La blessure de Zoey est très grave, soupira-t-il. Le sang de l'humain lui a sauvé la vie en remplaçant celui qu'elle avait perdu et en lui donnant suffisamment de forces pour accepter le pouvoir des éléments, mais elle ne peut se remettre seule d'un tel traumatisme. Elle n'est encore qu'une novice ; même pour un vampire adulte, ce serait difficile.

— Mais elle a l'air d'aller mieux maintenant, objecta Damien. Elle nous parle.

— Oui, je n'ai plus l'impression de partir.

Le combattant hocha la tête.

— C'est très bien. Néanmoins, tu as besoin de points de suture.

— Et ça, alors ? demanda Aphrodite en désignant les paquets de bandages.

— Ce n'est que temporaire. Il lui faut de véritables points de suture.

— Alors, recouds-moi.

J'essayais de me montrer courageuse, même si imaginer Darius en train de plonger une aiguille dans ma chair me donnait envie de vomir, ou de pleurer, ou les deux à la fois.

— Il n'y a pas de fil dans la trousse.

— Ça, c'est facile à trouver, déclara Erik, qui regardait tout le monde sauf moi. On n'a qu'à aller à la pharmacie de l'hôpital Saint John.

— Oui, c'est une idée, opina Lucie. Je pourrais aussi ramener un médecin. J'effacerai sa mémoire quand on l'aura redéposé là-bas.

— Merci, Lucie, mais je ne pense pas que ce soit une bonne solution, dis-je.

Mine de rien, elle venait de nous proposer de commettre un enlèvement et un lavage de cerveau, et ça me mettait mal à l'aise.

— Le problème n'est pas aussi simple que ça, intervint Darius.

— Alors, explique-nous, demanda Heath en se redressant.

— Un médecin ne suffira pas. Sans la proximité de vampires adultes, les dommages infligés à son corps lui seront fatals.

— Attends un peu ! fis-je. Je croyais que je n'allais pas mourir.

— Tu ne vas pas mourir de cette blessure, mais si tu ne rejoins pas une assemblée importante de vampires, tes réserves d'énergie vont s'épuiser, et tu vas rejeter la Transformation.

Darius fit une pause pour nous permettre de bien assimiler la portée de ses propos.

— Tu n'y survivras pas, reprit-il. Tu nous reviendras peut-être, comme Lucie et les novices rouges, mais ce n'est pas sûr.

— Ou alors, tu seras comme cet abruti de Stark, dit Aphrodite. Complètement cinglée. Et tu voudras nous tuer.

— Tu n'as pas le choix, conclut Darius. Tu dois retourner à la Maison de la Nuit.

CHAPITRE QUATORZE

— Mais c'est trop dangereux ! s'écria Erin. Kalona n'attend que ça !

— Les Corbeaux Moqueurs aussi, compléta Shaunee.

— C'est l'un d'eux qui l'a blessée, dit Erik. Pas vrai, Heath ?

— Oui. Il faisait peur à voir.

Il buvait le soda que Jack lui avait apporté tout en se gavant de chips au fromage. Il allait beaucoup mieux, ce qui prouve que les chips et le soda sont très bons pour la santé.

— Si on la ramène là-bas, ils vont recommencer ! protesta Erik.

— Peut-être pas, dis-je à contrecœur. Le Corbeau Moqueur fonçait sur Heath, et je me suis interposée. À vrai dire, il a flippé quand il a vu qu'il m'avait blessée.

— Il a crié que son père te cherchait, acquiesça Heath, et qu'il te voulait vivante. Il a paniqué après t'avoir coupée. Zoey, bébé, je suis désolé que tu aies failli mourir à cause de moi.

— Espèce d'idiot ! s'emporta Aphrodite. Ce qui est arrivé est ta faute ! Tu n'avais rien à faire là !

— Ho ! Calme-toi un peu ! lançai-je. Tu n'arrêtes pas de t'en prendre à Heath. Pourquoi ?

Elle me regarda et se balança d'un pied sur l'autre, l'air penaud. Ça alors ! Aphrodite, mal à l'aise ? Je fronçai les sourcils.

— Que se passe-t-il ?

Comme elle se taisait, Lucie soupira.

— Parce que Mlle Je-Sais-Tout, la fameuse Fille aux Visions, n'a rien vu venir, cette fois-ci.

— Ne t'introduis pas comme ça dans mes pensées !

— Alors, réponds-lui ! Elle est trop fatiguée pour te tirer les vers du nez.

Aphrodite lui tourna le dos.

— C'est juste que j'aurais bien aimé qu'on me tienne au courant.

— Qu'est-ce que tu racontes ? demandai-je.

À en juger par leur expression ahurie, tous mes amis se posaient la même question.

Elle leva les yeux au ciel.

— Hé, ho, on se réveille ! J'ai eu deux visions de ta mort, alors il m'aurait paru normal d'avoir au moins une petite intuition sur ce coup-ci. Mais la déesse ne savait pas que le footballeur allait se pointer, vu qu'il n'a rien à faire ici, alors elle n'a pas pu me prévenir.

Elle fusilla Heath du regard et secoua la tête d'un air dégoûté.

— Non mais, franchement, tu es attardé ou quoi ? Tu as failli mourir, la première fois que tu es venu ici !

— Oui, mais Zo m'a sauvé. Je pensais qu'en cas de besoin elle jouerait encore les super-héros, et que tout irait bien, lâcha-t-il, l'air confus. Je n'aurais jamais imaginé qu'à cause de moi elle risquerait d'être tuée.

— Et après, on se demande pourquoi les footballeurs passent pour des abrutis ! se moqua Aphrodite.

— Ça suffit ! lançai-je. Heath, ce n'est pas ta faute si j'ai failli mourir, mais celle de ce Corbeau Moqueur débile. Tu crois que je l'aurais suivi de mon plein gré ? Sûrement pas !

— Mais je…

— Même si tu n'étais pas venu, j'aurais bien fini par mettre le nez dehors à un moment ou un autre. Lui et ses frères me cherchaient ; tôt ou tard, ils m'auraient trouvée, et j'aurais dû les combattre. Quant à toi, Aphrodite, ce n'est pas parce que tu as des visions que tu peux tout prévoir. Alors, il va falloir que tu t'y fasses, et que tu arrêtes d'être aussi méchante. D'ailleurs, il ne s'agit pas que des Corbeaux Moqueurs. Au début, celui-ci avait le visage de Neferet.

— Quoi ? souffla Damien. Comment est-ce possible ?

— Je n'en sais rien, mais je t'assure qu'elle était là. Elle avait un rictus sinistre, horrible. J'ai cligné des yeux, et elle a disparu, remplacée par un Corbeau Moqueur.

Je sentais que j'aurais dû me souvenir d'une autre chose, mais mon esprit était embrouillé par la douleur, et je m'affaissai, complètement vidée.

— Nous devons la ramener à la Maison de la Nuit, insista Darius.

— Et la livrer à Neferet ? protesta Heath. Ça ne me paraît pas très malin.

Je regardai Darius.

— Il n'y a pas d'autre moyen ?

— Pas si tu veux vivre.

— Alors, il faut que Zoey retourne à l'école, déclara Damien.

— Oh, génial ! s'écria Aphrodite. Comme ça, les Corbeaux Moqueurs et Neferet l'auront direct dans leurs filets !

Au-delà de l'attitude haineuse qui lui servait d'armure, je vis l'inquiétude sincère qu'elle éprouvait pour moi. Elle avait peur. Moi aussi, j'avais peur, pour moi, pour mes amis. Bon sang, j'avais peur pour le monde entier.

— Ils me veulent là-bas, mais ils me veulent en vie. Ce qui signifie qu'ils feront en sorte que je guérisse.

— Tu te souviens que c'est Neferet qui dirige la Maison de la Nuit ? fit Damien.

— Bien sûr que je m'en souviens, répliquai-je, agacée. J'espère seulement que Kalona tient à ma vie plus qu'elle ne souhaite ma mort.

— Mais si elle te fait quelque chose de terrible après t'avoir guérie ? objecta Aphrodite.

— Alors, il faudra que vous veniez me sortir de là.

— Attends ! dit Damien. Tu parles comme si tu allais y retourner seule. Là, tu rêves !

Tous mes amis l'appuyèrent en chœur.

— Exactement, résuma Lucie, on va rester ensemble. Rappelle-toi, l'unique point commun entre les deux visions qu'Aphrodite a eues de ta mort, c'est que tu étais seule. Alors, on ne va pas te quitter d'une semelle.

— Nous ne pouvons pas tous l'accompagner, intervint Erik d'une voix tranchante.

— Écoute, monsieur Jaloux ! lança Aphrodite avec mépris. On a compris que voir ta petite amie sucer le sang d'un autre ne t'a pas beaucoup plu, mais il va falloir que tu fasses avec.

Erik l'ignora complètement. Il me regarda droit dans les yeux. Une fois de plus, il avait pioché un nouveau personnage dans son chapeau de magicien, celui d'un inconnu. Je ne voyais plus en lui aucune trace du garçon qui me désirait tant que sa passion en devenait presque effrayante ; plus aucune trace non plus de l'homme de Neandertal qui avait voulu botter les fesses à Heath et me dicter ma conduite. Il réussissait tellement bien à dissimuler toutes ces facettes de lui-même que je me demandai qui était le vrai Erik.

— Lucie ne peut pas partir avec toi, reprit-il. Si elle n'est pas là, qui contrôlera les novices rouges ? Aphrodite non plus. Elle n'est qu'une humaine, et même si j'adorerais qu'elle se fasse manger, je suppose que toi et Nyx voulez la garder en vie.

— Avant qu'il ajoute quoi que ce soit, intervint Heath, tu dois savoir que je t'accompagne, quoi qu'il arrive.

— Oui, et tu te feras tuer, plus vite encore qu'Aphrodite, riposta Erik. Seul Darius devrait y aller avec elle. N'importe qui d'autre risquerait de se retrouver piégé là-bas, voire de se faire assassiner.

Un chœur de protestations lui répondit.

— Hé, les amis…, tentai-je de me faire entendre par-dessus le vacarme ; sans succès.

— Silence ! ordonna Darius.

Tout le monde se tut.

— Merci. Écoutez, je crois qu'Erik a raison. Ceux qui viendraient avec moi seraient en danger, et je ne veux pas vous perdre.

— Attendez ! m'interrompit Heath. Vous n'êtes pas plus forts tous les cinq ensemble ?

— Si, répondit Damien.

— Alors, il vaut mieux que ceux qui ont un rapport spécial avec un élément partent avec Zoey.

— On appelle ça une affinité, précisa Damien. Je suis d'accord avec toi. Il faut que le cercle soit complet.

— C'est impossible ! déclara Darius. Lucie doit rester là avec les novices rouges. Si elle se retrouve coincée sur le campus ou, pire, si elle se fait tuer, la présence d'Erik ne suffira peut-être pas à les garder sous contrôle. Au cas où Zoey et moi serions les seuls à l'avoir remarqué, Kramisha a eu du mal à se maîtriser quand elle a vu Heath. L'absence de Lucie aurait un effet désastreux. Le cercle ne peut donc pas être complet.

— Peut-être que si, dit Aphrodite.

— Comment ça ? demandai-je.

— Je ne représente plus la Terre. L'affinité est retournée à Lucie quand elle s'est transformée. Depuis, la seule fois où j'ai tenté de l'appeler, l'élément s'est mis en colère et m'a rejetée.

Je m'en souvenais très bien. Aphrodite, bouleversée, avait cru que Nyx l'avait abandonnée. C'était faux, mais elle ne possédait effectivement plus d'affinité avec la Terre.

— En revanche, continua-t-elle, Zoey peut appeler la Terre, ainsi que tous les autres éléments, pas vrai ?

— En effet, confirmai-je.

— Et je viens d'invoquer l'Esprit sans aucun problème. Alors, pourquoi ne pas changer de position ? Zoey personnifierait la Terre, et moi, j'appellerais l'Esprit. À mon avis, tant que Zoey m'aide en poussant l'Esprit vers moi, il n'y a aucune raison pour que ça ne marche pas.

— Elle n'a pas tort..., fit Lucie. Comme ça, le cercle serait complet sans moi. J'aimerais y aller avec toi, Zoey, mais Darius a raison, je ne dois pas abandonner mes novices, c'est trop risqué.

— Vous oubliez une autre raison pour laquelle vous ne devez pas bouger d'ici, dit Darius. Neferet et Kalona peuvent lire dans vos pensées. Ce qui signifie qu'ils auront accès à tout votre savoir sur les novices rouges et sur notre refuge.

— Euh, j'ai une idée, annonça Heath. Bon, je n'y connais pas grand-chose, alors je suis peut-être à côté de la plaque, mais si vous demandiez à votre élément de, je ne sais pas, de construire une sorte de barrage autour de votre esprit ?

Je battis des paupières, étonnée.

— Oui, ce n'est pas bête… Damien ?

— Ce qui est bête, c'est qu'on n'y a pas pensé ! s'écria mon ami. Bien joué, Heath !

— Ce n'est rien. Parfois, il faut quelqu'un de l'extérieur pour y voir plus clair.

— Vous croyez que ça pourrait marcher ? intervint Darius.

— Normalement, oui, répondit Damien. Les Jumelles et moi avons déjà eu recours à nos éléments pour nous protéger, alors pourquoi ne pas leur demander de construire une barrière anti-Neferet ?

Il hésita et jeta un coup d'œil à Aphrodite.

— Mais toi ? Tu n'as pas vraiment d'affinité avec l'esprit. Je ne veux pas être méchant, mais ce n'est pas parce que tu peux remplacer Zoey et appeler un élément en sa présence que tu es capable de le maîtriser.

— Je n'en ai pas besoin. Neferet n'a jamais réussi à lire mes pensées, tout comme celles de Zoey. Et laissez-moi vous dire que j'en ai ras le bol que vous rameniez toujours mon humanité sur le tapis !

— Tu as raison, désolé. Je pense néanmoins que nous devrions nous assurer que tu es en mesure d'appeler l'esprit en dehors d'un rituel, avant de nous précipiter tête baissée dans la gueule du loup.

— Oui, Aphrodite, acquiesça Jack. On ne te juge pas, on veut juste savoir si la connexion fonctionne.

— Ça n'a pas d'importance, déclarai-je, prise d'une inspiration subite. Esprit, viens à moi. Maintenant, va à Aphrodite. Protège-la et obéis-lui.

Je claquai des doigts, et je sentis l'esprit s'éloigner de moi. Une seconde plus tard, Aphrodite écarquilla les yeux, sidérée.

— Hé, ça marche !

— Combien de temps tu peux tenir comme ça ? demanda Erik d'une voix neutre.

— Aussi longtemps qu'il le faudra, répondis-je sèchement, agacée par sa froideur.

— Ainsi, le cercle reste intact, dit Damien.

— Oui, nous allons tous ensemble à l'école avec Zoey, s'écria Erin.

— J'ai l'impression de faire partie des Mousquetaires ringards, soupira Aphrodite, sans parvenir à cacher sa joie.

— C'est entendu, conclut Darius. Vous cinq et moi retournons à la Maison de la Nuit. Lucie, Erik, Jack et Heath restent ici.

— Oh non, pas lui ! protesta Erik, montrant enfin un peu d'émotion.

— Mon pote, tu n'as pas ton mot à dire, lui apprit Heath. De toute façon, je vais avec Zoey.

— Impossible, Heath, fis-je. C'est beaucoup trop dangereux.

— Aphrodite est humaine, et elle y va, s'entêta-t-il. Alors, pourquoi pas moi ?

— Écoute-moi bien, l'attardé, siffla Aphrodite. D'une, je suis peut-être humaine, mais je suis spéciale. De deux, si tu y vas, ils n'hésiteront pas à se servir de toi pour atteindre Zoey. Tu as de nouveau imprimé avec elle. S'ils te font du mal, ils lui font du mal. Alors, fais preuve d'un peu de bon sens et retourne vite fait dans ta banlieue.

— Oh. Je n'avais pas vu ça de cette façon…

— Tu dois rentrer chez toi, Heath, insistai-je. On parlera plus tard, quand tout sera arrangé.

— Et si je restais ici ? Comme ça, si tu as besoin de moi, je ne serai pas loin.

J'avais envie de dire oui, même si Erik me dévisageait froidement, et même si je savais qu'il vaudrait mieux pour Heath que nous ne nous revoyions jamais. Notre Empreinte était très forte, plus encore que la première. Je voulais le garder auprès de moi.

Mais alors, je repensai à la façon dont Kramisha l'avait regardé. J'avais beau savoir que son sang aurait maintenant un drôle de goût pour les autres, je n'étais pas certaine que ça les arrêterait. La seule idée que quelqu'un d'autre pourrait en boire me mettait hors de moi.

— Non, Heath. Tu n'es pas en sécurité ici.

— Je m'en fiche. Tout ce qui compte, c'est d'être près de toi.

— Moi, je ne m'en fiche pas. Alors va-t'en. Je t'appellerai dès que possible.

— OK, Zo, céda-t-il.

— Tu veux que je l'accompagne jusqu'à la sortie ? proposa Lucie. Les souterrains sont un peu trompeurs quand on ne les connaît pas.

« Et puis, je pourrai raisonner les novices rouges si l'envie leur prend de le manger. »

Cette pensée resta suspendue entre nous.

— Je veux bien. Merci, Lucie.

— Erik, aide Zoey à se redresser, demanda Darius. Aphrodite, termine le bandage. Je ferais mieux d'escorter Heath, moi aussi.

— Le Corbeau Moqueur était dans l'arbre, dis-je, au-dessus de sa camionnette.

— Je serai vigilant, prêtresse. On y va, mon garçon !

— On revient dans une minute, Zoey, dit Lucie.

Au lieu de les suivre, Heath s'approcha de moi. Il me caressa la joue et sourit.

— Fais attention à toi, Zo, d'accord ?

— Je vais essayer. Toi aussi. Au fait, merci de m'avoir sauvé la vie.

— Je t'en prie.

Alors, comme si nous étions seuls, il m'embrassa. Son odeur, devenue la plus fascinante, la plus enivrante sur terre, me fit tourner la tête.

— Je t'aime, bébé, murmura-t-il.

Il m'embrassa une dernière fois, puis salua mes amis.

— À bientôt, tout le monde !

Jack et Damien lui dirent au revoir ; les Jumelles lui envoyèrent des baisers. Je n'étais qu'à moitié surprise. Après tout, Heath était très mignon. Juste avant de plonger sous la couverture, il jeta un coup d'œil à Erik.

— Hé, mec, je te tiendrai personnellement responsable s'il lui arrive quelque chose !

CHAPITRE QUINZE

Au bout d'un moment, mes amis se mirent à s'affairer autour de moi.

— Attends, je vais la soulever un peu pour que tu puisses enrouler le bandage, dit Erik à Aphrodite.

Fuyant mon regard, il passa les mains sous mes épaules. Alors que je serrais les dents et qu'Aphrodite me bandait, je me demandai ce que j'allais bien pouvoir faire au sujet d'Erik et de Heath.

Erik et moi étions censés nous être remis ensemble ; cependant après la scène du sous-sol j'avais de gros doutes. Il disait m'aimer, ce qui était bien beau, mais si ça le rendait possessif et idiot, quel intérêt ? Notre couple était-il suffisamment fort pour résister à une autre Empreinte avec Heath ?

Je levai les yeux sur lui et constatai que le masque était tombé : maintenant, il avait l'air triste, très triste. Avais-je encore envie d'être sa petite amie ? Plus je le regardais, plus je me disais que oui, peut-être. Mais alors, que faire de Heath ?

J'étais revenue au point de départ. Bon sang, c'était vraiment épuisant, d'être moi !

Lorsque Aphrodite eut terminé, Erik demanda à Jack

de lui apporter un oreiller, qu'il glissa sous ma tête et mes épaules.

— Préparez-vous à partir, ordonna-t-il à Damien, aux Jumelles et à Aphrodite. À mon avis, Darius ne va pas traîner.

Les Jumelles quittèrent la pièce aussitôt ; quant à Damien, il semblait un peu désemparé. Il regarda Jack, qui était au bord des larmes.

— Allons marcher un peu dans les souterrains, lui proposa-t-il en passant le bras autour de ses épaules. Dites à Darius de nous appeler quand il sera prêt.

Duchesse leur emboîta le pas, l'air malheureux.

— Je vais aller chercher mon chat, annonça Aphrodite. Je vais voir si je trouve ta petite créature orange, tant que j'y suis.

— Tu ne penses pas qu'on devrait laisser les chats ici ?

Elle haussa un sourcil.

— Depuis quand décide-t-on à leur place ?

— Tu as raison. Ils nous suivraient quand même, et nous feraient payer pendant des années de les avoir abandonnés.

Quand elle fut sortie, Erik fit mine de partir à son tour.

— Je vais...

— Non, reste. On peut parler un moment ?

Il s'arrêta, la tête baissée, les épaules affaissées.

— Erik, s'il te plaît...

Il se retourna. Il avait les yeux pleins de larmes.

— Je suis dégoûté, je ne sais plus quoi faire ! Et le pire, dit-il en désignant l'énorme bandage recouvrant ma blessure, c'est que tout est ma faute.

— Ta faute ?

Il passa la main dans ses cheveux, la mâchoire serrée.

— Si je ne m'étais pas conduit comme un abruti possessif, tu ne serais pas allée dehors avec Heath. Tu étais en train de le renvoyer chez lui, mais il a fallu que je m'en mêle… Ce mec me rend tellement jaloux ! Il te connaît depuis toujours. Je… je… je ne voulais pas te perdre, et au final tu as failli mourir, et je t'ai perdue !

J'étais abasourdie. Je l'avais cru indifférent, ou furieux. En réalité, il avait caché ses émotions parce qu'il se sentait coupable !

— Erik, viens là.

Il s'approcha et prit ma main tendue.

— Je me suis comporté comme un idiot, répéta-t-il.

— Oui, c'est vrai. Mais je n'ai pas été très maligne non plus. Je n'aurais pas dû sortir.

— C'était si dur de te voir boire son sang !

— J'aurais préféré qu'il y ait un autre moyen.

C'était la vérité, et pas seulement parce que Erik avait souffert en assistant à ce spectacle. J'aimais Heath, mais j'avais pris la décision de le quitter, de ne plus jamais imprimer avec lui. Pour son bien et le mien. C'était ce que j'avais prévu. Sauf que les choses se déroulaient rarement selon mes plans… Je soupirai.

— Je ne peux pas m'empêcher de l'aimer. Il fait partie de ma vie et, maintenant que nous avons imprimé, il porte une part de moi en lui.

— Je ne sais pas si je vais pouvoir supporter ton petit ami humain.

Je faillis répliquer : « Et moi, je ne sais pas si je vais pouvoir supporter ta possessivité. » Mais je me retins. J'étais trop fatiguée. Je remis ça à plus tard, quand j'aurais assez d'énergie pour réfléchir correctement.

— Heath n'est pas mon petit ami. Il est l'humain avec lequel j'ai imprimé. Il y a une grosse différence.

— Ton consort, dit-il avec amertume, c'est le terme exact. La plupart des grandes prêtresses ont un consort humain. Certaines en ont même plusieurs.

J'en restai bouche bée. Je n'étais pas allée aussi loin dans mon livre de sociologie. En parlait-on dans le *Manuel du novice* ? Il faudrait que je le relise plus attentivement.

Je me rappelais que, le jour où Heath et moi avions rompu, Darius avait employé ce terme.

— Euh... Alors, une grande prêtresse ne peut pas avoir de consort vampire ?

— Si elle a imprimé avec un vampire, on donne à celui-ci le titre de compagnon. Ça ne veut pas dire qu'elle ne peut pas avoir les deux.

Pour moi, c'était plutôt une bonne nouvelle. Pas pour Erik, de toute évidence. Au moins, je commençais à comprendre que d'autres prêtresses avaient connu les mêmes difficultés que moi. Quand nos problèmes seraient résolus, je ferais peut-être quelques recherches sur le sujet, ou alors j'interrogerais Darius. En attendant, je décidai de ne pas m'en préoccuper.

— OK, Erik. Je ne sais pas ce que je vais faire avec Heath. Je suis un peu dépassée, là, tout de suite. Honnêtement, je ne sais pas non plus ce que je vais faire à ton sujet.

— Nous sommes ensemble, dit-il d'une voix douce. Et je veux que nous le restions.

J'ouvris la bouche pour lui répondre que je n'étais pas persuadée que ce soit une bonne idée, mais il me fit taire d'un baiser.

À cet instant, quelqu'un se racla la gorge dans notre dos. Je sursautai : Heath se tenait à l'entrée de la pièce, tout pâle.

— Heath ! Qu'est-ce que tu fais là ? demandai-je d'une voix stridente qui me fit horreur.

Avait-il entendu notre conversation ?

— Darius m'a envoyé vous dire que les routes sont trop mauvaises. Je ne peux pas rentrer à Broken Arrow ce soir. Lucie et lui sont partis chercher un 4x4 pour vous ramener à la Maison de la Nuit.

J'avais reconnu un ton que je n'avais entendu chez lui que de très rares fois. Il était furieux, mais aussi blessé. La dernière fois qu'il m'avait parlé ainsi, c'était pour me dire que j'avais tué une partie de son âme en couchant avec Loren et en brisant notre Empreinte.

— Je vous en prie, continuez, lança-t-il. Faites comme si je n'étais pas là. Je ne voulais pas vous déranger.

— Heath…, commençai-je.

Je fus interrompue par Aphrodite, qui fit son entrée, suivie d'un groupe de chats, dont ma Nala et son détestable persan blanc, Maléfique.

— Oh, oh, lâcha-t-elle, j'arrive au mauvais moment ?

Kramisha et les Jumelles arrivèrent à leur tour et fixèrent Heath, étonnés.

— Les routes sont trop mauvaises, expliquai-je. Heath ne peut pas rentrer chez lui.

— Alors, il va rester avec nous ? demanda Kramisha.

— Il n'a pas le choix. Il sera plus en sécurité ici qu'à la Maison de la Nuit. Lui et moi avons imprimé de nouveau, ajoutai-je pour faire bonne mesure.

Elle retroussa les lèvres.

— Ça, je le sais. Je te sens dans son sang. Il n'est plus bon à rien maintenant, à part à te servir de frigo.

— Il n'est pas...

— Si, elle a raison, me coupa Heath d'un ton sec. C'est tout ce que je suis pour toi.

— Heath, crois-moi...

— Je ne veux plus en parler, OK ? Je suis ton donneur de sang, point barre.

Il se détourna, attrapa une bouteille de vin abandonnée sur le lit et en but une longue gorgée.

Ce fut l'instant que Jack et Damien choisirent pour nous rejoindre. Tous les chats, sauf Nala, se mirent à cracher furieusement à la vue de Duchesse.

— Hé, Heath, lança Jack. Je pensais que tu étais rentré chez toi.

— Eh non, je suis coincé là avec vous, les laissés-pour-compte.

— Désolée de vous interrompre, dit Kramisha, mais j'ai écrit quelques poèmes. Je pense qu'il faut que vous les voyiez.

Cette nouvelle me sortit de ma confusion.

— Montre-les-moi. Damien, Jack a-t-il eu le temps de te parler des poèmes de Kramisha ?

— Oui, j'en ai même récupéré une copie, et je les ai lus pendant que nous montions la garde.

— De quoi est-ce que vous parlez, bon sang ? s'impatienta Aphrodite.

— Quand tu cuvais ton vin, Zoey a découvert des poèmes sur les murs de la chambre de Kramisha, lui expliqua Erin.

— Et ils semblent tous parler de Kalona, ce qui est carrément effrayant, enchaîna Shaunee.

— Je pense que ces poèmes sont une sorte de message, reprit Damien.

— Oh, génial ! soupira Aphrodite. Encore de la poésie apocalyptique. Pile ce dont nous avons besoin.

— Voilà les derniers, dit Kramisha en me tendant deux feuilles de papier.

Le simple fait de lever les bras pour les attraper me fit un mal de chien.

— Attends, dit Erik.

Il les prit et les tint de façon que Damien, les Jumelles, Aphrodite, Jack et moi puissions les lire en même temps. Le premier était déconcertant.

Ce qui autrefois l'emprisonnait
Va maintenant le faire fuir
Lieu de pouvoir – réunion des cinq

Nuit
Esprit
Sang
Humanité
Terre

Alliés non pour conquérir
Mais pour bannir
La Nuit mène à l'Esprit
Le Sang lie l'Humanité
Et la Terre complète.

— Ça me donne la migraine ! gémit Aphrodite. C'est encore pire que la gueule de bois. Je ne saurais vous dire à quel point je déteste la poésie.

Je me tournai vers Damien.

— Est-ce que ça t'évoque quelque chose ?

— Je pense qu'il nous indique comment faire fuir Kalona.

— On a plutôt besoin de savoir comment le tuer ! s'écria Jack.

— Kalona ne peut pas être tué, dis-je machinalement. Il est immortel. Il peut être emprisonné, ou chassé, à en croire ce texte, mais pas tué.

— Alors, si ces cinq trucs sont réunis dans un lieu de pouvoir, il va s'en aller.

— Cinq *personnes*, déclara Damien. Du moins, c'est ma première intuition. Vous avez vu que ces mots sont écrits avec une majuscule ? *A priori*, ça signifie qu'il s'agit de noms propres.

— Ce sont des noms propres, affirma Kramisha.

— Qui se cache derrière ? demanda Damien.

Elle secoua la tête, l'air frustré.

— Aucune idée ! J'ai simplement su que tu avais raison en t'entendant.

— Si on lisait l'autre ? proposa-t-il. Il nous permettra peut-être de comprendre celui-ci.

Le deuxième poème me donna la chair de poule.

> *Elle revient*
> *Par le sang*
> *Elle revient*
> *Coupée profondément*
> *Comme moi*
> *L'Humanité la sauve*
> *Me sauvera-t-elle ?*

Je fixai Kramisha.

— À quoi pensais-tu quand tu as écrit ça ?

— À rien. J'étais à peine éveillée. J'ai juste noté les mots qui me venaient à l'esprit.

— Ça ne me plaît pas, fit Erik.

— Celui-ci parle de toi, Zoey, affirma Damien. Je pense qu'il annonce ta blessure et ton retour à la Maison de la Nuit.

— Mais qui est le narrateur ? Qui est cette personne qui demande si je vais la sauver ?

Je me sentais de plus en plus faible, et ma blessure me lançait à chaque battement de cœur.

— Peut-être Kalona, suggéra Aphrodite, vu que c'est lui qui est évoqué dans le premier poème.

— Oui, mais nous ignorons si Kalona a jamais eu en lui une part d'humanité, remarqua Damien.

— En revanche, continua-t-il, nous savons que Nefcret s'est détournée de Nyx, ce qui pourrait signifier qu'elle s'est perdue, ou qu'elle a perdu son humanité. Oui, il pourrait s'agir de Neferet...

— Vous ne trouveriez pas plus logique que ce soit ce nouveau mort vivant qui parle ? intervint Erik, songeur.

— Tu as peut-être raison ! s'écria Damien. « Coupée profondément/Comme moi » pourrait être une métaphore de sa mort. La blessure de Zoey la met en péril, et c'est bien le sang qui les a tous les deux ramenés à la Maison de la Nuit.

— Et il a perdu son humanité, observa Aphrodite. Comme les autres novices rouges.

— Hé, je ne vois pas de quoi tu parles, dit Kramisha, vexée. J'ai de l'humanité à revendre !

— Mais tu n'en avais plus quand tu es revenue, lui rappela Damien avec calme.

— Non, c'est vrai, concéda-t-elle. Je n'étais plus moi-même, tout comme les autres.

— Voilà, conclut Damien, grâce à Kramisha, nous avons un aperçu du futur. Le premier poème... je ne sais pas. Je vais y réfléchir. Il va falloir passer un peu de temps à se remuer les méninges. En attendant, nous devrions exprimer notre reconnaissance à Kramisha.

— Ça fait partie des devoirs du poète lauréat, déclara celle-ci.

— De qui ? souffla Aphrodite.

Kramisha lui lança un regard mauvais.

— Zoey m'a nommée poète lauréat des vampires.

Aphrodite ouvrit la bouche pour répliquer, mais je la devançai.

— À ce propos, si nous votions rapidement ? Mon conseil des préfets doit décider si Kramisha mérite ce titre. Damien ?

— Oui, absolument.

— Pareil pour moi, fit Shaunee.

— *Idem*, dit Erin. Ça fait longtemps qu'on attend une poétesse.

— Je lui ai déjà donné mon vote, me rappela Erik.

Nous nous tournâmes tous vers Aphrodite.

— Oui, oui, si vous voulez.

— Et je peux vous assurer que Lucie votera comme nous, dis-je. Alors, c'est officiel.

Tout le monde sourit à Kramisha, qui paraissait très contente d'elle.

— Pour résumer, le premier poème nous indique comment faire fuir Kalona, reprit Damien, même si nous ne comprenons pas les détails qui nous sont fournis. Le second nous apprend que le retour de Zoey à la Maison de la Nuit pourrait sauver Stark.

— Oui, possible, acquiesçai-je en tendant les feuilles à Aphrodite. Mets-les dans mon sac, s'il te plaît.

Elle les plia soigneusement et s'exécuta.

— Dommage que les deux textes ne soient pas plus clairs ! soupirai-je.

— Je pense que tu dois prêter une attention toute particulière à Stark, dit Damien.

— Ou du moins il faut qu'elle soit sur ses gardes en sa présence, intervint Erik. Le poème mentionne une coupure, et en l'occurrence il ne s'agit pas que d'une métaphore.

Damien opina, et je fuis le regard pénétrant d'Erik pour plonger les yeux dans celui, triste, de Heath.

— Laisse-moi deviner, fit-il. Stark, c'est encore un autre de tes mecs ?

Comme je me taisais, il prit une longue gorgée de vin.

— Eh bien, euh, en quelque sorte, répondit Jack à ma place en s'asseyant à côté de lui, l'air compatissant. Stark est un novice qui, je crois, était un peu ami avec Zoey avant de mourir et de ressusciter. Il était nouveau, alors aucun de nous n'a eu l'occasion de le connaître.

— Zoey savait des choses sur lui que tout le monde ignorait, reprit Damien. Comme ce don qu'il a reçu de Nyx, qui fait qu'il ne manque jamais sa cible.

— Oui, à part moi, seuls Neferet et les autres professeurs étaient au courant, confirmai-je en m'efforçant à ne regarder ni Heath, occupé à vider sa bouteille, ni Erik.

— Pas moi, lança ce dernier, et pourtant je suis professeur.

Je fermai les yeux et je me laissai aller lourdement sur mon oreiller.

— Sans doute une info que Neferet a préféré garder pour elle, lâchai-je avec lassitude.

— Si c'était top secret, pourquoi il t'en a parlé, à toi ?

Son interrogatoire commençait à m'agacer, et je ne répondis pas. Je repensai au sourire effronté de Stark, tellement craquant, au lien que j'avais ressenti entre nous, au baiser que nous avions échangé alors qu'il mourait dans mes bras...

— Une supposition pas trop tirée par les cheveux, intervint Aphrodite : Stark s'est confié à Zoey parce qu'elle est la plus puissante des novices et parce qu'il voulait qu'elle connaisse la vérité sur lui. Vous ne voyez pas que vous l'épuisez avec vos questions ?

Alors que mes amis – à l'exception de mon « consort » et de mon possible « compagnon » – marmonnaient des excuses, je me demandai si j'avais vraiment envie de guérir. Encore une fois, je m'étais fourrée dans une situation impliquant trois garçons. Sans compter Kalona...

CHAPITRE SEIZE

Heureusement, le retour de Lucie mit un terme aux spéculations sur Stark.

— Bon, je suis censée dire à Erik de porter Zoey, annonça-t-elle. Vous autres, restez groupés. Darius vous attend sur le parking.

— On ne va pas tous tenir dans la camionnette de Heath, remarquai-je, me forçant à ouvrir mes paupières alourdies.

— On a trouvé une solution. Ah, Darius a dit aussi que Zoey devait mordre Heath une dernière fois, vite fait, avant de partir. D'après lui, elle commence sans doute à se sentir très faible.

— Non, ça va. Je vais bien. Allons-y !

Oui, je me sentais mal. Non, je ne voulais pas mordre Heath de nouveau. J'en avais envie, bien sûr, mais ce n'était pas une bonne idée, d'autant plus qu'il était en colère contre moi.

— Fais-le, dit Heath.

Soudain, il était à côté de moi, sa bouteille à la main. Il ne me jeta pas un seul regard. Il se tourna vers Erik.

— Coupe-moi ! demanda-t-il en tendant le bras.

— Avec plaisir, répondit Erik.

— Non, je ne suis pas d'accord, protestai-je.

Avec une rapidité incroyable, Erik trancha le poignet de Heath, et l'odeur de son sang me parvint. On me déplaça délicatement et je sentis sa cuisse sous ma tête. Il approcha la coupure de ma bouche, le regard vide.

— Heath, je ne peux rien prendre que tu ne veuilles me donner.

Il baissa les yeux sur moi, et plusieurs expressions se succédèrent sur son visage, dominées par une profonde tristesse.

— Il n'y a rien que je ne veuille te donner, Zo, dit-il d'une voix dont la lassitude égalait la mienne. Quand vas-tu le comprendre ? J'aimerais juste que tu me laisses un peu de fierté.

Ces mots me brisèrent le cœur.

— Je t'aime, Heath. Tu le sais.

Il sourit faiblement.

— C'est bon de te l'entendre dire. Qu'est-ce que tu en dis, vampire ? Elle m'aime ! Et n'oublie pas que, si fort et dangereux que tu penses être, tu ne seras jamais capable de faire ça pour elle.

Sur ce, il appuya sa blessure contre mes lèvres.

— Oui, c'est vrai. Il faudra que je l'accepte, mais je n'ai pas à y assister !

Repoussant la couverture d'un geste furieux, il quitta la pièce.

— Ne fais pas attention à lui, chuchota Heath en me caressant les cheveux. Bois, et ne pense qu'à toi.

Avec un petit gémissement, je me laissai aller. J'avalais son énergie, sa passion et son désir en même temps que son sang. Je fermai les yeux, cette fois à cause de l'intensité de mon plaisir. Appuyant son bras plus fermement contre ma bouche, il murmura à mon oreille des mots doux à peine compréhensibles.

La tête me tournait lorsque quelqu'un tira sur son bras. Je me sentais plus forte, même si ma poitrine était en feu, mais aussi bizarrement joyeuse.

— Hé, elle a l'air drôle ! s'écria Kramisha.

— Je me sens mieux. Ou plus bien ? Comment on dit, déjà, Damien Shamien ?

Je gloussai, et ça me fit tellement mal que je dus serrer les dents.

— Qu'est-ce qui lui arrive ? s'étonna Jack.

— Il se passe quelque chose d'anormal, dit Damien.

— Elle est soûle, déclara Lucie.

— N'importe quoi ! fis-je avant de roter. Oups !

— Son petit ami est bourré ; or elle vient de boire son sang, intervint Shaunee.

Les Jumelles prirent Heath chacune par un bras et le reconduisirent au lit, où il s'affala comme une masse.

— Je ne savais pas que les vampires pouvaient s'enivrer en buvant le sang d'un humain ! s'esclaffa Aphrodite. C'est très intéressant.

Elle me tendit mon sac à main tout en m'étudiant comme si j'étais un spécimen sous un microscope.

— Tu trouverais ça moins intéressant si tu t'étais attaquée à un ivrogne, et que tu te retrouvais avec une migraine horrible, et des renvois de mauvais vin pendant des jours, dit Lucie.

Aphrodite, les Jumelles, Damien, Jack et moi la dévisageâmes, dégoûtés.

— Lucie, s'il te plaît, arrête ! C'est trop per... per... perturbant, bafouillai-je.

— Elle ne risque pas de recommencer, nous assura Kramisha. Le dernier était franchement dégueu.

— Kramisha ! Tu lui fais peur ! protesta Lucie. Personne ne va plus manger personne. J'ai juste mentionné cet épisode, qui remonte à très longtemps, pour donner un exemple. Ne t'inquiète pas, Zoey, d'accord ? Nous allons bien, et les sans-abri ne risquent plus rien. Ne te fais pas de souci. Rétablis-toi, c'est tout.

— Ben tiens ! Y a vraiment pas de quoi s'inquiéter.

— Zoey, tu as ma promesse. Tout ça, c'est fini, fit-elle d'un ton solennel.

D'un seul coup, les vapeurs d'alcool qui obscurcissaient mon cerveau se dissipèrent, et je sus ce que j'avais à faire.

— Hé, Afro ! Et si vous alliez tous rejoindre Darius ? Je donne un numéro de téléphone à Lucie, et j'arrive.

— OK, on se retrouve dehors. Et ne m'appelle plus jamais Afro.

Vexée, elle entraîna les Jumelles, Damien, Jack et une ribambelle de chats mal lunés vers la sortie.

Erik, qui revint dans la pièce, s'appuya en silence contre le mur, les bras croisés, et se mit à me fixer. Je me servis de mon état comme d'une excuse pour l'ignorer.

— Zoey, dit Lucie, tu ne voulais pas me donner un numéro ?

— Si. Je vais te le noter.

— D'accord.

Kramisha me tendit une feuille de papier et un stylo. Erik m'observait avec attention. Je fronçai les sourcils.

— Ne regarde pas ce que j'écris !

Il leva les mains en l'air.

— Très bien ! Très bien !

J'avais un mal fou à me concentrer à cause des effets de l'alcool, mais la douleur provoquée par le mouvement de mes mains m'aida à retrouver mes esprits. Je notai le numéro de sœur Marie Angela, puis j'ajoutai : « Plan B : tiens-toi prête à emmener tout le monde à l'abbaye. Surtout, n'en parle à personne. Comme ça, Neferet ne saura pas où vous êtes. »

— C'est bon, j'ai fini.

M'efforçant de paraître aussi sobre et raisonnable que possible, je chuchotai :

— Dès que je te dis de bouger, bouge !

Elle lut le mot et hocha la tête. Soulagée, je fermai les yeux et me laissai aller au vertige.

— Elle a fini avec son numéro de téléphone secret ? demanda Erik.

— Oui. Dès que je l'aurai entré dans mon téléphone, je vais détruire ce bout de papier.

— À moins qu'il ne s'auto… s'autodétruise, bafouilla Heath.

Je tournai la tête vers lui.

— Hé !

— Quoi ?

— Merci encore.

— Pas de quoi, dit-il en haussant les épaules.

— Si. Prends soin de toi !

— Est-ce que c'est important ?

— Oui, c'est important. Et, la prochaine fois, je préférerais que tu ne boives pas.

Je rotai encore, et la douleur dans la poitrine me fit grimacer.

— J'essaierai de m'en souvenir, dit-il avant de porter la bouteille à ses lèvres.

— Sors-moi d'ici, demandai-je à Lucie en soupirant.

— À toi de jouer, Erik ! fit-elle.

Il apparut aussitôt à côté de moi.

— Ça va faire mal, Zoey, me prévint-il, mais je n'ai pas le choix.

— Je sais. Je vais serrer les paupières et faire comme si j'étais ailleurs.

— Bonne idée.

— Je serai à côté de toi, Zoey, dit Lucie.

— Non, reste avec Heath. Si tu laisses quelqu'un l'approcher, je serai très en colère. Je ne plaisante pas.

— Hé, je suis là, lança Kramisha, et j'ai tout entendu. Je ne vais pas toucher à ton petit ami. Il n'est plus bon, de toute façon.

— Ce n'est pas ce que dit Zo ! protesta Heath en levant sa bouteille comme pour porter un toast.

Je les ignorai tous les deux, gardant les yeux fixés sur Lucie.

Elle m'embrassa sur la joue.

— Ne t'en fais pas. Je vais veiller sur lui, promit-elle. Sois prudente.

— N'oublie pas ce que j'ai écrit, chuchotai-je.

Elle hocha la tête. Je m'adressai à Darius :

— OK, allons-y.

Il me souleva avec délicatesse, mais la douleur qui déchira mon corps m'empêcha même de hurler. Erik se précipita dans le tunnel avec nous en me murmurant que tout irait bien... que nous étions presque arrivés...

Quand ils m'eurent hissée sur l'échelle qui menait dans le hall de la gare, je m'évanouis.

Hélas, la pluie glaciale et le vent violent qui se déchaînaient dehors me firent revenir à moi.

— Doucement, ne t'agite pas, me conseilla Darius. Ça ne fera qu'empirer les choses.

Erik marchait à côté de nous et m'observait avec inquiétude. Nous nous dirigions vers l'énorme Hummer noir garé sur le parking. Jack et Damien se tenaient près de la portière arrière. Aphrodite était assise sur le siège passager et les Jumelles, ainsi que les chats, étaient tout au fond.

Ils m'allongèrent sur la banquette, la tête sur les genoux de Damien. Malheureusement, je restai consciente. Avant que Darius referme la porte, Erik pressa ma cheville.

— Tu vas te rétablir, d'accord ?

— OK, répondis-je à grand-peine.

Darius prit le volant et nous partîmes. Je décidai de remettre mes problèmes de cœur à plus tard. En attendant, je laissais Erik et Heath derrière moi avec un soulagement coupable.

La ville était plongée dans l'obscurité. Darius conduisait en silence, luttant pour garder le contrôle du véhicule, qui dérapait sur la glace. Aphrodite lui signalait les obstacles sur la chaussée ; Damien, tendu et muet, maintenait ma tête sans rien dire, et, pour une fois, les Jumelles ne discutaient pas entre elles. Je fermai les yeux : un engourdissement désagréablement familier avait recommencé à envahir mon corps.

Je ne pouvais pas m'abandonner à cette torpeur, si attirante puisse-t-elle paraître, car c'était la mort déguisée. Je me forçai à respirer à fond, même si, à chaque inspiration, la douleur secouait mon corps.

« Si je souffre, alors, je ne suis pas morte », me répétais-je.

Je me raclai la gorge. Mon ivresse avait disparu, cédant la place à un épuisement extrême.

— Nous ne devons pas oublier où nous allons, murmurai-je. Il ne s'agit plus de l'ancienne Maison de la Nuit. C'est un endroit dangereux.

J'avais du mal à reconnaître ma voix.

— Il nous faudra garder nos éléments près de nous et nous en tenir autant que possible à la vérité quand on nous interrogera.

— Très juste, commenta Damien. S'ils sentent que nous disons la vérité, ils renonceront peut-être à fouiller dans notre esprit.

— Surtout si nous sommes protégés par les éléments, enchaîna Erin.

— Donc, nous sommes de retour parce que nous avons reçu le texto de l'école, résuma Damien. Et parce que Zoey a été blessée.

Aphrodite acquiesça.

— Oui, et, si nous étions partis, c'est parce que nous avions eu peur.

— Surtout, restez vigilants, leur conseillai-je.

— Notre grande prêtresse a raison, intervint Darius. Nous pénétrons dans le camp de l'ennemi, et nous ne pouvons pas nous permettre de nous laisser endormir par cet environnement familier.

— Ça ne risque pas d'arriver, affirma Aphrodite.

— Comment ça ? demandai-je.

— Notre monde a changé. Plus on se rapproche de l'école, plus mon mauvais pressentiment grandit.

Elle se tourna vers moi.

— Tu ne le sens pas ?

Je secouai la tête.

— Je ne sens rien d'autre que ma blessure.

— Moi, si, déclara Damien. J'en ai la chair de poule.

— Pareil pour moi, fit Shaunee.

— Moi, j'ai mal au ventre, enchérit Erin.

J'inspirai à fond et clignai des yeux à plusieurs reprises, luttant pour rester consciente.

— C'est Nyx. C'est sa manière de vous prévenir. Vous vous rappelez l'effet que Kalona a eu sur les autres novices ?

— Zoey a raison, m'appuya Aphrodite. Nyx fait en sorte que nous ne cédions pas à ce type.

— On ne peut pas passer du côté obscur, lâcha Damien d'un air sombre.

Nous tournâmes dans Utica Square.

— C'est effrayant de voir cette avenue plongée dans le noir ! fit remarquer Erin.

— Effrayant et anormal, précisa Shaunee.

— Il n'y a plus d'électricité nulle part, expliqua Darius. Même à l'hôpital Saint John, il n'y a presque pas de lumière, comme si les générateurs ne leur suffisaient pas.

— Apparemment, ici, on n'a pas ce problème, observa Damien.

Je compris que la Maison de la Nuit venait d'apparaître au bout de la rue.

— Soulève-moi, Damien. Je veux voir.

Le spectacle étrange que présentait notre école me fit temporairement oublier ma souffrance. Les lampes à huile brillaient, illuminant l'immense structure en forme de château. Les flammes faisaient scintiller les pierres recouvertes de glace. Le bâtiment ressemblait à un énorme bijou.

Darius pointa une petite télécommande sur le portail en fer forgé et appuya sur un bouton. La grille s'ouvrit en grinçant, ce qui projeta des bouts de glace dans l'allée.

Tout le monde se taisait, tendu.

Soudain, notre voiture se retrouva encerclée de Corbeaux Moqueurs. Derrière apparut un combattant massif au visage plein de balafres, que je n'avais jamais vu, à l'air menaçant.

— Voilà un de mes frères, un Fils d'Érebus, aux côtés de nos ennemis, dit Darius d'un ton amer.

— Ce qui signifie que les combattants sont eux aussi nos ennemis, conclus-je.

CHAPITRE DIX-SEPT

Darius sortit du véhicule. Le visage inexpressif, il semblait fort et sûr de lui. Il ignora les Corbeaux Moqueurs, qui le fixaient de leurs yeux affreux, et s'adressa au combattant le poing serré contre sa poitrine, mais sans s'incliner :

— Salutations, Aristos. J'ai plusieurs novices avec moi, dont une jeune prêtresse gravement blessée, qui doit recevoir en urgence des soins médicaux.

Avant qu'Aristos puisse répondre, le plus gros des Corbeaux Moqueurs pencha la tête sur le côté et siffla :

— Quelle prêtresse ?

Je frissonnai en entendant sa voix. Elle paraissait plus humaine que celle du Corbeau qui m'avait attaquée, et elle n'en était que plus effrayante.

Lentement, Darius se tourna vers l'horrible mutant.

— Créature, je ne te connais pas.

Le Corbeau Moqueur plissa ses yeux rouges.

— Fils de l'homme, tu peux m'appeler Rephaïm.

Darius ne cilla pas.

Rephaïm ouvrit son bec, révélant l'intérieur de sa gueule.

— Tu me connaîtras bien assez tôt !

Darius l'ignora et s'adressa de nouveau à Aristos :
— Nous permets-tu de passer ?
— La blessée, est-ce Zoey Redbird ? demanda l'autre.

Tous les Corbeaux Moqueurs sursautèrent à la mention de mon nom. Leurs ailes s'agitèrent ; leurs membres monstrueux se mirent à trembler. Je n'avais jamais été aussi heureuse de me trouver derrière des vitres teintées.

— En effet, répondit Darius. Vas-tu nous laisser passer ?

— Oui. Tous les novices ont reçu l'ordre de rentrer au campus.

Aristos désigna d'un geste les bâtiments derrière lui. Le côté de son cou fut éclairé par la lampe la plus proche, et je vis une fine ligne rouge sur sa peau, comme s'il avait été blessé récemment.

Darius hocha la tête.

— Je vais porter la prêtresse jusqu'à l'infirmerie. Elle ne peut pas marcher.

Il retournait vers le véhicule lorsque Rephaïm lança :
— Est-ce que la Rouge est avec vous ?
— Je ne sais pas de qui tu parles.

Rephaïm déplia ses immenses ailes noires et sauta sur le capot de la voiture. Perché là, toutes serres dehors, la créature considérait Darius d'un air menaçant.

— Ne me mens pas, filsssss de l'homme ! Tu ssssais que je parle du vampire rouge !

Sa voix se faisait moins humaine à mesure qu'il perdait son sang-froid.

— Tenez-vous prêts à appeler vos éléments, chuchotai-je à mes amis.

Pourtant, je me sentais si faible que je n'étais pas certaine de pouvoir évoquer l'Esprit pour Aphrodite, sans parler de l'aider à le contrôler et à diriger les autres.

— Si cette saleté attaque Darius, lança Aphrodite, on lui balance tout notre pouvoir à la figure, on ramène Darius à l'intérieur, et on dégage.

Cependant, Darius ne paraissait pas du tout inquiet. Il dévisageait la créature cauchemardesque avec calme.

— Tu veux dire la prêtresse rouge Lucie ?

— Oui !

— Elle n'est pas avec moi. Pour la dernière fois : allez-vous nous laisser passer ?

— Bien ssssûr, siffla le monstre.

Il ne sauta pas du capot, mais se pencha en arrière, juste assez pour que Darius puisse ouvrir sa portière.

— Descends, ordonna Darius à Aphrodite. Ne t'éloigne pas de moi, murmura-t-il.

Ils s'approchèrent de ma porte.

— Vous êtes prêts ? demanda Darius.

— Oui, répondîmes-nous en chœur, devinant ce que sa question sous-entendait.

— Restez groupés.

Damien me glissa dans les bras du combattant. Les chats bondirent dehors et se fondirent dans l'obscurité glacée. Aucune créature ne s'en prit à ma Nala, et je poussai un soupir de soulagement. « S'il vous plaît, faites qu'il ne leur arrive rien », implorai-je Nyx en silence. Aphrodite, Damien et les Jumelles se placèrent autour de Darius et de moi ; puis, comme si nous ne faisions qu'un, nous nous dirigeâmes vers l'école.

Les Corbeaux Moqueurs s'envolèrent tandis qu'Aristos nous conduisait au bâtiment qui abritait la résidence des professeurs et l'infirmerie. Quand nous franchîmes la porte en bois qui n'aurait pas détonné dans un château médiéval, je repensai à la première fois que j'étais venue ici, quelques mois auparavant. On m'avait emmenée à l'infirmerie, inconsciente. À l'époque, je n'avais aucune idée de ce que me réservait l'avenir. Étrangement, je me retrouvais dans la même situation aujourd'hui.

J'observai le visage de mes amis : tout le monde paraissait calme. Mais je les connaissais bien. Je décelai la peur dans la ligne tendue des lèvres d'Aphrodite, dans les mains de Damien, qu'il serrait contre son corps pour contenir leur tremblement. Les Jumelles marchaient à ma droite, si près l'une de l'autre que l'épaule de Shaunee touchait celle d'Erin, qui touchait celle de Darius – comme si, dans ce contact, elles puisaient du courage.

Darius s'engagea dans un couloir familier. Soudain, il se raidit. Je sus, avant qu'elle ne parle, qui il avait vu. Je soulevai ma tête lourde de son épaule.

Neferet se tenait devant la porte de l'infirmerie. Elle était splendide avec sa longue robe moulante, coupée dans un tissu noir chatoyant qui révélait des teintes violettes à chacun de ses mouvements. Ses cheveux acajou tombaient en une cascade épaisse et brillante jusqu'à sa taille ; ses yeux verts scintillaient.

— Ah, le retour de l'enfant prodigue ! s'exclama-t-elle d'une voix mélodieuse, légèrement amusée.

— Vos éléments ! murmurai-je.

Je craignis une seconde qu'ils ne m'aient pas entendue ou m'aient mal comprise... Non : je sentis la douce caresse d'un vent chaud et l'odeur fraîche d'une pluie printanière.

Je chuchotai : « Esprit, j'ai besoin de toi », et l'élément s'agita en moi. Au lieu de garder pour moi son énergie revigorante, je lui ordonnai d'aller à Aphrodite. Enfin, sachant que mes amis étaient aussi protégés que possible, je me retournai vers Neferet. J'allais commenter son choix ironique d'une comparaison biblique lorsqu'une porte s'ouvrit, et Kalona apparut sur le seuil.

Darius s'arrêta brusquement, comme s'il s'était heurté contre un mur.

— Oh ! soufflèrent Shaunee et Erin.

— Ne le regardez pas dans les yeux ! leur conseilla tout bas Aphrodite.

— Restez forts, dit Darius.

Alors, le temps parut se suspendre.

« Reste forte ! m'intimai-je. Reste forte. » Mais je me sentais épuisée, blessée, vaincue. Neferet m'intimidait : elle était tellement parfaite, tellement puissante ! Et Kalona me faisait prendre conscience de mon insignifiance. Ils balayaient toute mon assurance.

La tête me tournait dans une cacophonie de pensées confuses. Je n'étais qu'une enfant. Je n'étais même pas encore un vampire ! Je ne faisais pas le poids face à ces deux êtres exceptionnels.

Avais-je vraiment envie de combattre Kalona ? Avions-nous la certitude qu'il était maléfique ? Je le dévisageai. Il n'avait pas du tout l'air néfaste. Il portait un pantalon en daim marron crème ; il avait le torse et les pieds nus.

Il aurait pu paraître ridicule, à moitié nu dans ce couloir glacial ; or, au contraire, cela semblait tout naturel. Sa peau, sans aucune imperfection, avait la couleur dorée que les filles s'acharnent en vain à obtenir en faisant des UV. Ses cheveux noirs, longs et épais, étaient joliment ondulés. Plus je les regardais, plus j'avais envie d'y passer les doigts. Ignorant le conseil d'Aphrodite, je le fixai dans les yeux, et une décharge électrique me traversa quand je les vis s'agrandir. Il m'avait reconnue !

Ce choc eut raison de mes dernières forces. Je m'affaissai dans les bras de Darius.

— Elle est blessée ! s'écria Kalona d'une voix puissante, qui fit tressaillir même Neferet. Pourquoi ne s'occupe-t-on pas d'elle ?

J'entendis le bruit répugnant de grandes ailes battant l'air, puis Rephaïm sortit de la pièce d'où venait Kalona. Je frissonnai. Il devait être entré par la fenêtre en volant, puis avoir marché jusqu'ici. « Existe-t-il un endroit que ces horribles créatures ne peuvent atteindre ? » me demandai-je, découragée.

— Père, j'ai ordonné au combattant d'emmener la prêtresse à l'infirmerie pour qu'elle y soit soignée, fit la créature.

Sa voix semblait encore plus obscène, comparée à celle, majestueuse, de Kalona.

— N'importe quoi !

Bouche bée, je regardai Aphrodite. Elle toisait le Corbeau Moqueur de son air le plus méprisant. Elle rejeta ses cheveux blonds en arrière.

— Cet oiseau nous a retenus sous la pluie battante pendant qu'il jacassait : la Rouge par-ci, et la Rouge par-là... Darius a dû se passer de ses services pour emmener Zoey jusqu'ici.

Il y eut un profond silence ; puis Kalona pencha sa belle tête en arrière et éclata de rire.

— J'avais oublié à quel point les humaines étaient amusantes ! Avancez !

Darius s'exécuta à contrecœur, imité par mes amis. Quand nous eûmes atteint la porte de l'infirmerie, Kalona lança :

— Ta tâche s'arrête là, combattant. Neferet et moi allons nous occuper d'elle.

Sur ce, l'ange déchu ouvrit les bras pour que Darius m'y dépose. Ses ailes, jusque-là cachées dans son dos, frémirent et se déplièrent à moitié.

J'avais envie de tendre la main pour les toucher. Heureusement, j'étais trop faible.

— Ma tâche n'est pas terminée, déclara Darius. J'ai juré de prendre soin de cette jeune prêtresse, et je dois rester à ses côtés.

— Moi aussi, annonça Aphrodite.

— Tout comme nous, dit Damien d'une petite voix tremblante en désignant les Jumelles.

Cette fois, ce fut au tour de Neferet de rire.

— Vous ne pensez quand même pas lui tenir la main pendant que je l'examine ? Ne soyez pas ridicules ! dit-elle d'une voix tranchante. Darius, entre et pose-la sur le lit. Si tu insistes, tu peux attendre ici, dans le couloir. Cependant il serait plus sage, à en juger par ton apparence, que tu ailles manger un peu et te rafraîchir. Tu as ramené Zoey chez elle ; elle est désormais en sécurité, ta mission s'achève. Vous autres, filez aux dortoirs ! La ville est peut-être paralysée par la tempête, mais pour nous, la vie continue, et les cours avec.

Elle se tut et fixa Aphrodite avec tant de haine que son visage se tordit, devenant si dur et froid qu'aucune trace de beauté n'y subsista.

— Mais... tu es maintenant humaine, Aphrodite, n'est-ce pas ?

— En effet.

Aphrodite avait le visage pâle, mais elle releva le menton et rendit à Neferet un regard glacial.

— Alors, tu n'as rien à faire ici.

— Si, affirmai-je, reprenant enfin mes esprits.

Je reconnus à peine ma propre voix. On aurait dit celle d'une vieille femme malade et essoufflée. Néanmoins, Neferet n'eut aucun mal à m'entendre.

— Aphrodite a toujours des visions envoyées par Nyx, poursuivis-je. Sa place est parmi nous.

— Des visions ? répéta Kalona, l'air intrigué. Quel genre de visions ?

— Je vois des catastrophes à venir, répondit Aphrodite.

— Intéressant. Neferet, ma reine, tu ne m'avais pas dit que tu avais une prophétesse à la Maison de la Nuit ! Excellent, excellent... Elle pourra nous être très utile.

— Mais elle n'est ni novice ni vampire ! protesta Neferet. Elle doit partir.

Elle s'exprimait d'une façon étrange, que je n'ai pas identifiée au premier abord. Observant son langage corporel (elle était presque collée à Kalona), je finis par me rendre compte qu'elle boudait.

Kalona lui caressa la joue, puis passa la paume sur son long cou gracieux, sur ses épaules, et jusqu'au bas de son dos. Neferet trembla ; ses yeux se dilatèrent, comme si ses caresses lui faisaient l'effet d'une drogue.

— Ma reine, elle nous sera sûrement utile, répéta-t-il.

Sans le quitter des yeux, Neferet hocha la tête.

— Tu restes, petite prophétesse, dit-il à Aphrodite.

— Oui. Je reste avec Zoey.

J'avoue qu'Aphrodite m'impressionnait. Oui, j'étais blessée, sans doute en état de choc, d'où ma faiblesse physique et mentale. L'effet hypnotique que Kalona avait sur moi venait sans doute de là ; du moins, je l'espérais. Mais, de toute évidence, Kalona ne laissait personne indifférent. Personne, sauf Aphrodite. Je n'y comprenais rien.

— Alors, comme ça, reprit l'immortel, tu prétends prévoir les catastrophes ?

— Oui.

— Dis-moi, que se passera-t-il si nous refusons l'entrée à Zoey ?

— Je n'ai pas eu de vision à ce sujet, mais je sais que Zoey a besoin d'être ici. Elle a été gravement blessée.

— Eh bien, figure-toi que, moi aussi, je m'y connais en prophéties.

Sa voix, jusque-là si séduisante qu'en toute honnêteté je ne désirais rien tant que l'écouter à jamais, commença à changer. D'abord de façon à peine perceptible ; puis à en donner la chair de poule. Même Darius recula d'un pas.

— Et je vous donne ma parole que, si vous ne m'obéissez pas, cette prêtresse ne passera pas la nuit. Maintenant, allez-vous-en !

Les mots de Kalona crépitèrent dans tout mon corps, ajoutant encore à la confusion de mes sens. Je m'agrippai aux épaules de Darius.

— Fais ce qu'il dit, soufflai-je à Aphrodite. Il a raison. Je ne vais pas tenir longtemps.

— Passe-moi la prêtresse, combattant, dit Kalona en écartant de nouveau les bras. Je ne le répéterai pas.

Aphrodite me prit la main et la pressa.

— On sera là quand tu iras mieux.

À cet instant, je sentis l'esprit réinvestir mon corps. J'aurais voulu refuser, dire à Aphrodite de le garder, mais déjà elle s'était tournée vers Damien et lui donnait un coup de coude.

— Dis au revoir à Zoey, et fais-lui tes *meilleurs* vœux de rétablissement.

Damien lui jeta un petit coup d'œil, et elle hocha légèrement la tête. Alors, il serra ma main à son tour.

— Remets-toi vite, Zoey.

Un vent léger s'enroula aussitôt autour de moi.

— Vous aussi, les Jumelles, poursuivit Aphrodite.

— On est avec toi, Zoey, déclara Erin.

Lorsqu'elles reculèrent, je fus enveloppée par la chaleur de l'été et la fraîcheur d'une pluie purificatrice.

— Assez de sentimentalité ! s'impatienta Kalona. Je vais la prendre maintenant.

Je me retrouvai contre sa poitrine nue ; troublée, je fermai les yeux et essayai de me raccrocher à la force des éléments.

— Je vais attendre ici, me promit Darius avant que la porte ne se referme brutalement, me coupant de mes amis.

J'étais seule avec mon ennemi, un ange déchu, et l'oiseau monstrueux engendré par sa luxure passée.

Alors, pour la troisième fois de ma vie, je m'évanouis.

CHAPITRE DIX-HUIT

La première chose dont j'eus conscience quand je revins à moi, c'était le contact des draps frais contre mon corps nu. Tout en moi me criait de garder les yeux fermés, de continuer à respirer régulièrement. En d'autres termes, de faire comme si j'étais encore évanouie.

Demeurant aussi immobile que possible, j'essayai de faire le point de la situation. La longue blessure sur ma poitrine me faisait beaucoup moins mal que tout à l'heure. L'Esprit, l'Air, l'Eau et le Feu ne m'avaient pas quittée : ils étaient là, apaisants, revigorants. Je fus prise d'inquiétude pour mes amis. « Retournez vers eux ! » ordonnai-je en silence, et les éléments obéirent comme à contrecœur. Tous sauf l'Esprit. Je réprimai un soupir. « Esprit, va rejoindre Aphrodite. Reste auprès d'elle. » Il disparut à son tour.

Je dus faire un mouvement involontaire, car j'entendis la voix de Neferet.

— Elle a bougé. Je pense qu'elle ne va pas tarder à se réveiller.

J'avais l'impression qu'elle faisait les cent pas dans la pièce.

— Je continue de croire que nous n'aurions pas dû la sauver, reprit-elle. Elle était à moitié morte quand elle est arrivée ; nous aurions facilement pu expliquer notre prétendu échec.

— Si ce que tu m'as dit est vrai, si elle peut contrôler les cinq éléments, elle est trop importante pour qu'on la laisse périr, répondit Kalona.

— C'est la vérité absolue. Elle les contrôle tous.

— Alors, elle peut nous servir. Pourquoi ne pas lui faire part de notre vision du futur ? Son soutien à notre cause influencerait les membres du conseil récalcitrants.

« Leur vision du futur ? Influencer le conseil ? Le grand conseil des vampires ? Bon sang ! »

— Nous n'aurons pas besoin d'elle, mon amour, susurra Neferet d'une voix suave, sûre d'elle. Notre plan va réussir. Zoey n'utilisera jamais ses pouvoirs à notre profit. Elle est beaucoup trop attachée à la déesse.

— Oh, cela peut changer.

Malgré ce que je venais d'entendre, j'étais hypnotisée par sa voix, chaude et veloutée.

— Je connais une prêtresse dont l'attachement à la déesse a été brisé..., poursuivit-il.

— Elle est trop jeune pour ouvrir les yeux sur des possibilités plus fascinantes, comme je l'ai fait, répliqua Neferet.

J'entrouvris les paupières et constatai qu'il la tenait dans ses bras.

— Zoey sera toujours notre ennemie, continua-t-elle. Le jour viendra où l'un de nous deux devra la tuer.

Kalona ricana.

— Quelle exquise créature assoiffée de sang ! De la patience, ma reine ! Si la jeune prêtresse ne nous est d'aucune utilité, alors, bien entendu, nous nous débarrasserons d'elle. En attendant, je vais m'employer à briser les chaînes qui l'entravent.

— Non ! Je ne veux pas que tu t'approches d'elle !

— Tu ferais bien de ne pas oublier qui est le maître ici. Je ne tolérerai pas qu'on me donne des ordres ou qu'on m'emprisonne ! Plus jamais. Moi, je ne suis pas ta déesse impotente ; ce que j'offre, je peux l'enlever à tout instant !

Sa sensualité avait cédé la place à une froideur terrible.

— Ne te mets pas en colère, supplia Neferet d'une voix contrite. C'est juste que je ne peux supporter l'idée de te partager.

— Alors, ne me contrarie pas ! cria-t-il.

— Viens avec moi, sortons de cette pièce, et je te promets de me faire pardonner, dit-elle, aguicheuse.

J'entendis des bruits de baisers, humides et dégoûtants, qui me donnèrent envie de vomir.

Au bout d'un moment beaucoup trop long à mon goût, Kalona reprit la parole.

— Va dans ta chambre et prépare-toi à me recevoir. Je ne vais pas tarder à te rejoindre.

Je m'attendais qu'elle hurle : « Non ! Viens avec moi maintenant ! », mais sur ce coup-là, elle me surprit.

— Dépêche-toi, mon ange noir, souffla-t-elle.

Puis je perçus le bruissement de sa robe, la porte se referma.

« Elle le manipule ! » songeai-je.

Je me demandai si Kalona s'en rendait compte. Un immortel n'était sans doute pas dupe des petits jeux d'une grande prêtresse vampire. Alors, je me souvins qu'elle m'était apparue dans l'arbre, devant la gare. Comment s'y était-elle prise ?

« Peut-être que se tourner vers le côté obscur lui a conféré de nouveaux pouvoirs ; peut-être n'est-elle pas seulement une grande prêtresse déchue. Qui sait ce qu'est en réalité la reine Tsi Sgili ? »

Un bruit près de mon lit interrompit mes pensées. Je restai immobile. Mon premier réflexe fut de retenir mon souffle, mais je me forçai à respirer régulièrement pour ne pas éveiller de soupçons.

Je sentais les yeux de Kalona sur moi. Heureusement que le drap était remonté pudiquement sur ma poitrine et que j'étais bien bordée !

Je sentais aussi le froid qui émanait de son corps. Il devait se tenir juste à côté de moi. J'entendis le froissement de plumes, et je l'imaginai en train de déplier ses superbes ailes noires. S'apprêtait-il à les enrouler autour de moi, comme dans mon rêve ?

Et voilà. Je ne pus tenir. Persuadée que j'allais contempler son visage d'une perfection indescriptible, j'ouvris les yeux – et sursautai en découvrant les traits effrayants de Rephaïm. Penché au-dessus de moi, à quelques centimètres de mon visage, il dardait sa langue vers moi.

Ma réaction fut automatique, et plusieurs choses se produisirent en même temps.

Je poussai un cri perçant, serrai les draps contre ma poitrine et reculai si violemment que je me cognai contre la tête de lit. La créature siffla et déplia ses ailes, prête à se jeter sur moi. À cet instant, la porte s'ouvrit à toute volée. Darius entra comme une furie et, d'un geste aussi gracieux que fatal, sortit son poignard de la poche de sa veste en cuir et le lança. La lame se planta dans la poitrine du mutant, qui hurla et tituba, agrippant le manche incrusté de perles.

— Tu oses attaquer mon fils !

En deux grandes enjambées, Kalona fut sur Darius. Avec une force surhumaine, il prit le combattant à la gorge et le souleva du sol. Kalona était si grand, ses bras étaient si longs et musclés qu'il n'eut aucun mal à coller Darius au plafond. Les jambes du combattant s'agitaient spasmodiquement alors qu'il tentait de se libérer en frappant les épaules massives de Kalona.

— Arrêtez ! Ne lui faites pas de mal !

J'enroulai le drap autour de moi, me levai et m'approchai d'eux, chancelante. Je dus plonger sous l'une des ailes de Kalona pour atteindre Darius.

Je ne sais pas ce que j'avais en tête : même si j'avais été en pleine possession de mes moyens, je n'aurais pas fait le poids contre l'immortel. J'avais beau lui hurler dessus et le cogner au flanc, je n'étais pour lui qu'un moustique irritant.

En regardant son visage, je vis ses yeux ambrés flamboyer. Ses dents étaient retroussées dans un sourire carnassier, et je compris qu'il prenait plaisir à ôter la vie à Darius.

À ce moment, la véritable nature de Kalona me fut révélée. Ce n'était pas un héros malheureux qui attendait que l'amour fasse ressortir ses bons côtés. Il n'avait pas de bons côtés. Qu'il ait ou non toujours été ainsi n'avait pas d'importance. Ce qu'il était devenu, c'était le mal incarné. Le charme qu'il avait jeté sur moi se brisa comme un rêve fait de glace. J'espérais de tout cœur que personne ne pourrait jamais le réparer.

J'inspirai à fond, levai les mains au ciel, les paumes écartées, sans me soucier de retenir le drap, qui tomba à mes pieds. Avec le peu de force qu'il me restait, j'invoquai le Feu et l'Air.

J'entrevis brièvement Damien et Shaunee, concentrés, les yeux fermés, combinant leurs pouvoirs pour donner plus de puissance à leur élément.

— Faites que l'homme ailé relâche Darius ! m'écriai-je.

Aussitôt, une bourrasque projeta Kalona en arrière. Un étrange crépitement se fit entendre quand le vent chaud toucha sa peau, et un nuage de vapeur l'entoura.

Darius s'effondra lourdement par terre. Haletant, il essayait de se relever pour me protéger de Kalona et de Rephaïm. Je pouvais tout juste maîtriser ma respiration et cligner des yeux pour chasser les points noirs qui envahissaient mon champ de vision. Le Feu et l'Air étaient partis, et j'avais du mal à tenir debout.

Soudain, un mouvement attira mon attention, et je jetai un coup d'œil vers la porte ouverte. J'en restai bouche bée : Stark avait fait irruption dans la pièce, une flèche déjà encochée dans son arc pointée sur Darius. Il me regardait en secouant la tête comme pour s'éclaircir les idées.

Une vague de bonheur déferla sur moi : il semblait redevenu lui-même ! Ses yeux avaient perdu leur couleur rouge luisante, ses joues n'étaient plus creuses, et il avait repris du poids.

Alors, je me rendis compte que je me tenais complètement nue devant lui. J'attrapai le drap et je m'en enveloppai en toute hâte, écarlate de honte.

Il retrouva ses esprits plus vite que moi et visa de nouveau Darius.

— Stark ! Ne tire pas ! criai-je.

Je ne tentai pas de faire un bouclier de mon corps : si Stark tirait, il ne le manquerait pas, quoi que je fasse. Contrairement à Kalona, ma déesse ne reprenait jamais les dons qu'elle avait accordés.

— Si tu veux punir la personne qui m'a fait voler à travers la pièce, c'est la prêtresse que tu vas tuer, pas le combattant, intervint Kalona.

Il s'était relevé et s'exprimait avec calme. Néanmoins, sa poitrine était rouge, comme s'il avait attrapé un coup de soleil, et de petites volutes de vapeur s'en élevaient toujours.

— Ce n'est pas elle que je veux voir morte, déclara Stark, c'est lui !

Je me tournai vers lui, implorante.

— Darius ne faisait que me défendre ! C'est un Corbeau Moqueur qui m'a fait ça, dis-je en désignant la longue cicatrice sur ma poitrine. Quand le combattant m'a entendue hurler, et qu'il a vu Rephaïm penché sur moi, il a cru qu'il m'attaquait, et il s'est précipité à mon secours.

Kalona avait tendu la main vers Stark pour lui interdire de tirer. Je sursautai : il avait rajeuni !

Lorsqu'il avait été libéré de sa prison souterraine, il m'était apparu comme un homme, avec d'immenses ailes noires, mais un homme quand même, qui avait entre trente et cinquante ans. Or, là, il avait changé. Maintenant, il semblait en avoir tout au plus une vingtaine.

Il cessa de me dévisager et pivota lentement vers Rephaïm, qui s'était affalé dans un coin de la pièce, ses affreuses mains humaines serrées autour du couteau planté dans son poitrail d'oiseau.

— Est-ce vrai, mon fils ? Un de mes enfants a-t-il blessé la prêtresse ?

— Je ne peux le savoir, père, haleta la créature. Toutes les sentinelles ne sont pas rentrées.

— C'est bien un Corbeau Moqueur qui a failli tuer Zoey, intervint Darius.

— Évidemment, combattant, railla Kalona. Tu ne vas pas prétendre le contraire.

— Je vous donne ma parole de Fils d'Érebus que c'est la vérité. Vous avez vu la blessure de Zoey. Je suis sûr que vous savez reconnaître la marque des serres de vos propres enfants.

Darius ne cherchait pas la bagarre, comme l'aurait fait le premier adolescent venu (eh oui, Erik, Heath, c'est bien de vous que je parle !). Il me protégeait encore. Si Kalona apprenait qu'un Corbeau Moqueur avait voulu me tuer, il hésiterait peut-être à me laisser seule avec eux. Du moins, s'il tenait toujours à ce que je reste en vie…

Kalona s'approcha de moi. Je restai immobile, les yeux rivés sur sa poitrine nue. Lentement, sans toucher ma peau, il suivit avec un doigt le contour de ma blessure.

— C'est bien la marque d'un de mes fils, déclara-t-il. Stark, épargne-le, pour cette fois.

Je poussai un long soupir de soulagement.

— Bien entendu, je ne peux le laisser s'en tirer sans punition. Mais je préfère m'en charger moi-même.

Je ne compris pas le sens de ces mots jusqu'à ce qu'il fasse volte-face et arrache le couteau de la poitrine de Rephaïm. Puis, aussi agile qu'un cobra, il entailla la joue de Darius, qui n'eut même pas le temps de faire un geste.

Le combattant tituba et tomba à terre alors que son sang jaillissait en une giclée écarlate.

Je hurlai et tentai de le rejoindre, mais la main glaciale de Kalona me retint. Je fixai l'immortel dans les yeux, espérant que la colère et l'horreur que je ressentais l'emporteraient sur son affreux pouvoir de séduction.

Or il ne m'attirait plus ! Son charme n'opérait plus sur moi ! Malgré sa jeunesse et sa beauté surnaturelle, je ne voyais plus en lui qu'un ennemi redoutable. Il dut lire le triomphe dans mon regard car, soudain, son expression belliqueuse se mua en un sourire entendu. Il se pencha vers moi.

— N'oublie pas, ma petite A-ya, que le Fils d'Érebus peut te protéger de tous, sauf de moi. Même les éléments ne m'empêcheront pas de récupérer ce qui m'appartient.

Il pressa ses lèvres contre les miennes. Leur goût sauvage me fit l'effet d'un blizzard qui glaça mon âme. Un désir interdit me submergea. Son baiser me fit tout oublier : Stark, Darius, même Erik et Heath.

Quand il me relâcha, mes jambes cédèrent sous mon poids. Je tombai par terre alors qu'il sortait de la pièce en riant, son fils préféré clopinant derrière lui.

CHAPITRE DIX-NEUF

Je rampai jusqu'à Darius en sanglotant. Je venais de l'atteindre lorsqu'un son terrible s'éleva derrière moi.

Stark tenait toujours son arc dans une main. De l'autre, il serrait si fort le montant de la porte que ses articulations étaient toutes blanches. Je jure que je vis ses doigts laisser des marques sur le bois. Il gémissait, penché en avant, comme s'il avait mal au ventre.

— Stark, que se passe-t-il ? demandai-je en m'essuyant les yeux.

— Le sang... je dois...

Soudain, comme malgré lui, il fit un pas en avant, vacillant.

Darius se mit à genoux. Il prit le poignard que Kalona avait abandonné par terre et se tourna vers Stark.

— Je ne partage mon sang qu'avec les gens que j'ai invités à le boire ! dit-il d'une voix posée.

À l'entendre, on n'aurait jamais pu deviner qu'il venait d'être blessé.

— Et je ne t'ai pas fait une telle invitation, mon garçon, poursuivit-il. Recule avant que les choses ne se gâtent pour toi !

Le combat intérieur qui agitait Stark se reflétait sur son visage. Les yeux rouges, flamboyants, les lèvres tordues dans une grimace sauvage, il paraissait sur le point d'exploser.

Là, mes nerfs lâchèrent. Dire que ma réaction au baiser de Kalona m'angoissait aurait été l'euphémisme de l'année. Tout mon corps me faisait souffrir ; la tête me tournait, et je me sentais si faible que j'aurais même été incapable de remporter un bras de fer contre Jack. De plus, j'ignorais si la blessure de Darius était grave. Franchement, je n'avais jamais été aussi stressée.

— Stark, fous le camp ! m'emportai-je. Je n'ai pas envie d'en arriver là, mais je te jure que si tu fais un pas de plus, je demanderai au Feu de te brûler les fesses.

Il me regarda d'un air furieux, menaçant. Il était entouré d'une aura sombre qui faisait ressortir ses yeux rouges. Je me levai, le drap bien coincé autour de ma poitrine, et je tendis les bras, prête à passer à l'action.

— Ne me pousse pas à bout ! Je t'assure que tu vas le regretter.

Il cligna des yeux à plusieurs reprises, comme s'il avait du mal à me voir distinctement. La teinte écarlate disparut de ses yeux, l'obscurité qui l'enveloppait se dissipa, et il passa une main tremblante sur son front.

— Zoey, je…, commença-t-il de sa voix normale.

Il s'interrompit en voyant Darius, qui avait fait un pas vers moi, et il rugit – oui, il *rugit*, comme un animal. Puis il fit volte-face et sortit de la pièce en courant.

Je réussis, je ne sais comment, à atteindre la porte et à la claquer, puis à bloquer la poignée avec une chaise, comme je l'avais vu faire dans des films, avant de retourner auprès de Darius.

— Je suis content que nous combattions du même côté, prêtresse, dit-il, solennel.

— Eh oui, que veux-tu ? Je suis une vraie guerrière, fis-je d'un ton comique, pour ne pas lui montrer que j'étais au bord de l'évanouissement.

Il rit et, nous soutenant l'un l'autre, nous nous dirigeâmes vers le lit, où il s'assit. Je restai debout, m'efforçant de ne pas tituber.

— Il doit y avoir une trousse de premiers secours, là-bas.

Il désigna le grand meuble en inox, équipé d'un évier, à côté duquel étaient rangés sur des plateaux de nombreux objets effrayants d'aspect chirurgical, pointus et très brillants.

Faisant mine de ne pas les voir, je commençai à ouvrir les tiroirs. Je me rendis compte que mes mains tremblaient violemment.

— Zoey, dit Darius.

Je lui jetai un coup d'œil par-dessus mon épaule. Il était dans un sale état. Tout le côté gauche de son visage était couvert de sang. L'entaille allait de sa tempe à sa mâchoire, coupant le dessin géométrique de son tatouage. Mais ses yeux souriaient.

— Je vais bien, m'assura-t-il. Ce n'est qu'une égratignure.

— Oui, une grosse égratignure, quand même.

— Ça ne va pas plaire à Aphrodite, à mon avis.

— Quoi donc ?

Il esquissa un sourire, qui se transforma en grimace, et sa blessure se mit à saigner de plus belle. Il pointa le doigt sur sa joue.

— La cicatrice.

Je revins vers lui, les bras chargés de bandages, de compresses imbibées d'alcool et de gaze stérile.

— Si elle te fait la moindre remarque désagréable, je lui botte les fesses. Enfin, quand je serai reposée.

J'examinai l'affreuse « égratignure », ignorant l'odeur délicieuse du sang. J'avalai ma salive pour m'empêcher de vomir.

Oui, je sais, c'est contradictoire : j'adore le goût et l'odeur du sang, pourtant le voir dégouliner du corps d'un ami me répugne. Quoique... Ce n'est peut-être pas si contradictoire que ça, étant donné que je ne bois pas celui de mes amis ! Plus précisément, je ne le fais pas dans des circonstances normales, et pas s'ils ne m'en donnent pas la permission, comme Heath.

— Je peux m'en occuper, dit Darius en essayant de prendre la lingette que je serrais dans la main.

— Non, c'est ridicule. Tu es blessé, je vais le faire. Explique-moi juste comment m'y prendre.

Je me tus un instant.

— Darius, il faut qu'on parte d'ici.

— Je sais.

— Mais tu ne sais pas tout. J'ai surpris une conversation entre Kalona et Neferet. Ils disaient préparer un nouvel avenir, et ils ont parlé de renverser le conseil.

— Le conseil de Nyx ? Le grand conseil des vampires ? Douce Nyx ! C'est impossible !

Malheureusement, mon instinct me soufflait le contraire.

— Et pourtant... Kalona est puissant, et il possède cette capacité surnaturelle à attirer les gens à lui. Ce qui est sûr, c'est qu'on ne peut pas attendre qu'ils réalisent leur immonde projet.

À vrai dire, je craignais qu'ils ne soient déjà passés à l'action, mais, par superstition, je ne pouvais me résoudre à l'avouer à voix haute.

— Alors, on va te soigner, repris-je, récupérer Aphrodite, les Jumelles, Damien, et retourner dans les souterrains, d'accord ? Je vais mieux, et je préfère encore me noyer dans mon propre sang que rester ici.

— Je suis d'accord avec toi. Neferet t'a bien soignée, et tu ne risques plus de rejeter la Transformation, même si tu n'es plus entourée de vampires.

— Tu es en état de partir ?

— Je t'ai dit que j'allais bien, et je ne mentais pas. Nettoyons cette plaie et quittons cet endroit au plus vite. Là-bas, au moins, nous serons en sécurité.

— Tu as bien observé Neferet ? demandai-je.

— Oui, elle paraît beaucoup plus puissante.

— Dommage, marmonnai-je, j'espérais me faire des idées.

— Ton instinct ne te trompe jamais, et il te souffle depuis longtemps de te méfier d'elle. Quant à Kalona, son pouvoir hypnotique est inouï. Je n'avais jamais rien senti de tel !

— C'est vrai, mais je pense m'être libérée de l'emprise qu'il avait sur moi.

Je me gardai bien d'admettre que son baiser m'avait quand même fait beaucoup d'effet…

— Est-ce qu'il t'a paru différent ? poursuivis-je.

— Différent ? Comment ça ?

— Plus jeune, plus jeune que toi, même.

Il me regarda avec attention.

— Non, il ne m'a pas semblé changé. Il peut sans doute modifier son apparence pour te plaire.

J'aurais aimé le nier, mais je me souvins alors du nom qu'il m'avait donné avant de m'embrasser. Le même que dans mon cauchemar. « Je réagis à lui de façon presque automatique, comme si mon âme le reconnaissait », me chuchota mon esprit en traître. J'en eus la chair de poule.

— Il m'appelle A-ya.

— Qu'est-ce que ça veut dire ?

— C'est le nom de la jeune fille que les femmes Ghigua ont créée pour emprisonner Kalona.

— Eh bien, au moins, on sait pourquoi il tient tant à te protéger, soupira-t-il. Il te prend pour la femme qu'il a aimée.

— À mon avis, c'était plus de l'obsession que de l'amour, déclarai-je. Et puis, il ne faut pas oublier qu'elle a réussi à le piéger ; à cause d'elle, il est resté sous terre pendant plus de mille ans.

— Alors, son désir pour toi pourrait très vite tourner à la violence.

— Et s'il a juste l'intention de se venger d'elle à travers moi ? Après tout, je n'ai aucune idée de ce qu'il compte faire ! Il a empêché Neferet de me tuer en disant que mes pouvoirs leur seraient utiles.

— Sauf que, toi, tu ne te détourneras jamais de Nyx.

— Et quand il l'aura compris, ça m'étonnerait qu'il veuille encore de moi...

— Oui, il te verra comme une ennemie puissante, capable de trouver un moyen de le piéger à nouveau.

— Exactement. Bon, en attendant, explique-moi comment te remettre sur pied.

Je suivis ses instructions, qui consistaient à asperger d'alcool sa chair à vif afin de, pour reprendre ses termes, « prévenir une éventuelle infection causée par le sang des Oiseaux Moqueurs ». (Cela me rappela qu'il avait planté ce même couteau dans la poitrine de Rephaïm.) Ensuite, je versai un produit appelé « la colle de suture Dermabond » sur sa coupure afin de la refermer, et il déclara qu'il était en pleine forme. J'étais un peu plus sceptique, mais – comme il ne manqua pas de me le faire remarquer –, je ne faisais pas une infirmière très crédible...

Nous retournâmes tous les placards à la recherche de quelque chose à me mettre sur le dos. Pas question que j'aille où que ce soit recouverte d'un drap ! Nous trouvâmes une chemise d'hôpital fine comme du papier, ouverte dans le dos, d'une laideur inimaginable.

Nous dénichâmes aussi un pantalon vert, bien trop grand pour moi ; je complétai ma tenue avec des bottines en toile.

Je ne savais plus où était mon sac à main. D'après Darius, il était resté dans le Hummer. J'espérais qu'il ne se trompait pas ; sinon, il me faudrait demander le duplicata de mon permis de conduire, acheter un nouveau téléphone portable, et ainsi de suite.

Après m'être habillée, je restai assise sur le lit, le regard dans le vide.

— Comment vas-tu ? demanda Darius. Tu as l'air...

Il ne termina pas sa phrase, cherchant, je supposais, un terme plus flatteur que « horrible » ou « abominable ».

— Fatigué ? suggérai-je.

— C'est ça.

— Pas étonnant. Je suis fatiguée. Très fatiguée.

— Peut-être devrait-on attendre et...

— Non ! Il faut partir au plus vite ! De toute façon, je n'arriverai pas à me reposer tant qu'on sera ici. Je me sens en danger ici.

Nous savions tous les deux que nous ne serions peut-être pas en sécurité non plus si nous parvenions à quitter la Maison de la Nuit, mais, pour notre moral, il valait mieux ne pas le mentionner.

— Bon, allons-y.

Je jetai un coup d'œil sur l'horloge murale : il était quatre heures du matin. Je n'aurais jamais cru qu'autant de temps s'était écoulé depuis notre arrivée. J'étais restée inconsciente pendant plusieurs heures ! Si l'école avait conservé un emploi du temps normal, les cours étaient terminés.

— C'est l'heure du dîner, dis-je. Tout le monde doit être à la cafétéria.

Darius hocha la tête et ôta la chaise qui bloquait la porte, qu'il ouvrit lentement.

— Le couloir est vide, murmura-t-il en regardant de chaque côté.

Je le retins par la manche. Il me lança un regard interrogateur.

— Euh, Darius, je pense qu'on devrait se changer avant de se montrer. Tu es couvert de sang, et moi, je porte une sorte de sac-poubelle vert. On ne peut pas dire qu'on passe inaperçus...

Il baissa les yeux sur sa chemise et sa veste, maculées de sang, et proposa :

— Montons aux quartiers des Fils d'Érebus. Je vais mettre des vêtements propres, et je t'emmènerai à ton dortoir pour que tu te débarrasses de ça. Avec un peu de chance, Aphrodite et les Jumelles seront sur place.

— Bonne idée.

Gravir les marches fut un supplice. Je voyais bien que Darius envisageait de me prendre dans ses bras, et il l'aurait fait malgré mes protestations, si nous n'étions pas déjà arrivés à l'étage.

— Dis, lâchai-je entre deux halètements, c'est toujours aussi calme ici ?

— Non, répondit-il d'un air sombre.

Nous passâmes par une salle contenant un réfrigérateur, un grand écran plat, quelques canapés confortables et des trucs de mecs : des haltères, des jeux de fléchettes et un billard. Elle aussi était vide. Le visage impassible, Darius me conduisit dans un couloir, sur lequel s'ouvraient de nombreuses portes, dont celle de sa chambre.

Elle était exactement comme je l'avais imaginée : propre, simple, dépouillée. Il avait exposé ses trophées de lancer de couteau et la collection complète des œuvres de Christopher Moore ; en revanche, je n'aperçus aucune photo d'amis ou de membres de sa famille. La seule décoration consistait en des paysages de l'Oklahoma accrochés aux murs, sans doute fournis avec la chambre. Il possédait aussi un petit frigo, comme celui d'Aphrodite. Apparemment, j'étais la seule à ne pas en avoir...

Je me dirigeai vers la fenêtre et soulevai un coin des lourds rideaux pour regarder dehors, permettant à Darius de se changer sans prendre le risque qu'Aphrodite pique une crise de jalousie et nous étripe tous les deux.

À cette heure-ci, l'école aurait dû bouillonner d'activité. En temps normal, une fois les cours terminés, les élèves traversaient le campus, se rendant aux dortoirs, à la cafétéria, dans la salle de jeu, ou simplement traînaient dehors comme tous les jeunes de leur âge. Or je ne vis que deux personnes, qui rasaient les murs au pas de course.

Malgré ce que me soufflait mon intuition, je mis ça sur le compte du mauvais temps. Même si la tempête nous coupait du monde, j'étais charmée par la couche d'eau gelée qui faisait tout reluire comme par magie. Les arbres ployaient sous le poids des cristaux. La douce lumière jaune des lampes à gaz léchait les bâtiments et les allées glissantes. La pelouse, prise au piège de la glace, scintillait comme un champ de diamants.

— Waouh, fis-je, plus pour moi-même qu'à l'intention de Darius. C'est trop joli ! On se croirait dans un autre monde.

Il me rejoignit en enfilant un pull sur un tee-shirt propre. À en juger par son froncement de sourcils, il voyait surtout le côté ennuyeux de la chose.

— Pas une seule sentinelle…, dit-il. On devrait pourtant apercevoir deux ou trois de mes frères.

Soudain, il se raidit.

— Qu'est-ce qui se passe ? m'affolai-je.

— J'ai parlé trop vite. Tu as raison, c'est un autre monde. Il y a bien des sentinelles, mais il ne s'agit pas de mes frères. Là !

Il désigna un point à notre droite. Je plissai les yeux : dans l'ombre d'un vieux chêne se découpait la silhouette d'un Corbeau Moqueur perché sur le toit du temple.

— Et là, reprit-il en me montrant une tache dans l'obscurité, qui venait de bouger.

— Ils sont partout ! murmurai-je, épouvantée. Comment on va faire pour partir ?

— Tu ne pourrais pas demander aux éléments de nous cacher, comme la dernière fois ?

— Je ne sais pas. Je suis fatiguée, et puis je me sens toute drôle. Ma blessure me fait moins mal, mais j'ai l'impression de me vider de mon énergie, sans jamais me recharger. Après avoir convoqué le Feu et l'Air pour forcer Kalona à te relâcher, je n'ai pas eu besoin de les congédier. Ils étaient déjà partis. D'habitude, ils attendent que je les renvoie.

— Tu t'épuises, Zoey. Ton don a un prix. Comme tu es jeune et en bonne santé, tu ne dois pas le remarquer dans d'autres circonstances.

— Si, ça m'est arrivé une fois ou deux, mais jamais à ce point.

— C'est que tu n'avais encore jamais frôlé la mort. Si tu y ajoutes le manque de repos, on arrive à une équation dangereuse.

— En d'autres termes, il vaudrait mieux ne pas compter sur moi pour nous sortir de là.

— On va dire que tu es le plan C, d'accord ? Il faut essayer de concocter un plan A et un plan B.

— Je préférerais être le plan Z, grommelai-je.

Il se dirigea vers son frigo et en sortit deux bouteilles en plastique remplies d'un liquide rouge. Il m'en tendit une.

— Bois !

— Tu conserves du sang dans des bouteilles d'eau ?

— Je suis un vampire, Zoey ; tu en seras bientôt un toi aussi. Pour nous, avoir du sang humain ou de l'eau au réfrigérateur, c'est du pareil au même. Sauf que le sang donne un sacré coup de fouet.

Sur ce, il leva sa bouteille comme pour trinquer et la vida en quelques lampées. J'arrêtai de réfléchir et l'imitai. Comme toujours, le sang explosa en moi, et je me sentis pleine de vie, invincible.

— Ça fonctionne ?

— Carrément. Allons-y tant que ça dure.

— Tiens, dit-il en me lançant une autre bouteille, glisse-la dans ta poche. Ça ne remplacera pas le sommeil, ni n'abrégera le temps dont ton corps a besoin pour guérir, mais ça te permettra de tenir debout. Du moins, je l'espère.

Il attacha le fourreau de son poignard à sa taille, prit une veste en cuir propre, et nous quittâmes sa chambre.

Nous atteignîmes la porte du bâtiment sans avoir croisé âme qui vive.

— Il vaut mieux que les Corbeaux Moqueurs ne voient pas que je peux marcher, dis-je à voix basse, au moment où il allait pousser le battant.

— Tu as raison. Comment tu vas faire ?

— Le dortoir n'est pas loin, et puis avec le temps qu'il fait, il suffit que je demande un peu plus de brouillard et de pluie. Imagine que tu n'es qu'un esprit, que tu te mêles à la tempête. En général, ça me facilite les choses.

— Très bien. Je suis prêt.

— Eau, Feu et Esprit, j'ai besoin de vous, lançai-je.

Je tendis un bras, comme pour étreindre un ami, et je passai l'autre sous celui de Darius. Les trois éléments déferlèrent aussitôt sur nous.

— Esprit, je te demande de nous cacher... de nous recouvrir... de nous permettre de nous fondre dans la nuit. Eau, tombe autour de nous, baigne-nous, dissimule-nous. Feu, réchauffe légèrement la glace, pour qu'elle devienne brume et enveloppe tout le campus.

Je souris en sentant les éléments trépigner d'impatience, puis je fis signe à Darius. Il ouvrit la porte, et nous sortîmes.

Grâce au sortilège, la tempête avait redoublé d'intensité. Je scrutai les alentours pour voir si les Corbeaux Moqueurs nous avaient remarqués, mais les éléments faisaient du bon travail : c'était comme si nous marchions à l'intérieur d'une boule à neige.

Je constatai qu'il n'y avait aucun chat dehors. D'accord, il faisait un temps épouvantable, et ils détestent l'humidité, mais, depuis que je vivais à la Maison de la

Nuit, j'en avais toujours vu plusieurs en train de se courir après, quelle que soit la météo.

— Tu vois des chats, toi ? demandai-je.
— Non.
— Qu'est-ce que ça veut dire ?
— Rien de bon.

Je décidai de ne pas me poser de questions. Je sentais déjà mon énergie diminuer.

Nous étions presque arrivés au dortoir quand j'entendis une voix de fille haut perchée et nerveuse. Il n'y avait pas de doute : elle avait des ennuis. Les muscles de Darius se tendirent sous ma main ; il regarda autour de nous, aux aguets.

Au fur et à mesure que nous nous approchions du dortoir, certains mots devenaient intelligibles.

— Non, vraiment ! Je... je veux juste retourner dans ma chambre.
— Tu y retourneras quand j'en aurai fini avec toi.

Je m'immobilisai : j'avais reconnu cette voix.

— Pourquoi pas plus tard, Stark ? On pourra peut-être...

Elle s'interrompit brutalement. Elle poussa un petit cri, qui se transforma en halètements ; puis un bruit mouillé dégoûtant, suivi de gémissements, parvint à mes oreilles.

CHAPITRE VINGT

Darius se précipita en avant, m'entraînant avec lui. Nous arrivâmes en un clin d'œil à la petite véranda devant le dortoir.

Pourvue de larges marches encadrées de murets en pierre, elle était l'endroit idéal pour s'asseoir et flirter avec son petit ami quand il vous avait raccompagnée à la porte, avant qu'il vous embrasse et vous souhaite bonne nuit.

Ce que nous découvrîmes n'avait rien à voir avec un baiser innocent. Stark étreignait la fille, qui essayait de se libérer, alors que les mâchoires du garçon se refermaient sur son cou.

Ce qui se passait était extrêmement bizarre : la fille poussait maintenant des gémissements de plaisir ; cependant ses grands yeux terrifiés et la rigidité de son corps montraient bien qu'elle se serait défendue si elle en avait été capable. Stark buvait son sang avec des grognements sauvages, et sa main s'aventurait sur sa cuisse...

— Laisse-la ! ordonna Darius en quittant notre bulle de brouillard et de nuit.

Stark relâcha la fille sans plus d'égards que s'il s'était agi d'une cannette de soda vide. Elle geignit et, à quatre pattes, se rapprocha de Darius, qui sortit un mouchoir en tissu de sa poche et me le tendit :

— Aide-la.

Puis il se positionna, telle une montagne de muscles, entre nous deux et Stark.

Je m'accroupis et reconnus avec surprise Becca Adams, la jolie blonde de troisième année qui en pinçait autrefois pour Erik. Tout en gardant un œil sur Darius et Stark, je lui donnai le mouchoir.

— Tu as pris la mauvaise habitude de te mettre en travers de mon chemin, mec, lança Stark.

Les yeux écarlates, il essuya d'un air absent le sang qui maculait sa bouche. Je distinguai de nouveau un voile d'obscurité qui palpitait autour de lui.

Je me souvins que j'avais remarqué le même phénomène : dans les souterrains, et autour de la forme spectrale qu'avait prise Neferet avant de se métamorphoser en Corbeau Moqueur. Je l'avais également observé chez Lucie, avant qu'elle ne se transforme ; sauf qu'alors je l'avais prise pour le reflet de son tumulte intérieur. Déesse, comme j'avais été bête !

— Au cas où l'on ne te l'aurait pas expliqué, nous n'abusons pas des femmes, qu'elles soient humaines, vampires, ou novices, répondit Darius avec calme.

— Je ne suis pas un vampire, riposta Stark en désignant le contour rouge de son croissant de lune.

— C'est un détail sans importance. Nous ne violentons jamais les femmes. En aucune circonstance. C'est ce que Nyx nous a enseigné.

— Tu vas vite t'apercevoir que les règles ont changé ici ! ricana Stark.

— Et toi, mon garçon, tu vas t'apercevoir que pour certains, les règles sont écrites ici, répliqua Darius en tapant sa poitrine, et ces règles-là ne suivent pas les caprices de quiconque.

Le visage de Stark se durcit. Il attrapa l'arc attaché dans son dos et sortit une flèche du carquois.

— Une chose est sûre, tu ne m'importuneras plus, siffla-t-il.

Je me précipitai à côté de Darius.

— Non ! m'écriai-je, le cœur battant à tout rompre. Bon sang, qu'est-ce qui t'est arrivé, Stark ?

— Je suis mort ! hurla-t-il, les traits déformés par la colère.

— Ça, je le sais ! hurlai-je à mon tour. J'étais là, tu te souviens ?

Il flancha un peu, ce qui m'encouragea à continuer.

— Tu as dit que tu reviendrais, pour Duchesse et moi.

À la mention de sa chienne, une expression douloureuse traversa ses yeux. Il paraissait de nouveau vulnérable. Mais ça ne dura qu'un instant. Il retrouva aussitôt son air menaçant et sarcastique, même si ses iris avaient perdu leur teinte rouge.

— Oui, je suis revenu, mais tout est différent ici, et ce n'est qu'un début, dit-il avant de se tourner vers Darius, qu'il considéra avec un profond mépris. Ces conneries auxquelles tu crois n'ont plus cours. C'est de la faiblesse et, quand on est faible, on meurt.

— Honorer la déesse n'a jamais été une faiblesse, rétorqua Darius.

— Ouais, eh bien, je n'ai pas vu de déesse traîner dans le coin. Toi si ?

— Figure-toi que oui, intervins-je. J'ai vu Nyx. Elle m'est apparue ici, dans le dortoir, il y a deux jours.

Il me contempla en silence pendant un long moment. Je le fixai, cherchant une ombre de celui qu'il avait été ; en vain.

Pourtant, raisonnai-je, il avait épargné Lucie. Le fait qu'elle était en vie prouvait qu'il n'avait pas voulu la tuer. Tout n'était peut-être pas perdu.

— Au fait, Lucie va bien.

— Ça m'est égal !

— Je me disais seulement que tu serais content de l'apprendre, puisque c'est ta flèche qui l'a transformée en brochette.

— Je ne faisais qu'obéir aux ordres. En l'occurrence, il s'agissait de la faire saigner.

— Neferet ? C'est elle qui te contrôle ?

Les yeux de Stark flamboyèrent.

— Personne ne me contrôle !

— Sauf ta soif de sang, rectifia Darius. Sinon, tu n'aurais pas employé la force avec cette novice.

— Ah oui ? Tu crois ? Eh bien, tu as tort ! Figure-toi que j'aime ma soif de sang ! Ça me plaît, de faire ce que je veux avec les filles. Il est grand temps que les vampires s'affirment ! Nous sommes plus intelligents, plus forts que les humains. C'est nous qui devrions avoir le pouvoir, pas eux !

— Cette novice n'est pas une humaine, dit Darius.

Sa voix tranchante comme une lame me rappela qu'il n'était pas qu'un type costaud jouant les grands frères, mais un Fils d'Érebus, l'un des guerriers les plus féroces au monde.

— Là, je n'avais pas d'humaine sous la main, ricana Stark.

— Zoey, emmène cette fille dans le dortoir. Elle ne lui servira plus de jouet.

J'aidai Becca à se relever. Elle titubait un peu, mais elle était quand même capable de marcher. Darius fit barrage entre nous et Stark.

— Tu sais, je n'ai qu'une seule chose à faire pour que tu meures, cracha ce dernier avec une telle fureur que j'en eus la chair de poule : penser à te tuer et tirer cette flèche.

— Alors, qu'il en soit ainsi. Toi, tu seras définitivement un monstre.

— Je m'en fous !

— Et moi, je me fous de mourir si c'est au service de ma grande prêtresse et, par là même, de ma déesse.

— Si tu lui fais du mal, tu me le paieras ! lançai-je à Stark.

Il me regarda et le fantôme de son sourire craquant effleura ses lèvres.

— Tu es une sorte de monstre toi aussi, pas vrai, Zoey ?

Cette remarque cruelle ne méritait pas de réponse. Darius semblait être du même avis : il ouvrit la porte du dortoir et poussa Becca à l'intérieur. Je ne la suivis pas. Mon intuition me soufflait que je n'en avais pas fini avec Stark.

— Je vous rejoins, annonçai-je à Darius. Fais-moi confiance. Ça ne prendra qu'une minute.

Il céda à contrecœur.

— Je serai juste derrière la porte.

Je me tournai vers Stark. Je savais que je prenais des risques, mais je ne pouvais m'ôter de la tête les vers de Kramisha, « *L'Humanité la sauve / Me sauvera-t-elle ?* ». Il fallait au moins que j'essaie.

— Jack s'occupe de Duchesse, commençai-je.

— Et alors ?

— Alors, rien, je voulais juste que tu l'apprennes. Ça a été dur pour elle, mais elle va mieux.

— Je ne suis plus la même personne, et ce n'est plus ma chienne, prétendit-il d'une voix vacillante, qui me donna assez d'espoir pour faire un pas vers lui.

— Ce qui est super, chez les chiens, repris-je, c'est leur amour inconditionnel. Duchesse se moque éperdument de savoir qui tu es maintenant. Elle t'aime encore, et tu lui manques.

Je me tus un instant avant de poursuivre :

— C'est un fait que j'ai passé pas mal de temps avec des novices rouges. Par ailleurs, la première novice rouge à s'être jamais transformée est ma meilleure amie. Lucie n'est plus la même qu'autrefois, mais elle m'est toujours aussi proche. Peut-être que si tu acceptais de les rejoindre, tu te retrouverais. Ils y sont parvenus, eux.

Je m'exprimais avec une assurance que j'étais loin d'éprouver. Cependant je ne pouvais m'empêcher de croire qu'il serait mieux là-bas qu'en ce lieu livré au mal.

— OK, répondit-il du tac au tac, emmène-moi auprès d'eux. On verra ce que ça donne.

— D'accord. Laisse ton arc et tes flèches ici, montre-moi comment quitter le campus sans se faire repérer par ces oiseaux de cauchemar, et on est partis.

Son visage se ferma de nouveau.

— Je ne vais nulle part sans mon arc, et il est impossible de sortir d'ici sans qu'ils le sachent.

— Alors, c'est fichu.

— Je n'ai pas besoin de toi pour les trouver ! Tu crois qu'elle ne se doute pas où vous vous cachez ? Quand elle voudra ton amie, elle l'aura. À ta place, je m'attendrais à la revoir bien plus tôt que prévu.

Un signal d'alarme se mit à hurler en moi. Il était inutile de lui demander qui ce « elle » désignait. Néanmoins, je me contentai de sourire.

— Personne ne se cache. Je suis là, et Lucie n'a pas bougé depuis sa Transformation. Pas de quoi en faire un plat. Et puis, je suis toujours contente de la voir, alors, si elle vient, tant mieux.

— Oui, c'est ça, pas de quoi en faire un plat ! Et moi, je suis content de rester ici.

Il plongea le regard dans le brouillard glacé qui dérivait paresseusement sur le campus.

— Je me demande bien ce que ça peut te faire, de toute façon.

Là, je sus quoi dire.

— Je ne fais que tenir ma promesse.

— Quelle promesse ?

— Avant de mourir, tu m'as fait promettre deux choses. D'abord, de ne pas t'oublier, et je ne t'ai pas oublié. Ensuite, de prendre soin de Duchesse, et je l'ai fait en la confiant à Jack.

— Tu peux dire à ce Jack que Duchesse lui appartient désormais. Dis-lui… dis-lui que c'est une bonne chienne, et qu'il a intérêt à bien s'occuper d'elle.

Je m'approchai de lui et posai la main sur son épaule, exactement comme la nuit de sa mort.

— Tu sais, quoi que tu dises, quelle que soit la personne à qui tu la confies, Duchesse t'appartiendra toujours. Quand tu es mort, elle a pleuré. J'étais là. Je m'en souviendrai toujours.

Sans me regarder, il lâcha son arc et recouvrit ma main de la sienne. Nous restâmes ainsi sans rien dire.

Comme je l'observais avec attention, le changement qui s'était opéré en lui ne m'échappa pas. Il poussa un soupir, très long, très lent, et son visage se décrispa. L'ombre menaçante qui l'entourait disparut. Lorsqu'il se décida enfin à croiser mon regard, il était redevenu le garçon qui m'avait tant attirée.

— Et s'il n'y avait plus rien en moi à aimer ? demanda-t-il d'une voix à peine audible.

— Tu peux toujours choisir qui tu veux être. Lucie a préféré l'humanité à la monstruosité. La décision te revient.

Ce que je fis ensuite était stupide ; je ne sais pas ce qui m'avait pris. J'avais déjà assez de problèmes non résolus avec Heath et Erik, mais, à cet instant précis, je ne voyais plus que lui. Celui qui, à cause de son affinité, avait tué son mentor et ami, et que ce souvenir torturait ; celui qui avait été terrifié à l'idée de blesser quelqu'un d'autre ; celui qui m'avait fait croire que, peut-être, les âmes sœurs existaient, et qu'il y avait une chance qu'il soit la mienne.

Je ne pensais plus qu'à ça quand je me glissai dans ses bras. Lorsqu'il posa ses lèvres hésitantes sur les miennes, je fermai les yeux et l'embrassai avec douceur. Il me tenait délicatement, comme s'il craignait de me briser.

Soudain, il se tendit et recula en chancelant. Je suis sûre d'avoir vu des larmes dans ses yeux.

— Tu aurais dû m'oublier ! cria-t-il.

Puis il ramassa son arc et s'enfonça dans l'obscurité.

Je restai là, sous le choc. C'était quoi, mon problème, au juste ? Pourquoi avais-je embrassé quelqu'un qui, quelques minutes plus tôt, avait agressé une jeune fille ? Comment pouvais-je me sentir liée à quelqu'un qui tenait probablement plus du monstre que de l'homme ? Je ne me reconnaissais plus.

Je frissonnai. L'humidité et la fraîcheur de la nuit semblaient s'être insinuées sous mes vêtements, sous ma peau, dans mes os. J'étais fatiguée ; très, très fatiguée.

— Je vous remercie, Feu, Air et Eau, murmurai-je. Votre aide m'a été très précieuse. Vous êtes libres de partir maintenant.

Le brouillard tourbillonna une dernière fois autour de moi avant de s'en aller, me laissant seule avec la nuit, la tempête et ma propre confusion. Je me dirigeai d'un pas lourd vers la porte, avec une seule idée en tête : prendre une douche brûlante, me blottir sous mes couvertures et dormir pendant dix jours d'affilée.

Naturellement, mes souhaits ne furent pas exaucés.

CHAPITRE VINGT ET UN

J'avais à peine touché la porte que Darius l'ouvrit en grand. Il me lança un regard perçant, et je me demandai ce qu'il avait saisi de ma « conversation » avec Stark.

« Rien, j'espère... »

— Damien et les Jumelles sont là, dit-il en me faisant signe de le suivre dans la salle commune.

— Il faut d'abord que je t'emprunte ton portable.

Il me tendit son téléphone sans un mot et me laissa. Je composai le numéro de Lucie en retenant mon souffle. Quand elle répondit, on aurait dit qu'elle parlait dans une boîte de conserve, mais j'arrivais à la comprendre.

— Hé, c'est moi.

— Zoey ! Je suis contente d'entendre ta voix ! Tu vas bien ?

— Oui, je vais mieux.

— Ouais ! Alors, que...

— Je te raconterai plus tard. Là, tout de suite, fais ce que je t'ai demandé.

Il y eut un silence.

— Tu es sûre que c'est nécessaire ?

— Oui. On vous espionne dans les souterrains. Vous n'êtes pas seuls.

Je m'attendais qu'elle pousse un cri ou se mette à paniquer, mais elle dit juste :

— D'accord. Continue.

— Il y a de grandes chances pour que les oiseaux vous attaquent ; alors, soyez très prudents.

— Ne t'en fais pas pour ça, Zoey. Après ton départ, je suis partie en reconnaissance. Je sais par où faire sortir tout le monde sans qu'on soit repérés.

— Appelle d'abord sœur Marie Angela pour la prévenir de votre arrivée. Je vous rejoins dès que je peux. Ne révèle votre destination aux novices rouges qu'au tout dernier moment, compris ?

— Oui.

— Super. Embrasse Grand-mère pour moi.

— Promis ! Et je demanderai aux autres de ne pas lui parler de ton accident. Pas la peine de l'angoisser.

— Merci. Heath va bien ?

— Nickel. Je t'ai dit de ne pas te faire de mouron. Tes deux petits amis vont bien.

Je soupirai.

— Tant mieux, je suis soulagée. Oh, Aphrodite aussi va bien, ajoutai-je, un peu gênée.

Peut-être voulait-elle avoir des nouvelles de l'humaine avec laquelle elle avait imprimé...

Elle partit d'un rire joyeux.

— S'il lui était arrivé quelque chose, je l'aurais su à l'instant même. C'est bizarre, mais c'est comme ça.

— Euh... cool. Bon, il faut que j'y aille. Préparez-vous !

— Tu veux que j'évacue tout le monde ce soir ?

— Immédiatement.

— OK. À bientôt, Zoey.

— S'il te plaît, sois très prudente, demandai-je de nouveau.

— Pas de souci ! J'ai plus d'un tour dans mon sac.

— Tu en auras bien besoin. À plus !

Je raccrochai, un peu rassurée. Je n'avais plus qu'à espérer que les ombres mystérieuses qui hantaient les souterrains auraient plus de mal à prospérer au sous-sol d'une abbaye remplie de bénédictines, et que les novices rouges et Lucie ne se feraient pas capturer en route par les Corbeaux Moqueurs. Si, de notre côté, nous trouvions un moyen d'échapper à Kalona et à Neferet, j'allais soumettre mon amie à un interrogatoire en règle. J'avais le sentiment qu'elle en savait beaucoup plus qu'elle ne voulait l'admettre...

J'entrai dans la salle commune, d'ordinaire bondée et pleine de vie, où il régnait un calme surnaturel. Les rares élèves présents, blottis les uns contre les autres, parlaient tout bas.

D'accord, le câble ne fonctionnait plus à cause du mauvais temps, mais il y avait d'énormes générateurs de secours à la Maison de la Nuit. Ils auraient au moins pu passer des DVD !

Je regardai vers le petit coin où mes amis et moi aimions nous retrouver. Ouf ! Damien et les Jumelles étaient là, agglutinés autour de Becca. Je crus qu'ils tentaient de la réconforter pour qu'elle ne pleure plus. Or ce que j'entendis me cloua sur place.

— Laissez-moi, je vais bien ! insistait-elle d'une voix non plus tremblante et effrayée, mais franchement agacée. Ce n'est pas grave.

— Pas grave ? s'écria Shaunee. Bien sûr que c'est grave !

— Ce mec t'a agressée, enchérit Erin.

— Mais non, pas du tout. On ne faisait que s'amuser. Et puis il est tellement sexy…

— Tu m'étonnes ! persifla Erin. C'est connu, les violeurs sont sexy en diable !

Becca plissa les yeux, ce qui lui donna un air froid et méchant.

— Stark est canon ! Tu es jalouse parce qu'il ne s'intéresse pas à toi, c'est tout.

— Tu veux dire, parce qu'il ne me harcèle pas ? Pourquoi tu lui cherches des excuses ?

— Tu débloques, Becca ! lança Shaunee. Aucun garçon n'a le droit de…

— Laissez-la, intervint Damien. Elle a raison, Stark est canon.

Devant le regard choqué des Jumelles, il se hâta de continuer.

— Si Becca dit qu'ils ne faisaient que s'amuser, de quel droit nous la jugerions ?

— Que se passe-t-il ? demandai-je. Est-ce que ça va, Becca ?

Elle se leva en jetant un regard glacial aux Jumelles.

— Parfaitement bien. Enfin, non, à vrai dire, je meurs de faim, alors je vais aller me prendre quelque chose à manger. Désolée de vous avoir causé du tracas, à tous les deux. À plus tard !

Sur ce, elle s'éloigna au pas de course.

— Quelqu'un pourrait m'expliquer ? fis-je, interdite.

— C'est la même chose que dans tout ce satané…, commença Erin.

— À l'étage ! la coupa Darius.

À mon grand étonnement, mes amis lui obéirent sans protester. Nous montâmes l'escalier en file indienne, ignorant les regards curieux des autres novices.

— Aphrodite est dans sa chambre ? se renseigna Darius.

— Oui, répondit Shaunee. Elle a dit qu'elle était fatiguée.

— Elle ne sera pas contente quand elle verra que tu as amoché ton joli minois.

— Oui, à ce propos, si tu as besoin de réconfort quand elle aura déversé sur toi toute sa cruauté, je serai là, susurra Shaunee en battant des paupières.

— Moi aussi ! affirma Erin d'un ton aguicheur.

Darius rit de bon cœur.

— Je garderai ça à l'esprit !

Je secouai la tête : les Jumelles jouaient avec le feu… Il ne fallait pas qu'elles comptent sur moi pour les protéger d'Aphrodite si celle-ci découvrait qu'elles avaient flirté avec son homme.

Nous venions de passer devant ma chambre quand la porte s'ouvrit.

— Je suis là ! nous appela Aphrodite.

Nous la suivîmes à l'intérieur.

— Aphrodite, qu'est-ce que tu fais dans ma…

— Oh, ma déesse ! Qu'est-ce qui est arrivé à ton visage ?

Oubliant tout le reste, Aphrodite se jeta sur Darius et fixa la longue cicatrice qui barrait son visage.

— Bon sang, c'est horrible ! Ça te fait très mal ?

Elle retroussa sa manche, exposant la marque des dents de Lucie.

— Tu veux me mordre ? Vas-y si ça peut t'aider. Ça ne me dérange pas.

— Je vais bien, ma beauté, lui assura Darius en lui prenant les mains. Ce n'est qu'une égratignure.

— Qu'est-ce qui s'est passé ?

Au bord des larmes, elle l'entraîna jusqu'au lit qui appartenait autrefois à Lucie.

— Tout va bien, répéta-t-il, ne t'inquiète pas.

Il l'attira sur ses genoux et la serra contre lui. Je perdis ensuite le fil de leur conversation, car...

— Cameron ! s'écria Damien en s'asseyant par terre pour caresser son chat tigré. Tu es là ! Je me suis fait tellement de souci pour toi.

— Belzébuth, où diable étais-tu passé ? demanda Shaunee à sa créature démoniaque.

— On se disait que tu devais persécuter Maléfique, et en effet, tu es là, et elle aussi, enchaîna Erin.

— Attendez un moment ! lançai-je. Qu'est-ce qu'ils font tous là ?

Avec Nala, blottie sur mon lit, ils étaient huit !

— C'est la raison de ma présence, répondit Aphrodite. Maléfique se comportait de manière très étrange : elle n'arrêtait pas d'entrer et de sortir par sa chatière en poussant des miaulements insistants. J'ai fini par la suivre, et elle m'a conduite jusqu'à ta chambre, où je les ai trouvés. Puis je vous ai entendus. J'ai *tout* entendu, précisa-t-elle à l'intention des Jumelles, et ne croyez pas un seul instant que mon humanité va m'empêcher de vous botter les fesses !

— Mais pourquoi se sont-ils réunis là ? demandai-je pour changer de sujet et éviter que les Jumelles ne lui déclarent la guerre.

— Hé, Nefertiti, viens ici ! appela Darius.

Une femelle écaille-de-tortue sauta sur le lit et s'enroula autour de sa jambe.

— Ce sont nos chats, m'éclaira Damien. Tu te souviens, quand nous nous sommes échappés, hier, ils nous attendaient de l'autre côté du mur d'enceinte. Doit-on en déduire que le départ est imminent ?

— Je l'espère. Sauf qu'il y a un problème : nos chats sont là, d'accord, mais ce gros, là, et le petit couleur crème qui ne le quitte pas d'une semelle, ils sont à qui ?

— Le gros, c'est celui de Dragon Lankford, Gripoil. C'est un Maine Coon.

Dragon Lankford, que tout le monde surnommait Dragon, était notre talentueux maître d'armes. Rien d'étonnant à ce que Damien, très doué en escrime, reconnaisse son chat.

— Hé, dit Erin, je crois que l'autre appartient au professeur Anastasia. Elle s'appelle Guenièvre.

— Tu as raison, Jumelle ! Elle traîne toujours autour de la classe de Charmes et Rituels.

— Et celui-là ? fis-je en désignant le dernier, un siamois qui me paraissait familier.

Il avait le pelage blanc argenté, à part sur les oreilles et le museau, d'un gris délicat.

Je répondis moi-même à ma question.

— C'est le chat de Mme Lenobia ! Je ne connais pas son nom, mais je l'ai souvent vu dans l'écurie.

— Je récapitule, dit Darius : tous nos chats, plus ceux de Dragon, de sa femme et de Mme Lenobia, ont soudain décidé de se donner rendez-vous dans la chambre de Zoey.

— Pourquoi ? s'étonna Erin.

— En avez-vous aperçu d'autres aujourd'hui ? voulus-je savoir.

— Non, répondirent les Jumelles et Damien.

— Pas un seul, confirma Aphrodite.

— Nous-mêmes, on n'en a vu aucun entre l'infirmerie et le dortoir, me rappela Darius.

— Tu avais raison, c'est un mauvais signe !

— Pourquoi tous les autres auraient-ils disparu ? réfléchit à haute voix Damien.

— Ils détestent les hommes-oiseaux. Quand Nala est avec moi et que l'un d'eux apparaît, elle pète les plombs.

— Il doit y avoir une autre raison, intervint Aphrodite. Sinon, ceux-là se seraient cachés, eux aussi.

— C'est peut-être ça, l'explication, dit Damien. Ces chats-là sont particuliers.

— Euh, je ne voudrais pas passer pour quelqu'un sans cœur – quoique... – mais si on oubliait ces satanés animaux pendant une seconde ? Je veux savoir qui a fait ça à mon homme.

— Kalona, répondis-je à la place de Darius, trop occupé à sourire bêtement, à l'évidence touché par le titre qu'Aphrodite venait de lui accorder.

— C'est bien ce que je craignais, fit Damien. Comment est-ce arrivé ?

— Darius a attaqué Rephaïm, son fils préféré, et ça ne lui a pas plu. Il a interdit à Stark de le tuer, mais il lui a laissé cette balafre en souvenir.

— Encore lui ! s'exclama Shaunee.

— C'est une vraie plaie, déclara Erin. Lui et ces saletés d'hommes-oiseaux font tout ce qu'ils veulent !

— Et personne ne réagit, termina Shaunee.

— Oui, on n'a qu'à voir l'histoire avec Becca, approuva Damien.

— Tiens, en parlant de ça, rebondit Shaunee. Qu'est-ce qui t'a pris d'aller dans le sens de cette bimbo ? « Oh, pas de quoi en faire un plat, Stark est tellllement canon ! » C'était révoltant !

— Vous ne seriez arrivées à rien avec elle. Elle est de leur côté. Kalona fait la loi ici, et tout le monde lui obéit.

— C'est encore pire que ça, intervint Aphrodite, qui s'était reprise. On dirait qu'il leur a jeté un sort, dont bénéficient également Stark et les oiseaux.

— C'est la raison pour laquelle j'ai fait semblant de défendre Becca, reprit Damien. Mieux vaut ne pas attirer l'attention si nous sommes les seuls à ne pas faire partie du fan club de Kalona.

— Et de Neferet, précisa Aphrodite, ne l'oublions pas.

— Je ne pense pas qu'il l'ait envoûtée, elle, expliquai-je. J'ai surpris une conversation entre eux. Elle s'est opposée à lui, il est monté sur ses grands chevaux, et elle a fait mine de céder, mais à mon avis elle a simplement changé de tactique. Elle le manipule, et je n'arrive pas à savoir s'il en a conscience. Oh, et elle se transforme, aussi.

— Elle se transforme ? répéta Damien. Qu'est-ce que tu entends par là ?

— Son pouvoir est plus grand qu'autrefois, répondit Darius.

Je hochai la tête.

— Comme si une manette avait été actionnée en elle, libérant une force inconnue.

— Une force sombre, enchaîna Aphrodite, qui ne prend plus sa source en Nyx. Bien sûr, elle exploite toujours les talents que notre déesse lui a donnés, mais pas seulement. Vous ne l'avez pas ressenti quand nous étions dans la salle d'attente ?

Il y eut un long silence.

— Je pense que nous étions trop occupés à combattre l'attraction que Kalona exerçait sur nous, déclara Damien.

— Et trop terrifiés, ajouta Erin.

— Bon, maintenant que nous le savons, dis-je, nous devons encore plus nous méfier d'elle. Quand ils parlaient, me croyant inconsciente, ils ont évoqué leurs plans pour l'avenir. À mon avis, ils envisagent de renverser le Conseil.

— Oh, ma déesse ! s'exclama Aphrodite. Le grand conseil ?

— Je le crains. Je redoute aussi qu'elle n'ait acquis de nouveaux pouvoirs.

— Il faut donc qu'on reste sur nos gardes, conclut Erin.

— Carrément, acquiesça Shaunee.

— Voilà ce dont vous devez toujours vous souvenir, résuma Darius : Neferet est notre ennemie, Kalona est notre ennemi, et la plupart des novices aussi. Et les autres professeurs ? Vous êtes allés en classe aujourd'hui, non ? Comment se comportaient-ils ?

— C'était trop bizarre ! répondit Erin.

— On se serait cru au lycée des béni-oui-oui.

— Tous les professeurs ont l'air d'avoir succombé à Kalona, expliqua Damien. Il est difficile d'en être sûr à cent pour cent, puisqu'on ne nous a jamais laissés seuls avec eux.

— Comment ça ? m'étonnai-je.

— Les créatures sont partout. Elles passent de classe en classe, et assistent même aux cours.

— Tu plaisantes ? lançai-je, révoltée à l'idée que ces mutants se baladent librement parmi les novices, comme s'ils étaient chez eux.

— Il ne plaisante pas, confirma Aphrodite. Ils ont tout envahi ! C'est comme dans ce vieux film, *L'Invasion des profanateurs de sépultures*, avec les Corbeaux Moqueurs dans le rôle de ces saletés d'extraterrestres. Vous vous en souvenez ? En apparence, les braves gens n'ont pas changé, mais ils sont fichus.

— Et les Fils d'Érebus ? voulut savoir Darius. Qui soutiennent-ils ?

— Je n'en ai pas vu un seul, à part Aristos, dit Damien. Et vous ?

Les Jumelles ont fait non de la tête.

— Mauvais signe...

Je me frottai le front, en proie à un épuisement extrême. Qu'allions-nous devenir ? Qui était de notre côté ? Et comment ferions-nous pour nous échapper de la Maison de la Nuit ?

CHAPITRE VINGT-DEUX

— Zoey ? Est-ce que ça va ? s'inquiéta Damien.
Darius lui répondit à ma place.
— Non, elle ne va pas bien. Elle a besoin de dormir pour retrouver ses forces.

— Comment va ta plaie béante ? demanda Erin.

— Tu n'as pas l'air de saigner sous cette ravissante tenue d'hôpital, dit Shaunee, alors on a pensé que tu t'étais rétablie.

— Je vais mieux, mais j'ai du mal à récupérer, comme un portable dont le chargeur ne marche pas.

— Tu dois te reposer, insista Darius. Cette blessure a failli t'être fatale. La guérison prendra du temps.

— Justement, nous n'avons pas le temps ! lâchai-je, frustrée. Il faut nous éloigner de Kalona.

— Ça ne va pas être aussi facile que la dernière fois, remarqua Damien.

— Ah bon, parce que c'était facile ? grommela Aphrodite.

— Ce n'était rien par rapport à ce qui nous attend. Les Corbeaux Moqueurs sont partout. Hier, ils attaquaient au hasard. Dans la panique générale, on a réussi à nous enfuir. Aujourd'hui, ils se sont organisés, et ils occupent tous les points stratégiques.

— Je les ai vus sur le mur d'enceinte, confirma Darius. Ils ont doublé le nombre de gardes.

— Mais, contrairement à vous, ils n'en ont placé aucun à l'entrée du dortoir, fis-je.

— Parce qu'ils se moquent que les élèves soient protégés, expliqua Damien. Tout ce qui leur importe, c'est qu'on ne quitte pas l'école.

— Pourquoi ? fis-je en me massant les tempes, où commençait à poindre la migraine.

— Quels que soient leurs plans, dit Darius, ils tiennent à vous isoler en ce moment.

— Peut-être qu'ils veulent seulement garder le contrôle de notre Maison de la Nuit, et non renverser le grand conseil ? suggéra Aphrodite.

C'est Darius qui se chargea de lui répondre.

— Peut-être, mais il est trop tôt pour le savoir.

— En tout cas, cette tempête leur facilite les choses, continua Damien. Les réseaux téléphoniques sont capricieux. L'électricité est coupée dans toute la ville. À l'exception des rares zones alimentées par des générateurs, Tulsa est plongée dans le noir.

— Je me demande si le conseil supérieur de Nyx sait que Shekinah est morte, fit Darius.

Je me tournai vers Damien.

— Que se passe-t-il quand la grande prêtresse de notre peuple décède ?

Il réfléchit un moment, le front plissé.

— Si je me rappelle bien mes cours de sociologie des vampires, le conseil de Nyx se réunit et désigne une autre prêtresse, qui règne toute sa vie. De ce fait, l'élection revêt une importance immense, surtout lorsqu'elle arrive aussi subitement.

— Ne pensez-vous pas que le conseil de Nyx serait *très* intéressé d'apprendre comment Shekinah est morte ? intervins-je, soudain ragaillardie.

— Si, absolument, acquiesça Damien.

— Voilà la vraie raison pour laquelle Kalona fait tout pour couper l'école du reste du monde ! résuma Aphrodite. Il ne veut pas attirer l'attention du conseil supérieur.

— Ou, au contraire, il a l'intention de présenter Neferet comme la nouvelle grande prêtresse des vampires, mais ils attendent d'avoir rassemblé toutes leurs forces afin de s'assurer de l'issue du vote.

Un silence pesant s'abattit sur la pièce. Mes amis me dévisagèrent.

— Nous ne pouvons le permettre, déclara finalement Darius.

— Nous ne les laisserons pas faire, affirmai-je, espérant que nous disposerions des moyens pour les contrer. Au fait, Kalona se fait-il toujours passer pour Érebus revenu sur terre ?

— Ouais, répondit Erin.

— Et, si stupide que ce soit, tous le croient, ajouta Shaunee.

— Tu l'as vu aujourd'hui ? repris-je.

Elle secoua la tête. J'interrogeai Erin du regard.

— *Idem*.

— Moi non plus, dit Damien.

— Ni moi, fit Aphrodite, et tant mieux.

— Oui, vous avez eu de la chance, déclarai-je. Kalona dégage une sorte d'aura qui agit sur tout le monde, même sur nous. Il a fallu qu'il commence à étrangler Darius pour que j'arrête de baver sur lui !

— Ce bâtard a voulu t'étrangler, Darius ? s'égosilla Aphrodite. Quel culot ! Quant à l'attrait que ce monstre ailé exerce sur les gens, sachez que je n'y suis pas du tout sensible. Il ne me plaît pas, mais alors pas du tout.

— C'est vrai, admis-je, je l'ai remarqué quand tu étais en face de lui. Il te laisse de marbre.

— Encore heureux ! Ce n'est qu'un vieux tyran qui s'habille comme un ringard. Et puis, j'ai toujours eu horreur des oiseaux. La grippe aviaire, ce n'est pas le moyen le plus glamour de mourir.

— Je me demande pourquoi son charme ne fonctionne pas sur toi..., dis-je, songeuse.

— Parce qu'elle n'est pas normale ? suggéra Shaunee.

— Parce que, en réalité, c'est une extraterrestre ? enchérit Erin.

— Tout simplement, mon intuition hors du commun me permet de voir clair dans son jeu ! Et dans le vôtre, par la même occasion.

— Attendez ! Elle a peut-être mis le doigt sur quelque chose ! s'enthousiasma Damien. Malgré tout, nous avons résisté à Kalona, à la différence des autres novices, n'est-ce pas ?

Nous acquiesçâmes, intrigués.

— Or, nous avons tous un lien très spécial avec les éléments. Peut-être que nos dons nous permettent de ne pas lui céder.

— Les novices rouges prétendent eux aussi qu'il ne leur fait aucun effet, dis-je. Or ils possèdent des pouvoirs parapsychologiques.

— Ça se tient, intervint Darius, du moins en ce qui concerne les novices. Mais qu'en est-il des vampires adultes ?

— Vos aptitudes psychiques ne varient-elles pas aussi d'un individu à l'autre ? demanda Aphrodite. Tous les novices racontent que n'importe quel vampire peut lire dans les pensées, mais ce n'est pas vrai, si ?

— Non, même si beaucoup d'entre nous sont extrêmement intuitifs, fit Darius.

— Toi aussi ? me renseignai-je.

Il sourit.

— Seulement quand il s'agit de protéger ceux que j'ai juré de défendre.

— Ça n'en reste pas moins une forme d'intuition, conclut Damien avec excitation. Bon, quels autres vampires détiennent ce genre de pouvoir ici ?

— Neferet, répondîmes-nous en chœur.

— Ça, on le sait déjà. Elle a pris le parti de Kalona, donc elle ne compte pas. Qui d'autre ?

— Damien, je pense que tu es sur la bonne voie ! m'exclamai-je en regardant les chats.

Comme d'habitude, il comprit à la seconde.

— Dragon, Anastasia, et Lenobia ! Après Neferet, ils sont à mon sens les plus clairvoyants.

— Alors, ce n'est pas un hasard si leurs chats sont ici avec nous, commenta Darius.

— C'est leur moyen de nous faire savoir qu'ils ont choisi notre camp, enchérit Damien.

— Voilà une deuxième bonne raison de ne pas partir ce soir, conclus-je.

— Deuxième ? s'étonna Aphrodite.

— La première, c'est que je suis trop fatiguée pour demander aux éléments de nous dissimuler. Si Dragon, Anastasia et Lenobia ne sont pas dupes des sornettes de Kalona, ils peuvent nous aider à nous débarrasser de lui.

— Des « sornettes » ? ironisa Aphrodite. Le monde sombre dans le chaos, tu sais ! Un petit juron s'impose !

— Ce n'est pas une excuse pour prendre de mauvaises habitudes, répliquai-je, en pensant à ma grand-mère.

— Affaire conclue ! déclara Darius. Nous allons passer une journée de plus ici. Zoey, tu dois dormir. Demain, vous irez tous en cours comme si de rien n'était.

— Affaire conclue, répétai-je. Damien, tu crois parvenir à t'isoler un moment avec Dragon ?

— Oui, pendant ma leçon d'escrime.

— Qui va assister au cours d'Anastasia ?

Les Jumelles levèrent la main comme deux élèves modèles.

— Vous pourrez la sonder ?

— Sans problème, dirent-elles.

— Moi, je parlerai avec Lenobia, annonçai-je.

— Et Darius et moi irons repérer la position des Corbeaux Moqueurs le long du mur d'enceinte, proposa Aphrodite.

— Alors, sois prudente.

— Elle le sera, me rassura Darius.

— Quoi qu'il arrive, il faut que nous partions demain.

— Entendu, à condition que tes forces te reviennent.

— Elles ont intérêt !

Il y eut un silence.

— Quand nous nous échapperons, Kalona te poursuivra, me prévint Darius. Il te traquera sans relâche.

— Qu'est-ce qui te fait croire ça ? demanda Aphrodite.

— Dis-leur.

— Il m'appelle A-ya, soupirai-je.

— Oh..., commença Erin.

— ... merde, termina Shaunee.

— Ça, c'est une mauvaise nouvelle, fit Damien.

— Il te prend vraiment pour la vierge dont les Ghigua se sont servies pour l'emprisonner, il y a plus de mille ans ? souffla Aphrodite.

— Oui, hélas !

— Et si tu lui avouais que tu n'es pas vierge ? suggéra-t-elle avec malice.

Je la fusillai du regard ; puis, parce que cette remarque m'avait fait penser à ma vie sentimentale compliquée, j'ajoutai :

— Je me demande pourquoi Stark est aussi soumis à Kalona. Il a reçu un don important de Nyx et, avant sa mort, il m'avait paru être quelqu'un de bien.

— Stark est un abruti fini, trancha Shaunee.

— Oui, étant donné ce qu'on a entendu dire de lui et ce qui s'est passé avec Becca, on peut t'assurer que c'est un sale type, confirma Erin.

— Le fait de passer l'arme à gauche et de ressusciter l'a sans doute perturbé, remarqua Aphrodite, mais, à mon avis, c'était déjà un pauvre mec. Nous devons à tout prix l'éviter. Il n'a rien à envier à Neferet et à Kalona.

— Oui, dit Erin, on dirait un Oiseau Moqueur, sans les ailes.

Je me tus, rongée par la culpabilité : je l'avais embrassé. Pour la deuxième fois ! Tous mes amis le prenaient pour un monstre, sans doute avec raison ; alors, pourquoi m'obstinai-je à croire qu'il restait du bon en lui ?

— Maintenant, il faut laisser Zoey dormir, déclara Damien en se levant, Cameron dans les bras. Nous savons ce que nous avons à faire, alors allons-y, et fichons le camp.

Il m'étreignit brièvement et murmura à mon oreille :

— Oublie le poème de Kramisha. Tu ne peux pas sauver tout le monde, et encore moins quelqu'un qui ne veut pas être sauvé.

Je lui rendis son étreinte en silence.

— J'ai hâte de retrouver les souterrains, dit-il avec un sourire triste.

Les Jumelles me souhaitèrent bonne nuit, et ils sortirent tous les trois, leurs chats sur les talons.

— Viens, susurra Aphrodite en prenant la main de Darius. Tu ne dors pas dans ta chambre ce soir.

— Ah non ? se réjouit-il.

— Non. Vu la pénurie actuelle de Fils d'Érebus, mieux vaut que je te garde près de moi.

Je levai les yeux au ciel.

— Toi, au lit ! m'ordonna-t-elle. Tu auras besoin de toutes tes forces pour régler tes affaires de cœur. J'ai comme l'impression que tu vas perdre plus d'énergie à te tirer de ce guêpier qu'à contrôler les éléments.

— Merci, Aphrodite, vraiment.

— Je t'en prie. Je suis là pour t'aider.

— Bonne nuit, prêtresse, dit Darius avant qu'elle ne l'entraîne dans le couloir.

Les chats les suivirent, me laissant (enfin) seule avec ma Nala.

Je soupirai et sortis la bouteille de sang de ma poche. Je la secouai et la vidai d'un trait. Ce fut très agréable, comme si des mains chaudes me massaient le corps ; cependant je ne ressentis pas le regain d'énergie habituel. J'étais trop exténuée.

J'ôtai mes ridicules vêtements d'hôpital et retournai mon tiroir pour trouver mon boxer de mec préféré – celui avec le symbole de Batman – et un vieux tee-shirt détendu. Juste avant de l'enfiler, je m'aperçus dans le miroir.

Était-ce vraiment moi ? Je faisais bien plus que mes dix-sept ans. Sur ma peau d'une pâleur cadavérique, mes tatouages paraissaient presque vivants. Les cernes sous mes yeux n'arrangeaient pas les choses. Lentement, je baissai le regard sur ma blessure.

J'en eus le souffle coupé. Elle était tellement grosse, tellement hideuse ! D'accord, elle ne ressemblait plus à une bouche béante, mais à côté de cette ligne rouge, striée, irrégulière, la plaie de Darius passait en effet pour une égratignure.

Je la touchai délicatement, et retirai mon doigt aussitôt. Elle me faisait trop mal. Resterait-elle toujours aussi enflée ? J'étais sur le point de fondre en larmes. Pas parce que Neferet était devenue ultradangereuse ; pas parce qu'elle et Kalona menaçaient de détruire l'équilibre du bien et du mal sur terre, ni parce que je ne savais plus où me situer entre Heath, Erik et Stark, mais parce que, à cause de cette cicatrice épouvantable, je ne pourrais probablement plus jamais porter de débardeur.

Quant à laisser quelqu'un me voir nue... Que ferais-je si, malgré ma mauvaise expérience, je retrouvais un jour une relation épanouissante ? Je réprimai un sanglot.

« Il faut que je me reprenne et que j'arrête de me contempler dans la glace ! décidai-je. Ce n'est pas bon pour moi. »

— Aphrodite a dû déteindre sur moi, marmonnai-je en m'habillant à la hâte. Je n'étais pas aussi superficielle autrefois !

Nala m'attendait à sa place préférée, sur mon oreiller. Je me glissai sous les draps et me blottis contre elle, apaisée par son moteur à ronrons. Malgré la dernière visite de Kalona dans mes rêves, je n'avais même pas peur de m'endormir, tellement j'étais fatiguée. Je fermai les yeux, m'abandonnant à l'obscurité.

Cette fois, le rêve ne débutait pas dans une clairière, ce qui me rassura bêtement. Je me trouvais sur une île d'une beauté inimaginable, face à un lagon ; au-delà s'étendait un paysage qui me paraissait familier, alors que je n'y avais jamais mis les pieds. L'eau sentait le poisson et le sel. Sa profondeur m'évoquait l'Océan, bien que je ne l'aie jamais vu non plus. Le soleil se couchait, le ciel avait l'éclat des feuilles d'automne. J'étais assise sur un banc en marbre de la couleur des rayons de lune, sculpté de motifs antiques de fleurs et de lierre. Je le touchai ; sa surface retenait encore la chaleur du jour. Je tournai la tête pour jeter un coup d'œil, et j'écarquillai les yeux. Waouh ! Un palais d'un blanc immaculé aux portes et fenêtres magnifiquement cintrées et aux colonnes élancées s'élevait. Derrière les vitres étincelaient des lustres somptueux.

Époustouflée, je me félicitai d'avoir inventé un aussi beau décor, malgré ma perplexité : pourquoi me semblait-il si réel, si familier ?

Je regardai de nouveau vers le lagon. Plus loin, j'aperçus une cathédrale surmontée d'un dôme, de petits bateaux et d'autres éléments splendides que je ne pouvais avoir imaginés. Une brise tiède m'apportait les odeurs entêtantes de l'eau. J'inspirai profondément. Certains auraient sans doute trouvé ce parfum désagréable, mais pas moi. Je...

Bon sang ! Prise de terreur, je compris enfin.

Aphrodite m'avait décrit cet endroit quelques jours auparavant. Pas en détail, mais suffisamment bien pour me laisser une impression forte et troublante.

C'était l'endroit où elle m'avait vue mourir pour la seconde fois.

CHAPITRE VINGT-TROIS

— Te voilà ! Cette fois, tu m'emmènes dans un endroit de ton choix.

Je sursautai : Kalona était apparu comme par magie. Je ne lui répondis pas : j'étais trop occupée à tenter de contrôler les battements affolés de mon cœur.

— Ta déesse est plutôt étrange, poursuivit-il sur le ton de la conversation après s'être assis à côté de moi. Je ressens le danger que cet endroit représente pour toi. Je suis étonné qu'elle t'ait laissée venir ici, d'autant plus qu'elle ne pouvait ignorer que tu m'appellerais. Or je veux ressusciter le passé et, pour cela, le présent doit mourir.

Il se tut et désigna d'un geste dédaigneux les richesses qui s'étalaient sous nos yeux.

— Tout cela ne signifie rien pour moi.

— Je ne vous ai pas appelé, dis-je brillamment quand je retrouvai enfin l'usage de la parole.

— Bien sûr que si.

Il s'exprimait d'une voix douce, sur un ton intime, comme si nous sortions ensemble et que je n'osais pas admettre à quel point il me plaisait.

— Non, fis-je sans le regarder, je ne vous ai pas appelé, et je ne sais pas de quoi vous parlez.

— Tout s'éclaircira en temps voulu, Ay-a. En attendant, explique-moi comment j'aurais pu te rejoindre dans ton rêve sans que tu m'y invites.

Me blindant contre l'attrait que le seul son de sa voix opérait déjà sur moi, je posai les yeux sur lui. Il avait de nouveau l'apparence d'un garçon de dix-huit ou dix-neuf ans et portait un jean ample, confortable et sexy. Rien de plus : pas de chemise, pas de chaussures. Ses ailes miraculeuses, noires comme un ciel nocturne, à la beauté soyeuse, miroitaient à la lumière déclinante du jour. Sa peau bronzée semblait luire de l'intérieur. Son corps et son visage étaient si beaux, si parfaits qu'ils en devenaient indescriptibles.

Je réalisai soudain que c'était exactement la manière dont nous était apparue Nyx, à Aphrodite et à moi. Cette similarité me plongea dans une profonde tristesse – pour ce qu'il avait été et ce qu'il était devenu.

— Qu'y a-t-il, A-ya ? Tu ne vas pas pleurer, j'espère ?

Je cherchai une réponse évasive, puis je me repris. Si c'était mon rêve – si c'était moi qui l'avais attiré là –, alors autant être honnête.

— J'ai de la peine parce que je pense que vous n'avez pas toujours été comme ça.

Il se figea. On aurait cru la statue d'un dieu. Comme je n'avais aucune notion du temps, je n'aurais su dire s'il me répondit au bout d'un siècle, ou seulement une seconde.

— Et que ferais-tu si c'était vrai, mon A-ya ? Me sauverais-tu, ou m'ensevelirais-tu ?

Je sondai ses yeux ambrés et lumineux, essayant de percer les tréfonds de son âme.

— Je ne sais pas, avouai-je en toute franchise. Sans votre aide, je ne pourrais sans doute faire ni l'un ni l'autre.

Il se mit à rire. Ce son dansa sur ma peau. J'aurais voulu rejeter la tête en arrière et ouvrir grands les bras pour en embrasser toute la beauté.

— Je pense que tu as raison, murmura-t-il.

Je fus la première à détourner les yeux.

— J'aime cet endroit, dit-il avec chaleur. Une grande puissance s'en dégage, une puissance millénaire. Il me rappelle celui où je me suis relevé, à la Maison de la Nuit. Sauf que l'élément Terre n'y est pas aussi présent. C'est agréable.

Je me focalisai sur la seule chose qui faisait sens.

— Je ne suis pas surprise que vous vous sentiez mieux sur une île, vous qui détestez la terre.

— Je n'ai aimé qu'une chose sous terre : reposer dans tes bras. Cependant notre étreinte a duré trop longtemps, malgré mon immense soif du plaisir.

Je le regardai. Il me souriait avec gentillesse.

— Vous savez bien que je ne suis pas A-ya !

— Oh que si !

Il prit une mèche de mes cheveux entre ses doigts et la fit glisser sur sa paume sans me quitter des yeux.

— C'est impossible ! m'écriai-je. Je n'étais pas *dans* la terre quand vous avez été libéré. J'ai passé dix-sept années ici, à Tulsa.

— Quand je suis sorti, A-ya avait disparu depuis des centaines d'années. Elle s'était dissoute dans la terre dont elle était issue. Tu es sa réincarnation ; voilà pourquoi tu es différente des autres filles de ton âge.

— Ce n'est pas vrai ! Je ne suis pas elle. Je ne vous avais jamais vu auparavant.

— En es-tu vraiment sûre ?

Sa peau glacée m'attirait de façon irrésistible. Mon cœur tambourinait toujours aussi fort, mais cette fois ce n'était pas la peur. Je n'avais jamais rien désiré autant que me blottir contre lui, pas même de boire le sang de Heath. « Que se passerait-il si je goûtais au sien ? » Cette seule pensée me fit vaciller.

— Tu le sens, toi aussi, murmura-t-il. Tu as été faite pour moi. Tu m'appartiens.

Mon désir se dissipa brutalement. Je me levai et fis le tour du banc pour mettre le dossier de marbre entre nous.

— Non, je ne vous appartiens pas. Je n'appartiens qu'à moi-même, et à Nyx.

— Tu continues de prêter l'oreille à cette maudite déesse ! lança-t-il, redevenant cet ange amoral, froid et cruel pour qui tuer n'était qu'une broutille. Pourquoi tant de loyauté ? Regarde autour de toi : elle n'est pas là ! Quand tu as le plus besoin d'elle, elle t'abandonne et te laisse commettre des erreurs.

Il déplia ses ailes, qui frémirent comme une cape vivante.

— C'est ce qu'on appelle le libre arbitre, répondis-je.

— Et qu'y a-t-il de si merveilleux là-dedans ? Les humains ne savent pas s'en servir à bon escient. On vit tellement plus heureux sans lui !

— Mais, sans lui, je ne serais plus moi-même. Je serais votre marionnette.

— Non, pas toi. Je ne te priverais jamais de ta volonté.

Il prit aussitôt un autre visage, celui d'un être aimant, pour lequel on aurait volontiers jeté sa liberté aux orties.

Heureusement, ce « on » ne signifiait pas « moi ».

— Pour me garder auprès de vous, vous n'auriez que cette solution : m'en priver, me forcer à vivre avec vous et me traiter comme une esclave.

Je me préparai à une explosion de colère, qui n'est pas venue.

— Dans ce cas, nous ne pourrons être qu'ennemis, lâcha-t-il.

— Kalona, qu'est-ce que vous voulez ?

— Toi, bien sûr, mon A-ya.

Je balayai sa réponse d'un geste impatient.

— Non, ce n'est pas ce que je veux savoir. Qu'est-ce que vous faites là ? Vous n'êtes pas mortel. Vous... enfin...

J'ignorais jusqu'où je pouvais aller. Mais, après tout, il avait déjà déclaré notre statut d'ennemis, alors, autant foncer.

— Vous êtes tombé du ciel, n'est-ce pas ? Vous avez quitté cet endroit que de nombreux humains appellent le paradis ?

— Oui.

— Volontairement ?

— Oui, je suis descendu sur terre de mon propre chef, répondit-il, l'air amusé.

— Pourquoi ? Qu'est-ce que vous cherchiez ?

Une autre transformation s'opéra sur ses traits, qui se mirent à briller d'une lueur irréelle. Il se leva, écarta en grand les bras et les ailes.

— Tout ! tonna-t-il. Je veux tout !

Il se planta devant moi, ange lumineux, charnel comme un humain, beau comme un dieu.

— Es-tu sûre que tu ne pourrais pas m'aimer ?

Il m'attira contre lui et me recouvrit de ses ailes chaudes et soyeuses, contrastant avec la fraîcheur douloureuse et merveilleuse de son corps, que je commençais à si bien connaître. Il se courba et, tout doucement, comme pour me donner le temps de m'écarter, appuya sa bouche contre la mienne.

Un violent frisson me parcourut. Je me sentis défaillir. J'avais envie de me perdre en lui. Je ne me demandais plus comment l'aimer, mais comment ne pas l'aimer. Une éternité à l'enlacer, à le posséder ne pourrait me suffire.

Une éternité à l'enlacer...

A-ya avait justement été créée dans ce but.

Oh, déesse ! Suis-je vraiment A-ya ?

Non. C'était hors de question !

Je le repoussai. Nous nous étions étreints avec tant de passion et d'abandon que ce geste le surprit. Il trébucha, et je pus me libérer.

— Non ! hurlai-je comme une aliénée. Je ne suis pas une poupée de terre ! Je suis Zoey Redbird, et quand je donne mon amour à quelqu'un, c'est parce qu'il l'a mérité, pas parce qu'on m'y a forcée !

Les yeux plissés, les traits tordus par la haine, il fit un pas vers moi.

— Non ! m'écriai-je.

Je me réveillai brusquement. Nala crachait de toutes ses forces. Quelqu'un était assis sur mon lit et essayait de se défendre contre mes coups de poing.

— Zoey ! Tout va bien ! Ce n'était qu'un rêve ! Aïe ! s'exclama une voix masculine.

On attrapa mes poignets et les immobilisa.

— Reprends-toi !

Puis ma lampe de chevet s'alluma. Je clignai des yeux, éblouie :

— Stark ! Qu'est-ce que tu fiches dans ma chambre ?

CHAPITRE VINGT-QUATRE

— Je marchais dans le couloir quand j'ai entendu ton chat grogner, ensuite, tu as hurlé. J'ai cru que tu avais des ennuis. Un Corbeau Moqueur aurait pu entrer par ta fenêtre. Les chats les haïssent, tu sais. Bref, je suis entré.

— Comme par hasard, tu passais devant ma chambre à...

Je regardai ma montre.

— À midi ?

Il haussa les épaules et m'adressa ce sourire insolent que j'aimais tant.

— D'accord, ce n'était pas une pure coïncidence.

— Tu peux me lâcher maintenant.

Il desserra comme à contrecœur sa prise sur mes poignets, sans pour autant les libérer ; je les retirai moi-même.

— Tu as dû faire un sacré cauchemar, reprit-il.

— En effet, dis-je en m'adossant à la tête du lit.

Nala, qui s'était calmée, se blottit contre mon flanc.

— Qu'est-ce que c'était ?

J'ignorai sa question.

— Qu'est-ce que tu fais là ?

— Je viens de te le dire. J'ai entendu du bruit et...

— Non, ce que je veux savoir, c'est ce que tu fichais derrière ma porte en plein jour. Tous les novices rouges que je connais évitent le soleil et dorment comme des masses à cette heure-ci.

— Oui, je pourrais dormir, et alors ? De toute façon, il n'y a pas de soleil. Tout est gris et gelé.

— La tempête ne s'est pas arrêtée ?

— Non, et on annonce un autre front aujourd'hui. Ça doit être galère pour les humains qui ne disposent pas de tous les générateurs et du matériel que nous avons ici.

En parlant de ça... Y avait-il un générateur à l'abbaye ? Il fallait que je téléphone à sœur Marie Angela au plus vite. Non, il fallait carrément que je la voie ! Ma grand-mère me manquait, et j'en avais assez de me sentir sans cesse en danger.

Je soupirai, accablée. Combien de temps avais-je dormi ? Je fis le calcul : environ cinq heures, dont une partie en compagnie de Kalona, dans un lieu surréaliste. Bref, pas très reposant...

— Tu parais fatiguée, remarqua Stark.

— Tu n'as pas répondu à ma question.

Il me dévisagea et souffla bruyamment.

— J'avais besoin de te voir.

— Pourquoi ?

Ses yeux marron cherchèrent les miens. Il ressemblait tant au Stark d'autrefois que c'en était déconcertant. Seul le contour rouge de son tatouage me rappelait qu'il avait changé.

— Ils veulent faire en sorte que tu me détestes.

— Qui, « ils » ? Et, pour ta gouverne, personne ne contrôle ce que je ressens.

À peine avais-je prononcé ces mots que je me revis dans les bras de Kalona. Je chassai aussitôt cette image de mon esprit.

— Eux... tout le monde. Ils vont te raconter que je suis un monstre, et tu vas les croire.

Je soutins son regard, sans parler, sans ciller. Il craqua le premier et baissa les yeux.

— Si tu n'avais pas mordu Becca et si tu ne tournais pas toujours autour de Kalona armé de « l'arc-qui-ne-manque-jamais-sa-cible », ils te prendraient peut-être pour un gentil garçon.

— Tu es toujours aussi directe ?

— Non, mais j'essaie. Écoute, je suis crevée, et je viens de me réveiller d'un horrible cauchemar. Il se passe des choses graves ici, et ça m'angoisse. C'est toi qui es venu me voir, alors, parle ! Je ne suis pas d'humeur à jouer aux devinettes.

— Je suis là parce que, avec toi, je ressens, lâcha-t-il d'une traite.

— Tu ressens quoi ?

— Je ressens, c'est tout, dit-il en se frottant le front, comme s'il avait la migraine. Depuis ce qui m'est arrivé, j'ai l'impression qu'une partie de moi est morte et je n'ai plus de vrais sentiments. J'ai juste des pulsions, surtout quand je n'ai pas bu de sang depuis un moment. Manger, dormir, vivre, mourir : pour moi, c'est automatique, de prendre ce dont j'ai envie. Comme avec cette fille.

— Becca, dis-je froidement. Elle s'appelle Becca.

— OK, si tu le dis.

Son expression s'était durcie. Il n'avait pas les yeux rouges, mais il se comportait comme un abruti, et, vu mon état, il n'en fallait pas plus pour m'énerver.

— Tu l'as agressée ! m'écriai-je. Tu as essayé d'abuser d'elle. Écoute, c'est très simple : si tu ne veux pas que les gens disent du mal de toi, alors conduis-toi en conséquence.

Je décelai une lueur écarlate dans ses yeux flamboyants.

— Elle aurait aimé ça. Si toi et le combattant étiez arrivés cinq minutes plus tard, vous vous en seriez aperçus.

— Tu plaisantes ou quoi ? Tu penses vraiment que contrôler l'esprit de quelqu'un, ça fait partie des préliminaires ?

— Elle était bouleversée quand tu l'as retrouvée à l'intérieur ? Ou clamait-elle que j'étais canon et qu'elle ne m'en voulait pas ?

— Et alors ? Ça suffit à te dédouaner ? Tu as embrouillé son esprit pour lui donner envie d'être avec toi. C'est mal !

— Tu m'as embrassé juste après, et je n'ai pas eu à te forcer !

— Eh bien, il faut croire que j'ai très mauvais goût en matière de garçons. Mais je peux te promettre que là, tout de suite, je n'ai aucune envie de me jeter dans tes bras.

Il se leva brusquement.

— Je ne sais pas ce que je fous ici ! Je suis ce que je suis, et personne ne peut rien y changer.

Furieux, il se dirigea vers la porte.

— Toi, tu peux changer.

J'avais parlé doucement, mais mes mots parurent se matérialiser et s'enrouler autour de lui, l'obligeant à s'arrêter. Il resta là un moment, les poings serrés, la tête penchée, en proie à un combat intérieur.

— Tu vois, c'est ce que je tentais de t'expliquer, fit-il enfin sans se retourner. Quand tu dis des choses comme ça, je ressens de nouveau.

— Peut-être parce que je suis la seule à te dire la vérité.

Ces mots m'avaient été soufflés par Nyx. Je pris une grande bouffée d'air et m'efforçai de me recentrer et de recoudre, malgré ma blessure et mes soucis, le tissu déchiré de l'humanité de Stark.

— Je ne te prends pas pour un monstre, mais pas non plus pour un enfant de chœur. Je vois qui tu es, et je crois en celui que tu pourrais décider d'être. Stark, tu ne comprends pas ? Kalona et Neferet se servent de toi ! Si tu ne veux pas devenir leur créature, tu dois choisir une autre voie et les combattre, eux et l'obscurité dont ils s'entourent. Le mal l'emportera si les gens bien ne réagissent pas.

Je touchai sans doute une corde sensible, car il se tourna lentement vers moi.

— Je ne suis pas quelqu'un de bien.

— Tu l'étais autrefois ! Je n'ai pas oublié, comme je te l'avais promis. Rien n'est perdu.

— Quand c'est toi qui le dis, j'y crois presque...

— Y croire, c'est le premier pas. Ensuite, il faut agir.

Comme il se taisait, je me mis à penser à voix haute.

— Tu ne t'es pas demandé pourquoi nos chemins ne cessaient de se croiser ?

Il me fit un sourire de bad boy.

— Parce que tu es trop sexy ?

Je lui rendis son sourire malgré moi.

— Bien sûr, mais à part ça ?

— Ça me suffit.

— Ce n'est pas vraiment ce que j'avais en tête. Je pensais plutôt à Nyx, et à l'importance que tu as pour elle.

Son sourire disparut aussitôt.

— La déesse ne veut plus rien avoir à faire avec moi ! Plus maintenant.

— Tu pourrais être surpris. Tu te souviens d'Aphrodite ?

— Un peu, oui. C'est la bêcheuse qui se prend pour la reine de l'amour ?

— Exactement. Elle et Nyx sont comme ça, dis-je en enlaçant mes doigts.

— Vraiment ?

— Je t'assure, dis-je avant de bâiller. Désolée, je n'ai pas beaucoup dormi ces derniers temps. Entre le stress, ma blessure et les mauvais rêves, le sommeil m'a un peu boudée.

— Je peux te poser une question sur tes rêves ?

Je hochai la tête.

— Tu y vois Kalona ?

— Pourquoi tu me demandes ça ? fis-je, surprise.

— C'est ce qu'il fait. Il entre dans les rêves des gens.

— Il est entré dans les tiens ?

— Non, mais j'ai entendu des novices en parler. Sauf qu'elles avaient l'air d'avoir beaucoup plus aimé ça que toi.

— Ça, je veux bien le croire...

— J'ai quelque chose à te dire, mais je ne veux pas que tu penses que c'est un prétexte pour te draguer.

— Quoi ?

Il avait l'air très gêné, nerveux.

— Il aura plus de mal à s'introduire dans tes rêves si tu ne dors pas seule.

Je le dévisageai sans ciller. C'était exactement le genre de mensonge qu'inventerait un garçon pour se glisser dans le lit d'une fille.

— Je ne dormais pas seule la première fois que c'est arrivé.

— Tu étais avec un mec ?

— Non, dis-je en rougissant. Avec ma camarade de chambre.

— Il faut que ce soit un garçon. Il n'aime pas la concurrence...

— Stark, j'ai l'impression que tu me racontes des salades.

— Des salades ? répéta-t-il en souriant. Ça se dit encore, ça ?

— Moi, je le dis. Et comment es-tu au courant de ce petit secret ?

— Kalona parle beaucoup en ma présence, comme si, parfois, il ne me remarquait même pas. J'ai surpris une conversation entre lui et Rephaïm. Il disait qu'il avait envisagé de placer des Corbeaux Moqueurs entre le dortoir des filles et celui des garçons pour les empêcher de se retrouver, mais qu'il avait changé d'avis parce qu'il n'avait de toute façon aucun mal à les contrôler – qu'il pénètre ou non dans leurs rêves.

— C'est dégueulasse ! Et les professeurs ? Sont-ils tous sous son emprise ?

— Apparemment. En tout cas, aucun ne s'est opposé à lui ou à Neferet.

Je m'étais attendue à ce que mes questions le mettent sur la défensive, mais il me parlait comme si de rien n'était. Je décidai de tenter ma chance.

— Et les Fils d'Érebus ? Je n'en ai vu qu'un seul depuis mon retour.

— Ils sont morts, pour la plupart. Lorsque Shekinah est tombée, Ate a pété les plombs et lancé l'assaut contre Kalona, même si, à mon avis, ce n'est pas lui qui l'avait tuée.

— Non, c'est Neferet.

— Mouais, sûrement. C'est une garce vindicative.

— Tiens... Je te prenais pour l'un de ses fans.

— Non.

— Tu en es sûr ?

— Oui.

— Elle le sait ?

— Non. Je me souviens qu'avant ma mort tu m'as conseillé de me méfier d'elle. Tu avais raison.

— Stark, elle est en train de changer, n'est-ce pas ? Elle n'est plus seulement une grande prêtresse vampire ?

— Elle n'est pas normale, c'est sûr. Elle a des pouvoirs étranges. Je te jure qu'elle peut espionner les gens mieux que Kalona.

Il détourna les yeux un instant. Quand il les reposa sur moi, ils étaient emplis d'une profonde tristesse.

— J'aurais aimé que tu sois là, plutôt que Neferet.

— Là, où ?

— Tu surveillais mon corps avec cette espèce de caméra, n'est-ce pas ?

— Oui. Je ne voulais pas te laisser seul, et je n'avais pas trouvé de meilleur moyen. Ensuite, ma grand-mère a eu un accident, et tout a dégénéré... Je suis désolée.

— Moi aussi, je suis désolé. Tout aurait été différent si j'avais ouvert les yeux sur toi.

J'aurais voulu l'interroger plus en détail sur ce qui s'était passé quand il était revenu à la vie, mais son visage fermé et son regard douloureux m'en dissuadèrent.

— Écoute, dit-il, changeant brusquement de sujet. Tu dois te reposer. Moi aussi, je suis fatigué. Si on dormait ensemble ? Il s'agit juste de dormir, je te promets que je ne tenterai rien.

— Je ne pense pas, non.

— Tu préfères que Kalona se pointe dans tes rêves ?

— Non, mais… euh… Je ne crois pas que ce soit une bonne idée.

— Parce que tu ne crois pas que je tiendrai parole.

— Non, parce que je ne veux pas que quelqu'un sache que tu es venu ici, dis-je en toute sincérité.

— Je partirai avant que tout le monde se réveille.

Je sus alors que ma réponse positive pourrait l'aider à retrouver son humanité. Les deux derniers vers du poème de Kramisha résonnèrent de nouveau dans mon esprit.

— Bon, d'accord. Mais tu as intérêt à déguerpir à temps !

— Tu es sérieuse ?

— J'en ai bien peur. Maintenant, viens, ou je risque de sombrer en plein milieu d'une phrase.

— Cool ! Pas besoin qu'on me le dise deux fois. Je suis un monstre, pas un imbécile.

Je me poussai sur le côté, délogeant Nala. Elle râla et alla au pied du lit, où elle tourna trois fois sur elle-même et s'endormit avant même d'avoir posé la tête sur ses pattes.

Stark s'approcha. Je le retins d'un geste.

— Quoi ?

— D'abord, je veux que tu te débarrasses de cet arc et de ces flèches qui te poussent dans le dos.

— Oh, d'accord.

Il posa son attirail par terre. Je ne retirai pas mon bras.

— Quoi encore ?

— Si tu crois que tu vas monter dans mon lit avec tes chaussures, tu rêves.

— Oups, pardon, marmonna-t-il en ôtant ses baskets d'un coup de pied. Tu veux que j'enlève autre chose encore ?

Je lui fis les gros yeux. Comme s'il n'était pas assez sexy comme ça, avec son tee-shirt noir, son jean et son sourire narquois...

— Non, ça suffira. Allez, viens. Je suis crevée.

Il m'obéit, et je me rendis soudain compte que mon lit était très étroit...

— Éteins la lumière, fis-je, faussement nonchalante.

Il s'exécuta, et nous fûmes plongés dans le noir.

— Alors, tu vas aller en cours ce soir ? demanda-t-il.

— Oui, je pense. Et il faut que j'aille fouiller dans le Hummer de Darius, m'empressai-je d'ajouter pour ne pas éveiller sa curiosité sur nos plans. J'ai laissé mon sac dedans. Enfin, j'espère. Si je l'ai perdu, c'est une catastrophe !

— Voilà quelque chose qui me fout les jetons.

— Quoi donc ?

— Les sacs des filles, et tous ces trucs bizarres que vous trimballez dedans.

— Oh la la ! On n'y met que des « trucs » normaux, des trucs de fille, répondis-je, amusée.

— Le terme « normal » ne s'applique pas à vos sacs à main.

Il frissonna. J'éclatai de rire.

— Si ma grand-mère était là, elle te qualifierait d'énigme.

— C'est une critique ou un compliment ?

— Ça veut dire que tu es déconcertant : un guerrier macho, dangereux, qui ne manque jamais sa cible, et qui panique devant un simple sac à main. C'est un peu ton araignée à toi.

— Mon araignée ? Comment ça ?

— Je déteste les araignées, avouai-je en frémissant à mon tour.

— Oh, je vois. C'est ça, pour moi, vos sacs sont d'énormes araignées. Et quand on les ouvre, on découvre un nid de bébés araignées.

— C'est bon, j'ai compris ! Tu me donnes envie de vomir. On peut changer de sujet ?

— Avec plaisir. Bon... Pour que ça marche vraiment, je crois qu'il faut que tu touches la personne avec qui tu dors.

— C'est ça, oui !

— Je ne plaisante pas. Pourquoi penses-tu que ça ne suffise pas, de dormir avec une camarade de chambre ? Il faut un contact physique entre un gars et une fille. Enfin, je suppose que ça marcherait aussi entre deux mecs, genre Damien et son petit copain. Ou même entre deux filles, si elles sont portées là-dessus... Je raconte n'importe quoi, là, non ?

— Oui.

À vrai dire, la nervosité me rendait bavarde moi aussi, et j'étais ravie de voir que je n'étais pas la seule.

— Il ne faut pas que tu aies peur de moi, reprit-il. Je ne vais pas te faire de mal.

— Pourquoi ? Parce que tu sais que je peux demander aux éléments de te donner une raclée ?

— Parce que je tiens à toi. Toi aussi, tu commençais à t'attacher à moi, avant tout ça, pas vrai ?

— Oui, répondis-je en me disant que c'était l'occasion idéale de mentionner mon histoire avec Erik, voire d'évoquer Heath.

Seulement, j'essayais d'aider ce pauvre garçon et, dans cette situation, il y avait sans doute mieux que de lui balancer : « Hé, je vais dormir avec toi et faire comme si je tenais à toi, mais j'ai un copain. Enfin, deux. »

De toute manière, il fallait que j'arrête de me voiler la face. Erik m'était longtemps apparu comme le petit ami idéal ; tout le monde pensait qu'il était fait pour moi. Pourtant, depuis que nous étions ensemble, j'avais toujours été attirée par d'autres garçons – Heath, Loren, Stark – et ce avant même qu'il devienne d'une possessivité maladive. Je ne voyais que deux explications : ou il manquait quelque chose à notre relation, ou je me transformais en une traînée détestable, ce dont, honnêtement, je n'avais pas l'impression. J'étais juste une fille qui aimait plusieurs garçons à la fois.

Stark remua, et je sursautai en sentant sa main contre la mienne.

— Viens là, dit-il. Tu peux poser la tête sur ma poitrine. Je te protégerai, promis.

Chassant Erik de mes pensées, je me glissai dans ses bras. Au point où j'en étais… J'essayai de me détendre, mais je n'arrêtais pas de me demander si la position était confortable pour lui. Étais-je trop lourde ? Trop proche de lui ? Pas assez ?

Alors, il posa la main sur ma tête. Je crus que c'était pour la déplacer parce que je le gênais, ou même m'étrangler, allez savoir… À ma stupéfaction, il se contenta de me caresser les cheveux, comme si j'étais un cheval ombrageux.

— Tu as de très beaux cheveux, murmura-t-il. Je te l'ai déjà dit, ou je l'ai seulement pensé ?

— Tu as dû le penser.

— Je t'avouerais bien que je t'ai trouvée franchement canon quand je t'ai vue toute nue, aujourd'hui, mais étant donné les circonstances, ce serait peut-être déplacé.

— En effet, dis-je en me raidissant, prête à bondir. Ce serait tout à fait déplacé.

— Tu vas te détendre, oui ? demanda-t-il en rigolant.

— Alors, arrête de parler de ça.

— D'accord.

Il se tut un instant avant de poursuivre :

— Ce Corbeau Moqueur ne t'a pas ratée.

— Non.

— Kalona te veut indemne. L'autre va se prendre une de ces raclées !

— Il ne reviendra pas. Je l'ai tué. Brûlé, plus précisément.

— Zoey, peux-tu me promettre encore une chose ?

— Je te rappelle que tu n'as pas l'air enchanté quand je tiens parole...

— Cette fois, si.

— Alors ?

— Jure-moi que, si je deviens un véritable monstre, comme eux, tu me brûleras moi aussi.

— Ce n'est pas le genre de promesse que j'ai envie de faire.

— Alors, réfléchis bien, parce qu'il se pourrait que tu aies à la tenir.

Nous restâmes silencieux. Les seuls bruits que j'entendais étaient les ronflements de Nala, et le battement du cœur de Stark sous mon oreille. Mes paupières étaient incroyablement lourdes...

— Tu ferais quelque chose pour moi ? murmurai-je.

— Il n'y a rien que je ne ferais pas pour toi.
— Arrête de dire que tu es un monstre.

Sa main s'immobilisa un instant sur mes cheveux. Je sentis ses lèvres sur mon front.

— Dors, maintenant. Je veille sur toi.

CHAPITRE VINGT-CINQ

À mon réveil, Stark était parti. Reposée et affamée, je m'étirai en bâillant.

Sur le drap, à côté de moi, j'aperçus une flèche cassée en deux. Comme je viens de Broken Arrow, le symbole ne m'échappa pas : la trêve ; la fin des combats. Il y avait aussi un petit mot plié en deux, avec mon nom dessus. Je l'ouvris.

« Je te regarde dormir. Tu sembles totalement sereine... Qu'est-ce que je t'envie ! Moi-même, je suis en proie à une tourmente intérieure. Je désire ce que, je pense, je n'obtiendrai jamais. Stark. »

— Tu as vu ça ? demandai-je à Nala.

Elle éternua, ronchonna, puis se dirigea à pas feutrés vers sa gamelle. Elle me regarda en miaulant.

— Oui, oui, je sais. Moi aussi, j'ai faim.

Je la nourris avant de m'habiller en pensant que cette nuit serait décisive.

— Aujourd'hui, on fiche le camp, annonçai-je à mon reflet après avoir à moitié discipliné mes cheveux à coups de fer à lisser.

Dans la cuisine, j'attrapai un paquet de mes céréales favorites et je rejoignis les Jumelles à leur table. Penchées l'une vers l'autre, elles chuchotaient, l'air contrarié.

— Salut, les filles, dis-je en m'asseyant. Que se passe-t-il ?

— Tu vas vite t'en rendre compte par toi-même, répondit Erin tout bas.

— Ouais, regarde les autres, murmura Shaunee.

Je balayai la pièce des yeux avec une parfaite nonchalance – du moins, je l'espérais.

Au début, je ne remarquai rien. Les filles mangeaient, assises à leurs places habituelles. Et soudain je compris que ce qui clochait n'était pas ce que je voyais, mais ce que je ne voyais pas – ou plutôt ce que je n'entendais pas. Aucune blague ne fusait ; personne ne se moquait des cheveux de sa voisine et ne se faisait envoyer promener ; personne ne parlait de garçons ; personne ne se plaignait de ne pas avoir fait ses devoirs. Elles se taisaient, se contentant de mâcher, de respirer et de sourire.

— C'est quoi, ce cirque ? demandai-je aux Jumelles.

« Les envahisseurs sont parmi nous », articula Erin en silence.

— Presque aussi casse-pieds que ce salaud de Stark, marmonna Shaunee.

— Stark ? Qu'est-ce qu'il a fait encore ? lançai-je de ma voix la plus innocente.

— Eh bien, il est passé tout à l'heure, tranquille, comme s'il était chez lui et qu'il se fichait bien d'avoir quasiment violé une pauvre novice sans défense.

— Ouais, tu aurais dû voir Becca ! enchérit Erin. Elle bavait sur lui comme un bouledogue.

— Et qu'est-ce qu'il a fait ?

— Il l'a ignorée ! dit Shaunee. C'était pathétique.

— Jetée comme un vieux mouchoir.

Je cherchais un moyen d'en savoir plus et, éventuellement, de le défendre sans trahir mon intérêt pour lui quand les yeux d'Erin, qui regardait derrière moi, sortirent de leurs orbites.

— Quand on parle du loup..., siffla Shaunee d'une voix fielleuse. Tu te trompes de table, tes esclaves sont par là-bas.

Elle désigna les autres filles, qui avaient arrêté de manger et nous dévisageaient, bouche bée.

Je me tournai vers Stark et nos regards se croisèrent.

— Salut, Stark, dis-je d'une voix neutre, ni trop aimable ni trop glaciale.

— Tu as l'air en meilleure forme qu'à notre dernière rencontre.

Je me sentis rougir.

— Pas étonnant ! intervint Erin. La dernière fois que tu l'as vue, tu étais en train d'agresser Becca.

— Oui, il y avait de quoi avoir l'estomac retourné, commenta Shaunee.

Il leur jeta un regard mauvais, les yeux écarlates.

— C'est à Zoey que je parle, pas à vous. Alors, fichez-moi la paix !

Sa voix avait quelque chose de profondément effrayant. Il n'avait pas hurlé, son expression avait à peine changé ; pourtant, elle évoquait un serpent à la morsure mortelle sur le point de frapper. L'examinant de plus près, je distinguai une ondulation dans l'air qui l'entourait, telles des vagues de chaleur s'élevant d'un toit brûlant. À en juger par la pâleur des Jumelles, elles avaient senti quelque chose, elles aussi.

Je leur accordai juste un regard, me focalisant sur Stark, car le monstre dont il avait parlé était là. Il me faisait penser à Lucie avant qu'elle ne retrouve son humanité.

Était-ce la raison pour laquelle il comptait tant pour moi ? Lucie s'était débattue contre les mêmes pulsions maléfiques, et les avait vaincues : voulais-je croire qu'il pourrait en faire autant ?

En tout cas, mon expérience m'avait appris une chose : un novice dans cette position pouvait être très dangereux.

— Que voulais-tu me dire, Stark ?

Je voyais sur son visage qu'il luttait pour ne pas sauter par-dessus la table et dévorer les Jumelles.

— Rien de spécial. Je viens de trouver ça ; c'est à toi, non ?

Il brandit mon sac.

— Oui, merci beaucoup !

Je lui souris et tendis la main.

— Un jour, un garçon m'a raconté que les sacs de filles lui faisaient penser à des araignées, dis-je lorsque nos mains s'effleurèrent.

Le rouge quitta ses yeux comme si j'avais appuyé sur un interrupteur. Le voile sombre qui l'entourait disparut. Dans un geste aussi discret que rapide, il captura un de mes doigts entre les siens.

— Des araignées ? Tu es sûre que tu as bien entendu ?

— Certaine. Merci encore !

Il haussa les épaules, pivota sur ses talons et sortit, le dos voûté.

Dès qu'il fut parti, tout le monde, hormis les Jumelles et moi, se mit à commenter sa beauté avec excitation. Je retournai à mes céréales sans rien dire.

— Il me donne la chair de poule, lâcha Shaunee.

— Lucie était comme ça avant de se transformer ? demanda Erin.

— Oui, plus ou moins... Vous n'avez pas remarqué un truc bizarre autour de lui ? Une sorte d'ondulation, une ombre très foncée ?

— Non, j'étais trop occupée à me répéter qu'il allait me mordre, répondit Erin.

— Moi aussi, fit Shaunee. Et toi ? C'est pour ça que tu n'as pas eu peur ? Parce qu'il te fait penser à Lucie ?

Je fis oui de la tête, contente que ma bouche pleine me dispense de répondre.

— Sérieusement, reprit Erin, je sais bien ce que dit le poème de Kramisha, mais il faut que tu sois très prudente en sa présence. C'est un sale type.

— Et puis, le poème ne parlait peut-être pas de lui, enchaîna Shaunee.

— Hé, on est vraiment obligées de parler de ça maintenant ?

— Non, répondit Shaunee. Pour nous, il n'a aucune importance.

— Exact, confirma Erin. Tu ne vas pas vérifier qu'il ne t'a rien volé ?

— Si, si...

J'ouvris mon sac et le fouillai sans conviction en faisant l'inventaire à voix haute.

— Téléphone portable... gloss... lunettes de soleil... portefeuille avec... oui, tout mon argent et ma carte de crédit et...

Je m'interrompis brusquement. Je venais de trouver un petit message. Sous le dessin d'une flèche cassée en deux, Stark avait écrit : « Merci pour hier soir. »

— Quoi ? demanda Erin, qui regardait par-dessus la table. Il t'a piqué un truc ?

— Non, répondis-je en refermant le sac. Ce n'est qu'un vieux Kleenex dégoûtant. Pour le coup, j'aurais bien aimé qu'il me le pique.

— N'empêche que c'est toujours un pauvre mec, grommela-t-elle.

J'acquiesçai en essayant de ne pas penser à la main tiède de Stark dans mes cheveux.

Mes cours, comme l'aurait dit ma prof d'espagnol, Mme Garmy, si elle ne s'était pas rangée du côté des envahisseurs, ne furent pas *buenos para mí.* Pourtant, sans les Corbeaux Moqueurs, qui semblaient pousser comme des champignons, j'aurais presque pu me convaincre que tout était normal. Mais « presque » a parfois beaucoup d'importance…

Comme mon emploi du temps avait été modifié, je n'avais aucun cours en commun avec Damien et les Jumelles. Aphrodite avait disparu de la circulation, ce qui ne m'inquiétait pas outre mesure : la connaissant, elle était encore en train de se prélasser avec Darius dans sa chambre.

Cette charmante image en tête, je m'assis à mon bureau pour mon premier cours : littérature. Quand Shekinah avait décidé de me permettre d'accéder au niveau supérieur en sociologie des vampires, elle avait omis de mentionner que je prendrais également du grade en espagnol et en littérature… Du coup, je craignais que le professeur Penthésilée, mieux connu sous le nom de prof P., nous assigne un ouvrage et un devoir cent fois trop difficiles pour moi.

Je n'aurais pas dû m'inquiéter. Prof P. était là, toujours aussi belle, dans le style bohème, mais son comportement avait changé du tout au tout. Elle commença par nous faire passer des exercices de grammaire. Sans blague. Elle remit à chacun une demi-douzaine de polycopiés recto verso, truffés de pièges allant de l'anacoluthe au diagramme de phrases complexes.

Pour certains ados – je dirais même pour la majorité des ados suivant un cursus public – ça n'aurait rien eu de choquant. Mais, là, il s'agissait de la Maison de la Nuit, ou de la Boîte de vampires, comme l'appelaient les humains. Ici, on ne s'ennuyait pas en classe, surtout pas avec cette prof ! Elle m'avait captivée dès ma première heure de son cours en annonçant que nous étudierions *La nuit du « Titanic »*, de Walter Lord. Elle vivait à Chicago à l'époque du naufrage, et elle se souvenait de détails passionnants sur les rescapés et sur la vie au début du XXe siècle.

Aujourd'hui, assise à son bureau, complètement éteinte, elle fixait l'écran de son ordinateur. Sur l'échelle du charisme, elle n'avait rien à envier à Mme Fosster qui, dans mon ancien lycée, avait gagné le prix du Pire Professeur d'anglais et le surnom de Reine des polycops. Sans aucun conteste, Penthésilée jouait le jeu des envahisseurs.

Ensuite, j'avais espagnol. Non seulement le niveau était beaucoup trop élevé pour moi, mais Mme Garmy avait atteint, elle aussi, le degré zéro de l'enseignement.

Avant, elle faisait des cours super intéressants ; désormais, elle sautillait d'un élève à l'autre pour nous aider à rédiger la description de la photo projetée sur le tableau blanc interactif (une photo de chats, euh… de *gatos*, se prenant les pattes dans une ficelle, un *hilo* – enfin, vous voyez le topo). Avec ses tatouages en forme de plumes, on aurait dit un moineau neurasthénique.

Professeur vendu aux envahisseurs numéro deux.

J'aurais pourtant préféré passer la journée avec elle que me rendre au cours de sociologie avancée des vampires, assuré – vous l'aurez deviné – par Neferet.

Au début de mon séjour à la Maison de la Nuit, j'avais refusé qu'on me change de niveau en sociologie. Je ne voulais pas être stigmatisée comme l'élève de la première année bizarre qu'on avait mise en dernière année parce qu'elle était trop « spéciale ».

Cependant, j'avais vite compris que je ne pourrais pas passer *incognito*, et je m'étais résignée à accepter mes particularités, ainsi que les responsabilités (comprenez : les ennuis) qui allaient avec.

Ce soir, j'avais beau me répéter que c'était un cours comme les autres, j'étais incapable de me débarrasser de ma nervosité.

Je trouvai un bureau au fond de la salle et je m'affalai sur mon siège, décidé à me comporter comme ceux de mes camarades qui passent leur temps à somnoler en classe et ne se réveillent qu'au moment de changer de salle.

Ça aurait peut-être marché si Neferet avait été aussi apathique que ses collègues. Malheureusement, il n'en était rien. Elle rayonnait de puissance et de ce que les plus crédules devaient prendre pour du bonheur. En réalité, c'était la jubilation malveillante d'une sorcière se délectant à l'idée des carnages à venir.

À la place de l'insigne de Nyx – la déesse brodée en fils argentés, tenant dans ses mains levées un croissant de lune –, elle portait à présent une chaîne en or, au bout de laquelle pendaient deux ailes en pierre noire.

Pourquoi étais-je la seule à ne pas être dupe de son jeu et à sentir l'énergie maléfique qui émanait d'elle ?

— Aujourd'hui, nous allons étudier un aspect des capacités que seuls possèdent les vampires, ou les novices très avancés, annonça-t-elle. Ouvrez vos livres à la page 426, chapitre sur l'occultation.

Elle n'avait aucun mal à capter l'attention du petit groupe d'élèves. Elle faisait les cent pas à l'avant de la classe, royale dans sa robe longue noire, rehaussée de fil doré qui ressemblait à du métal liquide. Ses cheveux roux foncé étaient attachés en un chignon dont s'échappaient quelques mèches ondulées, encadrant son superbe visage. Elle s'exprimait d'une voix raffinée, agréable à l'oreille.

Elle me fichait une peur bleue.

— Je veux que vous lisiez ce chapitre en silence. Ces cinq prochains jours, vos devoirs consisteront à tenir le journal de vos rêves. Bien souvent, des désirs et des talents enfouis remontent à la surface quand nous dormons. Alors, avant de vous endormir, vous repenserez à cette lecture et à ce qu'elle signifie pour vous. Quels troubles secrets cachez-vous au monde ? Où iriez-vous si vous vouliez que l'on ne vous retrouve pas ? Que feriez-vous si personne ne pouvait vous voir ?

Elle regardait les élèves tour à tour. Certains lui souriaient avec timidité ; d'autres détournaient les yeux, d'un air coupable.

— Ma chère Brittney, veux-tu nous lire le passage sur la dissimulation, page 432 ?

Une petite brune hocha la tête, feuilleta son livre et commença.

— « LA DISSIMULATION

« La plupart des novices connaissent cette aptitude à masquer leur présence aux gens de l'extérieur. Ils l'utilisent traditionnellement quand ils s'échappent du campus afin de conduire des rituels au nez et à la barbe de la communauté humaine. Même dépourvus d'affinités, ils peuvent appeler la nuit et lui demander de tromper les sens imparfaits de l'humain moyen. Néanmoins, ce n'est qu'un aspect infime d'une capacité que seuls les vampires adultes peuvent maîtriser. »

Neferet l'interrompit.

— Vous apprendrez dans ce chapitre que n'importe quel vampire peut se déplacer inaperçu parmi les humains, déclara Neferet, ce qui peut se révéler très utile quand on connaît leur propension à porter des jugements catégoriques sur nos activités.

Je fixais le texte, les sourcils froncés, en me disant qu'il était impossible que personne ne remarque ses préjugés contre les humains, quand sa voix cinglante s'éleva juste à côté de moi.

— Zoey ! Comme c'est gentil de te joindre à ce cours, plus adapté à tes capacités.

— Je vous en prie, dis-je en croisant son regard glacial. J'ai toujours aimé la sociologie.

Son sourire me faisait penser à la créature terrifiante d'*Alien*, ce vieux film franchement flippant avec Sigourney Weaver.

— Formidable. Et si tu nous lisais le dernier paragraphe ?

Ravie d'avoir une excuse pour baisser la tête, je me lançai.

— « Les novices doivent savoir que la dissimulation est une pratique très éprouvante. Appeler la nuit et la retenir pendant une période prolongée nécessite un grand pouvoir de concentration. Il convient également de comprendre que cette expérience a des limites, et notamment :

« 1. Elle ne fonctionne qu'avec de la matière organique ; ainsi, il est beaucoup plus facile de rester caché en habit de nuit (nu).

« 2. Tenter de dissimuler des objets comme des voitures, des motos, ou même des vélos, est une entreprise vouée à l'échec.

« 3. Comme toutes nos aptitudes, celle-ci a un prix. Pour certains, ce ne sera qu'une légère fatigue et une migraine ; pour d'autres, elle aura des conséquences bien plus graves. »

— Ce sera tout, Zoey. Alors, qu'as-tu retenu ?

Concrètement, je venais d'apprendre que mes amis et moi ne nous échapperions pas en Hummer, à moins d'obtenir une autorisation de quitter le campus.

— Les voitures et d'autres objets ne peuvent être dissimulés aux yeux des humains, répondis-je d'un air studieux.

— Ou des vampires, compléta-t-elle d'un ton ferme. N'oublie surtout pas que nous pouvons voir les corps non organiques.

— Je m'en souviendrai.

Cette fois, je disais la vérité.

CHAPITRE VINGT-SIX

Par chance, le cours suivant, c'était l'escrime.
Bien sûr, j'aurais préféré me trouver avec mes amis à des années-lumière de la Maison de la Nuit, de Neferet et de Kalona. Mais, à défaut, autant se contenter de plaisirs simples, en l'occurrence du fait que Dragon et moi étions convenus que j'étais trop fatiguée pour participer aux exercices.

Pourtant, je me sentais plutôt bien et, quand je sortis mon miroir de poche pour appliquer le gloss, récupéré grâce à Stark, je ne me trouvai pas mal du tout.

Au premier regard, Dragon passait lui aussi pour une des énigmes chères à ma grand-mère. Petit, sympa, on l'aurait sans peine imaginé comme un papa poule qui reste à la maison, prépare des cookies et sait même refaire en urgence l'ourlet de la jupe de sa fille. Bref, il détonnait dans un monde où les vampires mâles combattent et protègent les plus faibles. Cependant, dès qu'il prenait son fleuret, il se métamorphosait en un être féroce, si rapide et puissant que son arme semblait agitée d'une vie propre.

Les novices étaient moins hébétés pendant ce cours que pendant les autres, sans doute parce qu'il s'agissait d'une activité physique. Pour autant, je ne me faisais pas d'illusions. D'ailleurs, personne ne plaisantait ni ne chahutait ; tout le monde était concentré sur sa tâche. Or, chacun sait que maintenir dans le calme un gymnase rempli d'adolescents armés d'objets pointus tient quasiment de la mission impossible.

J'observais un groupe de garçons – qu'en temps normal, Dragon aurait déjà traités d'idiots (ici, les professeurs pouvaient se permettre ce genre de choses, les élèves n'ayant pas la possibilité d'aller pleurer dans les jupes de leur mère) – quand il se planta devant moi. Il me fit un clin d'œil, puis retourna à ses exercices. Presque au même instant, son énorme chat vint s'asseoir à côté de moi et se mit à lécher ses grosses pattes.

— Salut, Gripoil, dis-je en lui gratouillant la tête.

Pour la première fois depuis que le Corbeau Moqueur avait failli me tuer, je me sentis optimiste.

Le déjeuner fut un moment de tranquillité. Le plateau chargé d'une énorme assiette de spaghettis *alla marinara* et d'un soda, mes deux péchés mignons, je rejoignis Damien et les Jumelles à notre table.

— Alors, qu'est-ce que vous avez trouvé ? murmurai-je entre deux bouchées.

— Tu as l'air d'aller beaucoup mieux, dit Damien à voix haute et distincte.

Je lui lançai un regard surpris.

— Je vais mieux.

— Je crois que nous devrions revoir la liste de vocabulaire pour le contrôle de littérature de la semaine prochaine, continua-t-il sur le même ton en sortant son sempiternel carnet et un crayon de papier.

Je lui fis les gros yeux : avait-il viré envahisseur, lui aussi ?

— Ce n'est pas parce que les choses changent que nos notes doivent en pâtir, déclara-t-il.

— Damien, tu es une vraie plaie ! soupira Shaunee.

Damien glissa son carnet vers nous pour que nous puissions voir ce qu'il avait écrit sous la liste de mots.

« C.M. à toutes les fenêtres. Leur ouïe est <u>excellente</u>. »

Les filles et moi échangeâmes un coup d'œil.

— OK, fis-je, si tu veux. Mais je suis d'accord avec les Jumelles, tu es vraiment casse-pieds.

— Très bien. Commençons par « loquace ».

— Un personnage de *Star Trek*, non ? proposa Shaunee.

— Je crois bien oui, répondit Erin.

Damien leur lança un regard dégoûté qui, pour le coup, venait du fond du cœur.

— N'importe quoi ! Voilà ce que ça veut dire.

Il ajouta dans son carnet : « Dragon est de notre côté. »

— Bon, Erin, et si tu tentais ta chance avec le mot suivant : « voluptueux ».

— Oh, moi, je sais ! s'exclama Shaunee en lui arrachant le crayon des doigts.

Elle gribouilla « Moi ! » à côté de « voluptueux », puis, plus bas : « Anastasia aussi. »

— Je prends la main, annonçai-je avant d'écrire : « On doit partir avant l'aube, mais pas avec le Hummer. Je ne pourrai pas le dissimuler. Soyez prudents. N. sait qu'on a l'intention de s'échapper. »

— Tout compte fait, je ne sais pas trop. Tu peux m'aider, Damien ?

— Pas de problème !

« Ils vont tout faire pour nous en empêcher. »

— OK. Attends, je vais continuer. Laisse-moi juste un instant.

Nous mangeâmes en silence pendant que je réfléchissais, non au sens du terme « ubiquité » – que je n'aurais jamais trouvé –, mais à notre fuite.

Neferet savait ce que nous manigancions, elle me l'avait clairement fait comprendre. Elle devait être en train d'écouter notre conversation par l'intermédiaire des Corbeaux Moqueurs, et elle pénétrerait l'esprit de mes amis à la première occasion. Je me félicitai de n'avoir partagé qu'avec Lucie l'info sur le lieu de notre prochaine cachette, l'abbaye des bénédictines. Grâce au message que je lui avais passé et…

— C'est ça ! m'écriai-je.

Ils me dévisagèrent, l'air interrogateur. Je leur souris.

— Je viens de retrouver la définition, et j'ai une super idée pour apprendre plus facilement ! Je vais écrire la signification des mots de la liste sur des morceaux de papier. Je vais vous en donner une à chacun, et vous devrez la retenir. Quand vous la saurez, vous me la rendrez, et je vous en donnerai une autre.

— Tu as perdu la tête ou quoi ? souffla Shaunee.

— Non, s'enthousiasma Damien, c'est une bonne idée ! On va bien s'amuser.

J'arrachai des pages de carnet et je griffonnai à la hâte : « Rendez-vous à l'écurie. » Puis je les pliai soigneusement.

— Pour l'instant, repensez simplement aux définitions que nous avons vues. Ne lisez celle-ci qu'après la sonnerie du dernier cours. Je ne plaisante pas.

— OK, OK, compris, dit Erin en fourrant son mot dans la poche de son jean.

— Ouais, si ça peut vous faire plaisir, lui fit écho Shaunee. N'empêche que vous vous conduisez tous les deux comme des profs, et ce n'est pas un compliment.

— Surtout, ne trichez pas. Pas avant la sonnerie !

— Ne t'inquiète pas, dit Damien. Quand on le lira, il faudra peut-être qu'on appelle notre élément pour nous aider à nous concentrer, non ?

— Oui ! m'exclamai-je avec un sourire reconnaissant.

— À propos de ça, fit Shaunee en arrachant la feuille sur laquelle nous avions écrit. Je vais aller faire un tour aux toilettes des filles pour étudier au calme avec mon élément.

Elle me fixa longuement, et je compris : elle allait brûler toute trace de notre « subterfuge », un autre mot compliqué dont, cette fois, je connaissais la définition.

Erin se précipita derrière elle.

— Je viens avec toi, Jumelle. Tu pourrais avoir besoin de... euh... de mon aide.

— Au moins, Shaunee ne mettra pas le feu à tout le bâtiment, chuchota Damien.

— Bon sang, je meurs de faim ! déclara Aphrodite d'un air dégagé en se laissant tomber à côté de moi.

Son assiette débordait de spaghettis. Elle était superbe, comme toujours. Seuls ses cheveux étaient un peu ébouriffés.

— Ça va ? demandai-je tout bas.

Je désignai les fenêtres d'un petit coup d'œil. Elle suivit mon regard et hocha la tête.

— Ça va. Darius est vraiment *rapide* !

J'en déduisis que Darius l'avait portée jusque-là à la vitesse de l'éclair. « Quel dommage qu'il ne puisse pas nous prendre tous dans ses bras et nous emmener loin d'ici ! » songeai-je. Cela dit, en cas d'urgence, il accepterait sans doute de se charger d'un ou deux novices.

— Il y en a partout, poursuivit Aphrodite d'une voix presque inaudible.

— Sur tout le périmètre ? voulut savoir Damien.

— À l'intérieur aussi, mais leur priorité, manifestement, c'est d'empêcher quiconque d'entrer ou de sortir sans leur permission.

— On va s'en passer, de leur permission, chuchotai-je, avant de me tourner vers Damien. Il faut que tu nous laisses pour que je puisse parler à Aphrodite, OK ?

Pendant une seconde, il parut vexé, puis je vis qu'il avait saisi.

— Oui. Alors, à… plus tard ?
— N'oublie pas ta fiche de vocabulaire, OK ?
— OK.
— Quel vocabulaire ? s'étonna Aphrodite quand il fut parti.

— C'est le seul moyen que j'aie trouvé pour leur demander de me rejoindre à l'écurie juste après les cours, sans qu'ils le sachent à l'avance. Comme ça, avec un peu de chance, elle mettra plus de temps à découvrir ce qu'on va faire.

— Et, à ce moment-là, on sera déjà l… ?
— Chut… ! l'interrompis-je. Je l'espère.

Je me penchai vers elle, me moquant bien que les Corbeaux Moqueurs soupçonnent quelque chose, puisqu'ils ne pouvaient pas entrer dans nos têtes.

— Dès la fin des cours, rejoins-moi à l'écurie avec Darius. Dragon et Anastasia sont avec nous. Si nous ne nous sommes pas trompés, Lenobia aussi.

— Auquel cas, elle pourrait nous aider à passer par le point faible de l'enceinte, derrière l'écurie.

— Exactement. Maintenant, je vais te dire autre chose, et tu ne dois en parler à personne, pas même à Darius. Juré ?

— Oui, oui… Croix de bois, croix de fer, si je mens…

— C'est bon, la coupai-je, ne voulant pas l'entendre prononcer la fin du dicton.

— Alors ?

— On ne retourne pas dans les souterrains. On va à l'abbaye bénédictine.

Elle me transperça d'un regard dont l'intelligence dépassait de loin ce dont la plupart des gens la croyaient capable.

— Tu es sûre que c'est une bonne idée ?

— J'ai confiance en sœur Marie Angela, et j'ai un mauvais pressentiment au sujet des tunnels.

— Ah, merde. Je déteste quand tu dis ça.

— Moi non plus, je n'aime pas ça ! Mais j'ai ressenti là-bas une force sombre, la même qu'ici.

— Neferet.

— J'en ai bien peur. Je pense que l'influence des nonnes la repoussera. Sans compter que, d'après sœur Marie Angela, il y a un lieu de pouvoir à l'abbaye. C'est pour ça qu'elle n'était pas très étonnée lorsqu'elle a découvert que je maîtrisais les éléments. Elle a appelé cet endroit la grotte de Marie.

Plus je parlais, plus je sentais que j'étais sur la bonne piste.

— Nous essaierons d'utiliser ce pouvoir, comme nous l'avons fait près du mur est. À défaut d'autre chose, il m'aidera à nous dissimuler plus longtemps.

— La grotte de Marie ? Ça sonne plus comme le nom d'un trésor sous-marin que celui d'un site à Tulsa. En plus, n'oublie pas que le mur est a servi plein de desseins maléfiques ! Et que fais-tu de Lucie et de ses anomalies de la nature ? Et de tes petits copains ?

— Ils nous attendront là-bas. Enfin, je croise les

doigts. Les Corbeaux Moqueurs surveillent la gare. Si Lucie n'arrive pas à les semer, j'ai peur qu'ils ne l'enlèvent.

— Pour avoir passé deux jours là-bas, je peux t'assurer qu'elle a de la ressource, et pas forcément dans le bon sens du terme.

Elle se tut et se tortilla sur son siège.

— Quoi ?

— Tu me promets de me croire ?

— Oui. Vas-y !

— Eh bien, parler de ta meilleure amie la péquenaude et de ses tours de passe-passe m'a rappelé un truc dont je me suis rendu compte après que nous avons... Tu sais quoi.

— Imprimé ? suggérai-je en m'efforçant – sans succès – de ne pas sourire.

— Ce n'est pas drôle ! C'est même très gênant. Bref, tu te souviens quand tu l'interrogeais sur l'étendue des tunnels ?

Je rejouai la scène dans mon esprit, et mon ventre se noua ; Lucie avait paru tellement mal à l'aise quand je l'avais questionnée sur les autres novices rouges !

— Oui, je me souviens, dis-je, me préparant au pire.

— Elle t'a menti.

— À quel sujet, précisément ?

— Alors, tu me crois ?

— Hélas, oui. Tu as imprimé avec elle. D'une certaine manière, tu es plus proche d'elle que n'importe qui d'autre. C'est ce que m'a appris mon Empreinte avec Heath.

— Hé, tout doux ! Je n'ai pas envie de faire des cochonneries avec Lucie !

— Je ne parle pas de ça, imbécile. Il y a différentes sortes d'Empreintes. Si mon lien avec Heath est très physique, c'est parce qu'il m'attire depuis de nombreuses années. Lucie ne t'a jamais attirée, si ?

— Sûrement pas ! répondit Aphrodite sèchement.

— Bon. Vous possédez toutes les deux des pouvoirs parapsychologiques. Quoi de plus logique que votre lien soit mental ?

— Je suis contente que tu saisisses la nuance. J'ai donc su qu'elle te mentait quand elle a prétendu qu'elle nous avait présenté tous les novices rouges. Il y en a d'autres, et elle est en contact avec eux.

— Tu en es absolument certaine ?

— Sûre et certaine.

— Voilà qui pourrait expliquer le malaise qui m'a envahie là-bas…, dis-je, attristée que ma meilleure amie se sente obligée de me mentir. Mais ça devra attendre, je n'ai pas le temps de me prendre la tête avec cette histoire.

— Ça ne m'amuse pas d'être porteuse de mauvaises nouvelles, mais Lucie a plus de secrets que Paris Hilton de sacs à main. Enfin, regardons le bon côté des choses : je parie que toute la bande va réussir à déjouer les plans des hommes-oiseaux.

— Espérons-le, soufflai-je en froissant ma serviette.

— Hé, ne te laisse pas abattre. Oui, Lucie ne te dit pas tout, mais je peux t'assurer qu'elle tient beaucoup à toi. Elle a choisi le bien, même si c'est parfois dur pour elle !

— Je sais. Ce n'est pas comme si je n'avais jamais rien caché à mes amis… Elle doit avoir une bonne raison.

— Donc, ce n'est pas qu'à cause de Lucie que tu tires une tronche de trois kilomètres de long… Oh, je vois. Encore un problème avec un mec. Ou devrais-je dire, encore un problème avec *des* mecs ?

— Le pluriel s'impose, en effet, marmonnai-je.

— Tu sais qu'entre Erik et moi c'est fini. Tu peux me parler, si tu en as besoin.

Si bizarre que cela puisse paraître, c'était vrai : je pouvais lui parler.

— Je ne suis pas sûre de vouloir rester avec Erik.

Ses yeux s'agrandirent légèrement, mais son ton resta nonchalant.

— Il te met la pression niveau sexe ?

— Oui. Non. Un peu. Mais ce n'est pas tout. Était-il parfois possessif et hyper jaloux avec toi ?

Elle retroussa les lèvres en un sourire sarcastique.

— Il a essayé, mais je ne tolère pas ce genre d'attitude. Toi non plus, tu n'as pas à le tolérer, Zoey.

— Je sais, et ce n'est pas le cas. J'en aurai, des problèmes à régler, quand ce bazar sera terminé...

— C'est le moins qu'on puisse dire.

— Bon, concentrons-nous sur l'essentiel. Préviens Darius qu'il doit se préparer au pire ce soir. Kalona ne va pas apprécier notre évasion.

— Non, d'après Darius, Kalona ne va pas apprécier *ton* évasion. Il en pince vraiment pour toi, ce monstre.

— Oui. J'aimerais bien qu'il passe à autre chose.

— Au fait, tu as réfléchi au premier texte que t'a donné Kramisha avant notre départ ? Celui qui semblait donner une formule pour se débarrasser de lui ?

— Si c'est une formule, je ne l'ai pas encore déchiffrée.

Je ne voulais pas lui avouer que je l'avais plutôt négligée, ne pensant qu'au second poème, et à la possibilité que Stark retrouve son humanité. Et si Stark faisait exprès de détourner mon attention ? S'il jouait un rôle, quand nous n'étions que tous les deux, pour que j'oublie ce qui comptait vraiment, notre évasion ?

— Bon, je vois que tu en as gros sur la patate, conclut Aphrodite. À mon avis, on peut résumer tes problèmes en deux mots.

Je croisai son regard.

— Les garçons, lâchâmes-nous en chœur.

— Si ce n'était que ça, on pourrait s'estimer heureuses, soupira-t-elle.

Elle poussa un petit gloussement hystérique, puis retrouva son sérieux.

— J'espère que tu ne penses plus à ce Stark.

Je haussai les épaules et enfournai une quantité gargantuesque de spaghettis.

— Écoute, Zoey, je me suis renseignée ! Ce type est franchement glauque. Oublie-le.

Je m'appliquai à mâcher sous son regard inquisiteur.

— Le poème ne parlait peut-être même pas de lui, insista-t-elle.

— Je sais.

— Vraiment… ? Pour l'instant, il faut que tu nous sortes de là et que tu fasses disparaître Kalona, ou du moins que tu le chasses. Ce doit être ta seule priorité. Tu t'inquiéteras de Stark, d'Erik, de Heath et même de Lucie plus tard.

— Oui, *je sais*.

— Ouais, c'est ça. Je n'ai pas oublié dans quel état tu étais quand Stark est mort ! Mais celui qui se pavane ici en se prenant pour le roi, qui manipule les filles et les largue après les avoir bousillées, corps *et* âme, n'est pas celui qui t'a tant émue.

— Et si c'était bien lui, au contraire ? S'il avait seulement besoin de se transformer, comme Lucie ?

— Ah, tu crois ? Eh bien, je peux te promettre que je ne vais pas céder une autre once de mon humanité pour l'aider ! Bon sang, Zoey, reprends-toi ! Même Erik est plus fréquentable que lui ! Tu m'entends ?

— Oui, oui ! Maintenant, j'oublie les mecs.

— J'aime mieux ça. Et ta meilleure amie aussi.

— D'accord.

Nous reprîmes notre repas. J'étais sincère. Je voulais réellement laisser mes problèmes personnels de côté. Du moins, c'est ce que je me disais…

CHAPITRE VINGT-SEPT

Je pensais que le cours de théâtre passerait tout seul : l'un des professeurs vendus aux envahisseurs remplacerait Erik, comme lui-même avait remplacé le professeur Nolan après sa mort, et je n'aurais qu'à attendre que ça se termine.

Je m'assis derrière Becca, avec une étrange impression de déjà-vu. Je me souvins du jour où Erik, furieux, m'avait appelée sur l'estrade pour m'humilier.

— Non, il n'était pas avec moi ! Pourtant j'aurais aimé…

Les exclamations agaçantes de Becca détournèrent mon attention de mes griefs contre Erik. Tout excitée, elle papotait avec la fille installée à côté d'elle, Cassie, une troisième année que je connaissais vaguement parce qu'elle était arrivée vingt-cinquième au concours annuel de monologues de Shakespeare, remporté par Erik, et parce que tous les théâtreux avaient tendance à traîner ensemble. Aujourd'hui, cependant, on aurait plutôt dit une dinde insupportable qu'une héroïne shakespearienne.

— Il n'était pas avec moi non plus, mais je peux t'assurer que, depuis qu'il m'a mordue, je meurs d'envie de lui montrer ce dont je suis capable, s'esclaffa-t-elle.

— De qui vous parlez ? demandai-je, même si je connaissais déjà la réponse.

— De Stark, bien sûr, dit Becca, confirmant mes soupçons. C'est juste le mec le plus sexy de la Maison de la Nuit. Enfin, hormis Kalona.

— CED, tous les deux, ajouta Cassie.

— CED ?

— Canon En Diable, m'expliqua Becca.

J'aurais dû en rester là : à quoi bon discuter avec des filles ayant subi un lavage de cerveau ? Pourtant je ne pus m'empêcher de m'en mêler, en grande partie, je l'admets, à cause d'un sentiment de jalousie totalement déplacé.

— Euh, excuse-moi, Becca, mais je crois me souvenir que, si Darius et moi ne t'avions pas sauvée, tu te serais fait violer par « le mec le plus canon de l'école ». Tu la ramenais moins à ce moment-là.

Choquée, elle ouvrit, puis ferma la bouche comme un poisson rouge.

— Tu es jalouse, c'est tout, rétorqua Cassie avec une expression de garce fielleuse. Erik est parti. Loren Blake est mort. Tu ne tiens plus en laisse les deux mecs les plus sexy de l'école.

Je rougis. Neferet avait-elle raconté à tout le monde mon histoire avec Loren ? Becca me dévisageait avec une haine profonde.

— Ouais, tu peux te donner de grands airs avec tes pouvoirs, mais tous les mecs ne sont pas à tes pieds pour autant ! Les autres filles aussi ont le droit d'avoir leur chance de temps en temps.

Je me retins de l'envoyer promener.

— Becca, tu n'as pas les idées claires. Hier soir, quand Darius et moi sommes intervenus, Stark buvait ton sang de force, et il s'apprêtait à abuser de toi.

— Ce n'est pas le souvenir que j'en garde. Ça me plaisait, et je suis sûre que la suite aurait été encore mieux. Tu as gâché un bon moment en te mêlant de ce qui ne te regardait pas !

— Tu en gardes ce souvenir parce que Stark a manipulé ton esprit !

Elles éclatèrent de rire, et plusieurs têtes se tournèrent vers nous.

— Bien sûr ! railla Cassie. Laisse-moi deviner : Kalona aussi manipule notre esprit, et c'est pour ça que nous le trouvons tellement canon ?

— Non mais, je rêve ! Vous ne vous rendez pas compte que rien n'est plus pareil depuis qu'il est sorti de terre ?

— Et alors ? Il est l'incarnation du Consort de Nyx. C'est normal que son arrivée fasse changer les choses.

— Et justement, la terre dont il vient est l'un des éléments de Nyx, enchérit Becca. Comme si tu ne le savais pas !

J'allais leur expliquer qu'il s'était *échappé* de la terre quand il apparut sur le seuil.

Toutes les filles de la classe poussèrent un soupir. Sincèrement, je dus serrer les dents pour ne pas les imiter. Il était trop beau ! Il portait un pantalon noir et une chemise à manches courtes, déboutonnée, qui découvrait à chacun de ses mouvements sa splendide poitrine bronzée en plaquette de chocolat. Deux trous y avaient été découpés pour laisser sortir ses ailes, sagement repliées dans son dos. Ses longs cheveux noirs, tombant sur ses épaules, lui donnaient, malgré ses vêtements modernes, l'apparence d'un dieu antique.

J'aurais bien aimé demander à Becca et à Cassie quel âge elles lui donnaient car, pour moi, il était toujours un homme au printemps de sa vie, et non pas un vieux de mille ans au moins, mystérieux, hors d'atteinte.

« Non, mais écoute-toi ! m'ordonnai-je. Dans deux secondes, tu tiendras le même discours que ces écervelées de Becca, Cassie et toutes les autres. Réfléchis un peu ! C'est ton ennemi. »

— J'ai résolu de diriger cette classe, déclara Kalona, puisqu'il semble que vous soyez très durs avec vos professeurs.

Les élèves rirent avec chaleur et bienveillance. Je levai la main. Il écarquilla légèrement les yeux, surpris, puis il sourit.

— Comme c'est charmant ! La première question nous vient de la plus extraordinaire de toutes les novices. Oui, Zoey, en quoi puis-je t'éclairer ?

— Je me demandais si votre présence signifiait qu'Erik Night serait absent pour une longue période ?

Je n'avais pas prévu de lui poser cette question, mais mon instinct ne m'avait pas laissé le choix. Je savais que je prenais un risque en le provoquant ainsi, même si j'ignorais pourquoi ; j'espérais toutefois le faire d'une manière suffisamment adroite pour que sa fureur n'explose pas.

Il ne sembla pas désarçonné le moins du monde. Il me fit son sourire le plus charmeur.

— Au contraire, je crois qu'il reviendra à la Maison de la Nuit bien plus tôt que certains pourraient le croire. Hélas, je crains qu'il ne sera pas en état de reprendre son activité de professeur, ni n'importe quelle autre d'ailleurs.

Je sentis que les filles me fusillaient du regard, envieuses. Elles n'avaient rien compris ! Il venait de menacer ouvertement Erik, laissant entendre que, lorsqu'il reviendrait, ce serait dans une housse mortuaire. Tout ce qu'elles avaient retenu, subjuguées par le son de sa voix, c'était qu'il m'avait accordé son attention, à moi seule.

— Maintenant, ma douce Zoey ou, comme je préfère t'appeler, mon A-ya, je t'accorde le privilège de choisir la première œuvre que nous étudierons ensemble. Réfléchis bien ! Tes camarades devront respecter ton choix et, quel qu'il soit, je jouerai le rôle principal.

Il se dirigea à grandes enjambées vers moi. J'étais assise au deuxième rang, derrière Becca, et je jure que je la vis trembler du simple fait de sa proximité.

— Peut-être te donnerai-je un rôle dans notre pièce.

Je le regardai fixement. Mon cœur battait avec une telle violence que je craignais qu'il ne l'entende. C'était dur pour moi, d'être aussi proche de lui, comme dans mes rêves. Les volutes froides émanant de son corps s'entortillaient autour de moi... Je frissonnai au souvenir du contact de ses ailes noir d'ébène...

« Il va faire du mal à Erik ! »

Je me raccrochai à cette pensée. Peu importait que mon histoire avec Erik soit compliquée : il n'était pas question qu'il lui arrive quelque chose.

— Je connais la pièce idéale, annonçai-je, fière de la fermeté de ma voix.

Son visage s'illumina d'une une joie sensuelle.

— Tu m'intrigues ! De quoi s'agit-il ?

— De *Médée*, une tragédie grecque antique, qui se déroule à une époque où les dieux vivaient encore sur terre. Elle évoque les conséquences d'une *hybris* démesurée.

— Ah oui, l'*hybris*, répéta-t-il d'une voix neutre, mais le regard furieux. Il en est question quand un homme affiche une arrogance divine. Tu apprendras que cette notion ne s'applique qu'aux mortels, pas aux dieux.

— Alors, vous ne voulez pas la jouer ? demandai-je, faussement innocente.

— Au contraire, ce sera amusant. Je te permettrai peut-être d'incarner Médée elle-même.

Il détourna son regard de moi afin d'exercer son charisme sur le reste de la classe.

— Le cours s'arrête là, déclara-t-il. Étudiez cette pièce ; nous commencerons demain. Reposez-vous bien, mes enfants. J'ai hâte de tous vous revoir.

Sur ce, il sortit brusquement.

Un long silence suivit son départ.

— Bon, je vais essayer de trouver des exemplaires de *Médée*, dis-je avant de me diriger vers le fond de la classe.

Mais le bruit que je faisais en ouvrant et refermant les portes de placard et en fouillant dans les classeurs ne suffit pas à couvrir les chuchotements qui se mirent à pleuvoir autour de moi.

— Pourquoi fallait-il qu'il la remarque, elle ?

— Ce n'est pas juste !

— Si c'est encore Nyx qui est derrière ça, je commence à en avoir marre !

— Ouais, c'est nul. La déesse se fout bien de nous ! Il n'y en a que pour Zoey Redbird.

— Elle lui donne qui elle veut, sans rien laisser pour les autres.

Et ainsi de suite, avec de plus en plus de virulence. Même les garçons s'y mirent – apparemment, ils avaient accumulé une énorme dose de colère et de jalousie à l'égard de Kalona et, comme ils ne pouvaient s'en décharger sur lui, ils avaient décidé que je faisais un bouc émissaire idéal.

En tout cas, Kalona se servait de moi afin de détruire leur attachement à Nyx. Ils ne voyaient plus l'amour, la force et l'honneur de leur déesse, car Kalona les en empêchait, telle la lune qui éclipse le soleil.

Je trouvai le carton contenant les exemplaires de *Médée* et je le laissai tomber lourdement sur le bureau de Becca, qui me jeta un regard assassin.

— Tiens, fais passer.

Je sortis de la classe sans rien ajouter. Une fois dehors, je m'enfonçai dans l'ombre pour m'appuyer contre le mur gelé. Je tremblais. En une seule apparition, Kalona avait réussi à retourner tous mes camarades contre moi.

Maintenant, ils me détestaient. Plus grave : ils commençaient à détester Nyx.

— Je vais le chasser ! jurai-je. Quel qu'en soit le prix. Kalona quittera cette Maison de la Nuit.

Puis je me dirigeai vers l'écurie à petits pas : le sol était tellement glissant que je risquais de tomber à chaque instant. Avec ma chance légendaire, j'aurais bien réussi à me casser quelque chose.

Quelqu'un avait répandu un mélange de sable et de sel dans l'allée, sans que cela fasse beaucoup d'effet. Des vagues successives de pluie verglaçante avaient transformé le monde en un gâteau géant couronné d'un glaçage de cristal. C'était somptueux, d'une beauté onirique.

Cependant, j'étais inquiète : étant donné l'état du sol, nous n'arriverions jamais à sortir du campus à pied, et encore moins à parcourir la distance qui nous séparait de l'abbaye. Et je ne pouvais même pas dissimuler le Hummer ! Je faillis m'asseoir par terre et éclater en sanglots. Comment allais-je m'y prendre ?

Soudain, j'entendis un croassement railleur dans les branches de l'immense chêne qui poussait devant l'écurie. Mon premier réflexe fut de me précipiter à l'intérieur.

J'avais déjà accéléré le pas quand la colère me rattrapa. Je m'arrêtai.

— Feu, j'ai besoin de toi, chuchotai-je, projetant mes pensées vers le sud.

Quand je sentis l'élément près de moi, je levai les yeux sur le vieil arbre et vis l'image spectrale de Neferet accrochée aux premières branches. Son visage et ses yeux couleur rouille dégoulinaient de cruauté ; ses longs cheveux volaient en tous sens, comme s'ils étaient vivants, et sa peau, à moitié transparente, projetait une lueur surnaturelle.

Je me concentrai sur la seule certitude pouvant briser la peur qui me tétanisait : si son corps paraissait transparent, alors elle n'était pas vraiment là.

— Vous n'avez rien de mieux à faire que de m'espionner ? lançai-je en levant le menton.

« Toi et moi avons des affaires à régler. »

Ses lèvres n'avaient pas bougé, mais sa voix sinistre retentit autour de moi.

J'imitai l'expression hautaine d'Aphrodite.

— Eh bien, moi, si. Je n'ai pas de temps à perdre avec vous.

« Une fois de plus, je vais devoir t'apprendre à respecter tes aînés. »

Elle ricana, et sa grande bouche charnue s'étira, s'étira... Puis, avec un bruit répugnant de régurgitation, son image éclata en une multitude d'araignées grouillantes.

J'allais lâcher un cri strident lorsque je perçus un battement d'ailes. Un Corbeau Moqueur se posa sur la fourche de l'arbre. Je m'attendais qu'il soit enseveli sous les horribles bestioles : non, elles miroitèrent et s'évaporèrent dans la nuit.

— Zzzzoey, siffla la créature. Tu ssssens l'été.

Apparemment, celui-ci venait du bas de l'échelle, et il avait bien plus de mal à parler que Rephaïm. Il ouvrit son bec crochu et sa langue en jaillit, comme pour goûter mon odeur.

Là, c'en était trop. D'abord Neferet, et maintenant cet oiseau minable ? Et puis quoi encore !

— Je commence à en avoir ras-le-bol des monstruosités dans ton genre, de ton papa et de Neferet ! Non mais, vous vous prenez pour qui ?

— Père dit, « trouve Zzzzoey », je trouve Zzzzoey. Père dit, « ssssurveille Zoey », je ssssurveille Zoey.

— Non, non, non ! Si j'avais envie de me faire pister par un père de pacotille, j'appellerais le mari de ma mère. Je n'ai qu'une chose à te dire : lâche-moi la grappe, espèce d'attraction de foire !

Sur ce, je lançai le Feu sur lui. Il poussa un cri strident et s'envola, battant des ailes de manière désordonnée et laissant dans son sillage une odeur de plumes roussies.

— Tu sais, ce n'est pas très malin de se les mettre à dos ! dit une voix derrière moi. En temps normal, ils sont déjà pénibles ; quand tu les ébouriffes, il devient impossible de s'entendre avec eux.

Je me retournai d'un bloc : dans l'embrasure de la porte se tenait Stark.

CHAPITRE VINGT-HUIT

— Tu vois, c'est l'une des différences entre toi et moi, répliquai-je, furieuse. Je n'ai aucune envie de m'entendre avec eux. Alors, si je les énerve, je m'en fiche. Et tu sais quoi ? Je ne veux plus rien entendre à ce sujet. Au fait, tu as vu ça ?

— Quoi ? Le Corbeau Moqueur ?

— Non, les araignées.

Il parut surpris.

— Il y avait des araignées dans l'arbre ? Des vraies ?

— Ces derniers temps, j'ai du mal à distinguer ce qui est réel de ce qui ne l'est pas.

— En tout cas, je t'ai vu lancer une boule de feu aussi facilement qu'un ballon de plage. Tu n'avais pas l'air commode !

Son regard se posa sur mes mains tremblantes, et je me rendis compte qu'elles rougeoyaient toujours. J'inspirai à fond pour me calmer.

— Merci, Feu. Tu peux partir maintenant. Oh, attends. D'abord, fais fondre cette glace, s'il te plaît.

Je pointai les doigts sur les quelques mètres qui me séparaient de l'écurie. Alors, comme un joli petit lance-flammes, ils projetèrent des langues de feu, qui léchèrent joyeusement l'épaisse couche de glace, la réduisant à une espèce de bouillie brunâtre.

— Merci ! m'écriai-je quand elles s'éteignirent.

Je passai devant Stark, qui me dévisageait, bouche bée.

— Quoi ? J'en ai marre de risquer de me casser la figure à chaque pas !

— Tu es un sacré numéro, tu le sais ?

Il me fit ce sourire craquant dont il avait le secret et, sans crier gare, me prit dans ses bras et m'embrassa. Ce n'était pas un baiser de propriétaire, comme ceux d'Erik, mais plutôt un point d'interrogation, auquel je répondis par un franc point d'exclamation.

Évidemment, j'aurais dû le repousser. J'aurais bien aimé me justifier en disant que ses bras m'apparaissaient comme la seule échappatoire à ma peur et à ma nervosité.

La vérité était moins avouable. Je l'embrassai pour la seule et unique raison que j'en avais envie. Il me plaisait. Il me plaisait vraiment, vraiment beaucoup. Pourtant, je ne savais pas quelle place je pourrais lui donner dans ma vie, surtout si j'avais honte d'admettre mes sentiments en public. J'imaginais le scandale que ça causerait parmi mes amis. Sans parler de toutes les filles qu'il avait mordues, et de ce que j'ignorais encore...

Cette pensée me fit l'effet d'une douche froide, et je réussis à me détacher de lui. Je me précipitai dans le complexe sportif en regardant autour de moi d'un air coupable, affolée à l'idée que quelqu'un nous ait vus. Par chance, nous étions seuls.

Stark sur les talons, je me réfugiai dans la petite salle où l'on rangeait les arcs, les flèches, les cibles et le reste du matériel sportif utilisé dans le complexe, puis je fermai la porte et je me plantai à quelques pas de lui.

— Non. Tu ne bouges pas, dis-je quand il fit mine de s'approcher, un sourire aux lèvres. Il faut qu'on parle, et on ne va pas y arriver si tu ne te tiens pas à distance.

— Parce que tu ne peux pas me résister ?

— Oh, je t'en prie ! Je n'ai aucun mal à te résister, je ne suis pas une de tes admiratrices inconditionnelles.

— Mes admiratrices ?

— Oui, les nanas que tu mords et dont tu laves si bien le cerveau qu'elles n'ont plus qu'une chose à la bouche : « Stark, oh Stark ! Il est tellement canon ! » J'en ai plus que marre ! Au passage, si tu essaies un jour avec moi, j'appelle les éléments et, à nous six, on se fera un plaisir de t'apprendre les bonnes manières, tu peux me croire.

— Je n'essaierais jamais de te faire ça, mais ça ne veut pas dire que je n'aimerais pas goûter ton sang ; au contraire.

Il avait repris sa voix charmeuse et fait un pas vers moi.

— Non ! Je suis sérieuse. Reste où tu es !

— D'accord ! D'accord ! Qu'est-ce qui t'a fichu de mauvais poil comme ça ?

Je plissai les yeux.

— Je ne suis pas de mauvais poil ! Je ne sais pas si tu as remarqué, mais cet endroit est sur le point de sombrer dans le chaos, poussé par un démon et Neferet. Mes amis sont en danger, et moi aussi. Et, pour couronner le tout, voilà que je craque pour un type qui s'est tapé la moitié du campus !

— Tu es en train de tomber amoureuse de moi ?

— Oui ! Génial, non ? J'ai déjà un petit ami vampire *et* un petit ami humain, avec lequel j'ai imprimé. Comme dirait ma grand-mère, mon carnet de bal est complet.

— Je peux m'occuper du vampire, proposa-t-il en caressant machinalement l'arc attaché dans son dos.

— Non, tu ne vas pas t'occuper de lui ! hurlai-je. Mets-toi bien ça dans le crâne : cet arc n'est pas la solution magique à tous tes problèmes. Tu ne dois jamais, jamais l'utiliser contre quelqu'un, humain ou vampire. Autrefois, tu le savais.

Son visage se ferma.

— Tu sais ce qui m'est arrivé. Je ne vais pas m'excuser de ce qui est désormais ma nature.

— Ta nature ? Tu parles de ta nature de gamin borné, ou de celle de tombeur à deux balles ?

— Je parle de moi ! s'emporta-t-il en tapant sa poitrine du poing. De ce que je suis maintenant.

— Tu ferais bien de m'écouter une bonne fois pour toutes, parce que je ne le répéterai pas. Reviens sur terre ! Nous avons tous un côté sombre en nous, et nous avons à faire un choix : soit lui céder, soit le combattre.

— Ce n'est pas pareil quand…

— Ce n'est pareil pour personne ! Certains n'ont qu'à choisir entre dormir et rater la première heure de cours, ou se bouger les fesses et aller à l'école. Pour d'autres, c'est plus dur : aller en cure de désintoxication et rester *clean*, ou laisser tomber et s'enfoncer. Pour toi, c'est encore pire – tu peux te battre pour ton humanité ou devenir un monstre. Mais, dans tous les cas, c'est un choix.

Nous nous affrontâmes du regard. Je ne savais pas quoi ajouter. Je ne pouvais pas prendre cette décision à sa place, pas plus, je le comprenais maintenant, que je ne pouvais continuer à le voir en cachette. S'il ne décidait pas de devenir le genre de garçon avec lequel je serais fière de m'afficher en public, le numéro qu'il me servait en privé ne m'intéressait pas. Et ça, il fallait qu'il le sache.

— Ce qui est arrivé hier soir n'arrivera plus. Pas comme ça.

Je m'étais vidée de toute ma colère ; ma voix s'était apaisée. Il n'y avait plus que l'écho triste de mes mots dans la petite pièce silencieuse.

— Comment peux-tu me dire ça après ce que tu viens de m'avouer ?

— Stark, j'essaie de t'expliquer que je préfère ne pas être avec toi que de devoir cacher notre relation.

— À cause de ce vampire, ton petit copain ?

— Non, à cause de toi. Je tiens à Erik. La dernière chose dont j'ai envie, c'est de lui faire du mal, mais ce serait stupide de rester avec lui, alors que je pense à toi, ou à qui que ce soit d'autre, par exemple à l'humain avec lequel j'ai imprimé. Ce que tu dois comprendre, c'est qu'Erik ne m'empêcherait pas d'être avec toi.

— Tu as vraiment des sentiments pour moi, hein ?

— Oui, mais je te jure que je ne sortirai pas avec toi si j'ai honte devant mes amis, si tu es horrible avec les autres et gentil avec moi seulement. Je vois bien qu'il y a encore du bon en toi, mais, si tu ne te bats pas, l'obscurité finira par avoir le dessus, et je ne veux pas assister à ça.

Il détourna les yeux.

— Je m'en doutais, mais je ne pensais pas que ça me ferait autant souffrir de l'entendre. Je ne sais pas si j'arriverais à faire le bon choix. Quand tu es là, j'ai l'impression que oui. Tu es tellement forte, tellement bonne.

— Pas si bonne que ça. J'ai commis de grosses erreurs. Et, hélas, ce n'étaient sûrement pas les dernières. C'est toi qui as été fort hier soir, pas moi.

— Si, tu es bonne, insista-t-il en plongeant son regard

dans le mien. Je le sens. Dans ton cœur, là où ça compte vraiment.

— Je l'espère ; j'essaie, en tout cas.

— Alors, rends-moi ce service, s'il te plaît.

Il s'approcha de moi. Il ne me toucha pas, mais ne détacha pas son regard du mien. Il mit un genou à terre et posa le poing sur son cœur.

— Qu'est-ce que tu fais ?

— Je me mets à ton service. Tu ne t'es pas encore transformée, mais même les Fils d'Érebus t'appellent prêtresse. Or, depuis des millénaires, les combattants se donnent corps, cœur et âme à leur grande prêtresse et jurent de la protéger. J'ai beau n'être qu'un novice, je pense avoir fait mes preuves en tant que guerrier.

— Moi aussi, je ne suis qu'une novice, alors nous en sommes au même point, dis-je d'une voix tremblante, émue.

— Acceptez-vous mon serment, ma Dame ?

— Stark, as-tu vraiment conscience de ce que tu me proposes ?

Ce serment, qui liait souvent pour la vie, était encore plus difficile à briser qu'une Empreinte.

— Oui. Je choisis mon humanité. Alors, l'acceptes-tu ?

— Oui, Stark, je l'accepte. Et, au nom de Nyx, je te fais serviteur de la déesse et de moi-même, car me servir, c'est la servir.

L'air se mit à miroiter, et il y eut un éclair de lumière. Stark poussa un cri et se recroquevilla sur lui-même avant de tomber à mes pieds en gémissant.

Je m'agenouillai à côté de lui et le tirai par les épaules.

— Stark ! Que se passe-t-il ? Es-tu... ?

Il me regarda. Des larmes de joie coulaient sur son

visage radieux. Soudain, je compris. Son croissant de lune s'était rempli, et deux flèches décorées de symboles écarlates complexes flamboyaient sur sa peau blanche.

— Oh, Stark !

J'effleurai le tatouage qui faisait de lui, pour toujours, un vampire adulte – le second vampire rouge de l'histoire.

— C'est magnifique ! soufflai-je.

— Je me suis transformé, n'est-ce pas ?

Je hochai la tête, bouleversée. Je me retrouvai dans ses bras, à l'embrasser, et nous rîmes et pleurâmes ensemble.

La sonnerie de la fin des cours nous fit sursauter. Il m'aida à me relever et, toujours souriant, essuya mes joues et les siennes. Je descendis de mon petit nuage en prenant la mesure de toutes les répercussions qu'allait entraîner cette incroyable Transformation.

— Stark, lorsqu'un novice se transforme, il doit se soumettre à une sorte de rituel.

— Tu sais de quoi il s'agit ?

— Non, seuls les vampires sont au courant. Va voir Dragon Lankford, lui conseillai-je, prise d'une inspiration subite.

— Le maître d'armes ?

— Oui. Il est de notre côté. Dis-lui que c'est moi qui t'envoie, et que tu m'as prêté serment. Il saura quoi faire.

— D'accord.

— Mais personne ne doit se douter de ce qui t'est arrivé avant que tu ne trouves Dragon.

Je dénichai une casquette, que j'enfonçai sur son crâne, puis j'enroulai une serviette autour de son cou.

— Voilà, abaisse la visière. Tu devrais passer inaperçu, surtout par ce temps épouvantable.

— Et toi, que vas-tu faire ?

— Je vais organiser notre évasion. Dragon et sa femme

sont dans le coup, tout comme Lenobia, le professeur d'équitation ; enfin, je crois. Alors, reviens dès que tu peux.

— Zoey, ne m'attends pas. Fiche le camp d'ici, pars aussi loin que possible.

— Et toi ?

— Je vais et viens à mon gré. Je te trouverai, ne t'inquiète pas. Mon corps ne sera pas tout le temps avec toi, mais tu possèdes mon cœur pour toujours. Je suis ton combattant, ne l'oublie pas.

Je lui touchai la joue en souriant.

— Je ne l'oublierai jamais, promis. Je suis ta grande prêtresse, j'ai accepté ton serment, alors, toi aussi, tu possèdes mon cœur.

— On a intérêt à faire attention, tous les deux. Ce n'est pas évident, de se passer de son cœur... Je sais de quoi je parle, j'ai essayé.

— Mais c'est terminé maintenant.

— Oui, c'est terminé.

Il m'embrassa avec une telle douceur que j'en eus le souffle coupé. Puis il fit un pas en arrière, serra le poing sur son cœur et s'inclina solennellement.

— On se reverra vite, ma Dame.

— Sois prudent.

— Compte sur moi.

Sur ce, il m'adressa un sourire effronté et disparut. Je fermai les yeux, posai à mon tour le poing sur le cœur et baissai la tête.

— Nyx, je lui disais la vérité. Il possède mon cœur. Je ne sais pas où ça va me mener, mais je vous demande de veiller sur mon combattant et je vous remercie de lui avoir donné le courage de prendre la bonne décision.

La déesse ne m'apparut pas. Néanmoins j'eus la

certitude que j'avais été entendue, et je n'en demandais pas plus. « Protégez-le... Renforcez-le..., la suppliai-je. Oh, et si vous pouvez me donner une petite indication de ce que je dois faire, je suis preneuse. »

CHAPITRE VINGT-NEUF

Quand je déboulai dans l'écurie, très en retard, Lenobia me jeta un regard sévère.

— Zoey, tu as un box à nettoyer.

Elle me lança une fourche et désigna la stelle de Perséphone.

Marmonnant des excuses et des : « Oui, m'dame, tout de suite, m'dame », je me hâtai de retrouver la jument qui m'avait été confiée pour la durée de mes études à la Maison de la Nuit.

Elle hennit doucement à ma vue ; je lui caressai la tête et embrassai son chanfrein en lui disant qu'elle était la plus belle, la plus intelligente, la meilleure jument de tout l'univers. Elle me lécha la joue et me souffla à la figure, visiblement d'accord avec moi.

— Elle t'aime, tu sais. Elle me l'a dit.

Je me retournai, surprise. Lenobia était appuyée contre le mur, à l'entrée du box. Une fois de plus, je fus époustouflée par sa beauté exceptionnelle.

L'expression « une main de fer dans un gant de velours » lui convenait à merveille. Ses cheveux blonds très clairs et ses yeux gris ardoise étaient ses traits les plus frappants, avec les chevaux au galop de son tatouage. Vêtue comme à son habitude d'une chemise blanche impeccable, arborant l'insigne de la déesse, et d'un pantalon d'équitation brun clair rentré dans des bottes en cuir, elle semblait tout droit sortie d'une pub pour Calvin Klein.

— Vous pouvez vraiment leur parler ?

Je m'en étais toujours douté, mais elle n'avait jamais abordé la question d'une façon aussi directe.

— Pas avec des mots. Les chevaux communiquent par le biais de sentiments. Ce sont des créatures passionnées et loyales. Le monde entier tiendrait dans leur cœur.

— C'est ce que je pense, moi aussi, dis-je, embrassant délicatement Perséphone sur le front.

— Zoey, il faut tuer Kalona.

Cette déclaration brutale me fit tressaillir. Je regardai autour de moi, terrifiée à l'idée que des Corbeaux Moqueurs aient pu nous entendre.

Lenobia secoua la tête et chassa mes craintes d'un geste de la main.

— Les chevaux ont autant de mépris pour les Corbeaux Moqueurs que les chats ; sauf que s'attirer la haine d'un cheval comporte plus de danger. Aucun de ces oiseaux abominables n'osera entrer dans mon écurie.

— Et les autres novices ?

— Ils s'occupent des pauvres bêtes enfermées depuis des jours à cause de la tempête. Je répète donc : il faut tuer Kalona.

— C'est impossible, dis-je sans cacher ma frustration. Il est immortel.

Elle secoua sa longue chevelure et se mit à faire les cent pas.

— Nous devons alors le mettre hors d'état de nuire. À cause de lui, les nôtres s'éloignent de Nyx.

— Je sais. Une seule journée ici m'a suffi à mesurer l'étendue des dégâts. Neferet est dans le coup, elle aussi.

Je retins mon souffle : Lenobia était-elle restée aveuglément fidèle à sa prêtresse, ou voyait-elle la vérité ?

— Neferet est la pire de tous, lâcha-t-elle avec amertume. Elle a trahi Nyx, elle qui, plus que quiconque, devrait la vénérer.

— Elle n'est plus la même. Elle s'est tournée vers le mal.

— Oui, c'est ce que certains d'entre nous redoutaient depuis un moment. J'ai honte d'admettre que nous avons préféré l'ignorer plutôt que de la confronter à ses actes quand elle a commencé à nous inquiéter. Je considère qu'elle n'est plus au service de Nyx, et je compte prêter allégeance à une nouvelle grande prêtresse.

Elle me regarda d'un air entendu.

— Pas moi ! m'écriai-je. Je ne me suis même pas transformée !

— Tu as été marquée et choisie par notre déesse. Je n'en demande pas plus. Dragon et Anastasia non plus.

— Et les autres professeurs ?

Une profonde tristesse se peignit sur son visage.

— Ils sont tous obnubilés par Kalona.

— Pourquoi pas vous ?

Elle mit du temps à répondre.

— Difficile à dire... J'en ai parlé brièvement avec Dragon et Anastasia. Il nous attire, oui, mais une partie de nous, immunisée contre son charme, nous permet de le voir tel qu'il est en réalité, destructeur et maléfique. Ce dont nous sommes certains, en revanche, c'est que tu dois trouver un moyen de le vaincre, Zoey.

Je me sentis soudain très vulnérable. J'avais envie d'agiter les bras en l'air et de protester avec véhémence :

« Je n'ai que dix-sept ans ! Je suis bien trop jeune ! Comment pourrais-je sauver le monde ? Je ne sais même pas faire un créneau ! »

Alors, une brise sucrée à l'odeur de pâturage, réchauffée par le soleil et humide comme la rosée, caressa mon visage, et je repris espoir.

— Tu n'es pas une simple novice, affirma Lenobia d'un ton apaisant, qui me rappela celui de Nyx. Regarde tout au fond de toi, mon enfant, et sache que cette voix minuscule qui guide tes pas guidera aussi les nôtres.

J'écarquillai les yeux : comment avais-je pu oublier ?

— Le poème ! m'exclamai-je en attrapant mon sac à main. L'une des novices rouges écrit des poèmes prophétiques. Elle m'en a donné un qui parle de Kalona.

Lenobia m'observait avec curiosité.

— Le voilà ! Oui... oui... c'est ça. Il explique comment faire fuir Kalona. Le seul problème, c'est qu'il est rédigé dans une sorte de code poétique...

— Montre-le-moi. Peut-être réussirai-je à t'aider à le déchiffrer.

Je lui tendis le papier, qu'elle lut à voix haute.

Ce qui autrefois l'emprisonnait
Va maintenant le faire fuir
Lieu de pouvoir – réunion des cinq

Nuit
Esprit
Sang
Humanité
Terre

Alliés non pour conquérir
Mais pour bannir
La Nuit mène à l'Esprit
Le Sang lie l'Humanité
Et la Terre complète.

— Quand Kalona est sorti de terre, il ne renaissait pas, comme Neferet a voulu nous le faire croire ? demanda-t-elle à la fin.

— Non. Il y avait été emprisonné pendant plus de mille ans.

— Par qui ?

— Les ancêtres de ma grand-mère, des Cherokees.

— Ce poème semble indiquer que, cette fois, on ne pourra pas le neutraliser, mais le faire fuir. Je saurais m'en contenter. Nous devons nous débarrasser de lui avant qu'il ne sape définitivement notre relation avec Nyx. Comment s'y étaient-ils pris pour le garder en terre ?

— Je ne connais pas tous les détails, m'écriai-je, désemparée.

J'aurais tant voulu que Grand-mère soit là pour me guider !

— Calme-toi, dit-elle en me touchant le bras comme si j'étais une pouliche affolée. Attends, j'ai une idée.

Elle sortit du box et revint quelques minutes plus tard avec une étrille douce et une balle de paille. Elle me passa l'étrille, posa la balle contre le mur et s'y assit confortablement.

— Maintenant, brosse ta jument et réfléchis à voix haute. À nous trois, on finira bien par trouver une solution.

Je commençai par l'encolure brun-rouge de Perséphone.

— Bon. D'après Grand-mère, des Ghigua – des Femmes Sages issues de différentes tribus – se sont réunies pour créer une magnifique vierge de terre glaise destinée à attirer Kalona dans une grotte, où elles l'ont enfermé.

— Attends, tu dis que des femmes ont créé une jeune fille ?

— Oui, je sais que ça paraît dingue, mais je vous promets que c'est la vérité.

— Je ne remets pas en doute les propos de ta grand-mère. Je me demande juste combien elles étaient.

— Je ne sais pas. D'après Grand-mère, A-ya était un outil, que chacune d'elles avait doté d'un talent unique.

— A-ya ? C'est son nom ?

Je hochai la tête et cherchai son regard.

— Kalona m'appelle ainsi, murmurai-je.

Elle en eut le souffle coupé.

— Alors, tu es l'instrument par lequel il sera vaincu à nouveau !

— Oui, admis-je, m'adressant plus à Perséphone qu'à mon professeur. Enfin, on ne peut plus l'emprisonner, parce qu'il s'y attend. Je dois le chasser.

— Sauf que toi, tu n'es pas qu'un simple outil, dit-elle avec une assurance communicative. Tu as usé de ton libre arbitre pour choisir le bien.

— C'est quoi déjà, le passage du poème avec le nombre cinq ?

— « Lieu de pouvoir – réunion des cinq ». Ensuite, il les nomme : Nuit, Esprit, Sang, Humanité, Terre.

— Ce sont des personnes ! m'exclamai-je, tout excitée. Damien avait raison, c'est pour ça que ces mots prennent une majuscule. Cinq personnes, qui symbolisent chacune une notion. Je parie que si Grand-mère était là, elle nous confirmerait qu'il y avait cinq Ghigua.

— Est-ce que tu le sens dans ton âme, Zoey ? Est-ce la déesse qui te parle ?

— Oui !

— Le lieu de pouvoir doit être celui de la Maison de la Nuit.

— Non !

J'avais crié sans le vouloir, et ma jument s'ébroua nerveusement. Je lui flattai le flanc avant de reprendre d'une voix plus mesurée :

— Non, Kalona l'a souillée quand il s'est libéré, grâce à Neferet et au sang de Lucie. Lucie ! Je pensais qu'elle symbolisait la Terre, puisque c'est son élément, mais non : elle est le Sang !

— Très bien, dit Lenobia en souriant. Il ne t'en reste plus que quatre à identifier.

— Plus le site de pouvoir, grommelai-je.

— En effet. Ces lieux dégagent souvent une grande spiritualité. Ainsi, Avalon, l'île de la déesse, est liée par l'esprit à Glastonbury. Même les chrétiens en ont ressenti la force et y ont construit une abbaye.

— Quoi ? soufflai-je en contournant Perséphone pour me planter devant mon professeur. Qu'est-ce que vous venez de dire ?

— Avalon n'appartient pas véritablement à ce monde. Néanmoins, les chrétiens, sensibles à sa force spirituelle, y ont élevé une abbaye en l'honneur de Marie.

— Oui, Lenobia, c'est ça ! Génial ! Le lieu de pouvoir se trouve au croisement de la 21e rue et de Lewis : c'est l'abbaye des sœurs bénédictines.

J'avais envie de rire et de pleurer à la fois, tant j'étais soulagée. Le visage de Lenobia s'éclaira.

— Notre déesse est pleine de sagesse. Maintenant, tu n'as plus qu'à nommer les quatre autres, puis à emmener tout le monde là-bas. Le reste du poème explique leurs relations réciproques :

> *La Nuit mène à l'Esprit*
> *Le Sang lie l'Humanité*
> *Et la Terre complète.*

— Le Sang se trouve déjà sur place ; du moins, je l'espère. J'ai demandé à Lucie d'y conduire les novices rouges quand j'ai appris que Kalona voulait l'enlever.
— Pourquoi là-bas ?
Je lui fis un sourire tellement grand que je faillis me déchirer les lèvres.
— Parce que c'est là que se trouve l'Esprit, en la personne de sœur Marie Angela, la nonne qui dirige l'abbaye. Elle a protégé ma Grand-mère des Corbeaux Moqueurs, et elle l'y soigne.
— Une bonne sœur ? Pour représenter l'Esprit et combattre un ange déchu ? Tu en es bien sûre, Zoey ?
— Oui.
— Tu as donc identifié l'Esprit et le Sang, reprit-elle au bout d'un bref silence. Concentre-toi. Qui peut avoir la Terre, la Nuit et l'Humanité cachées en eux ?
Je recommençai à brosser Perséphone. Soudain, j'éclatai de rire et me frappai le front.
— Aphrodite ! Elle représente forcément l'Humanité, même si la plupart du temps, elle s'efforce de le cacher.
— Je te crois sur parole, dit Lenobia d'un ton caustique.
— Bon, il ne reste que la Nuit et la Terre. La Terre… la Terre…
— Anastasia, peut-être ? Son don pour les charmes et les rituels s'enracine dans la terre.

Malheureusement, il n'y eut aucun déclic en moi.

— Non, ce n'est pas elle.

— Peut-être qu'il faut élargir la recherche. L'Esprit ne vient pas de la Maison de la Nuit, ce que je n'aurais jamais imaginé. Il se peut qu'il en soit de même pour la Terre.

— Vu comme ça...

— Quelle personne humaine pourrait symboliser la Terre ?

— Dans mon entourage, les gens qui en sont les plus proches appartiennent au peuple de ma grand-mère. Les Cherokees ont toujours respecté la terre. Ils ne la possèdent pas, ils ne l'abîment pas. Leur vision traditionnaliste du monde n'a rien à voir avec celle qui prévaut aujourd'hui.

Je me tus subitement et appuyai la tête contre l'épaule de la jument, remerciant Nyx à voix basse.

— Tu sais qui c'est, n'est-ce pas ?

— C'est ma grand-mère.

— Parfait ! Maintenant, tu les as tous !

— Non, pas la Nuit. Je ne sais toujours pas qui...

Je m'interrompis en voyant son regard entendu.

— Cherche en toi ! fit-elle. Je suis persuadée que tu découvriras qui Nyx a choisi pour l'incarner.

— Pas moi..., chuchotai-je.

— Bien sûr que si. Le poème l'affirme clairement : « La Nuit mène à l'Esprit. » Sans toi, personne n'aurait pensé à la prieure de l'abbaye, la pièce manquante de ce puzzle poétique.

— Si j'ai raison...

— Que dit ton cœur ?

— J'ai raison.

— Alors, il faut que nous trouvions un moyen de vous envoyer là-bas, Aphrodite et toi.

— Tout le monde doit y aller : Darius, les Jumelles, Damien et Aphrodite. Si les choses tournent mal, il faut que je sois entourée de mon cercle. Et puis, mon retour à la Maison de la Nuit n'a pas vraiment été accueilli par des hourras… Si les novices et le corps enseignant ne sortent pas de leur obsession pour Kalona quand nous nous serons débarrassés de lui, je ne remettrai pas les pieds ici de sitôt. Sans oublier qu'il reste à régler le problème Neferet et, pour ça, je vais avoir besoin de toute l'aide possible.

Lenobia hocha la tête.

— Je comprends et, même si ça m'attriste, je suis d'accord avec toi.

— Vous devriez venir avec nous, tout comme Dragon et Anastasia. La Maison de la Nuit, telle qu'elle est maintenant, n'est pas un endroit pour vous.

— La Maison de la Nuit est notre foyer.

— Parfois, ce sont les gens les plus proches qui nous trahissent, et nous ne sommes plus heureux sous notre propre toit. C'est dur, mais c'est ainsi.

— Tu es bien sage pour une fille aussi jeune, prêtresse.

— Que voulez-vous ? Je suis une enfant du divorce et du remariage foireux. Qui aurait pu deviner qu'un jour ça me rendrait service ?

Nous riions toujours quand la sonnerie retentit, annonçant la fin des cours. Lenobia se releva d'un bond.

— Il faut faire passer le message à tes amis. Ils peuvent venir ici. Au moins, nous sommes à l'abri des yeux et des oreilles des Corbeaux Moqueurs.

— C'est déjà fait. Ils ne vont pas tarder à arriver.

— Si Neferet apprend que vous avez rendez-vous ici, nous allons avoir des ennuis.

— Je sais, dis-je en croisant les doigts.

CHAPITRE TRENTE

Même si la pluie verglaçante avait recommencé à tomber, Damien, les Jumelles, Aphrodite et Darius arrivèrent à l'écurie quelques minutes à peine après la sonnerie.

— Pas mal, le coup du message ! commenta Erin.

— Très rusé, enchérit Shaunee. Comme ça, on est venus ici sans y avoir pensé à l'avance.

— Bien joué ! me félicita Damien.

— Maintenant, il faut agir vite, intervint Darius pour ne pas être découverts.

— Tout à fait, acquiesçai-je. Les amis, appelez vos éléments et demandez-leur d'élever une barrière protectrice autour de votre esprit.

— Pas de problème, dit Erin.

— Oui, on s'est entraînés, enchaîna Shaunee.

— Avez-vous besoin que je forme un cercle en vitesse ?

— Non, Zoey, on a juste besoin que tu te taises un instant, dit Damien. On a déjà préparé nos éléments, ils attendent.

— Allez, le troupeau de ringards, c'est quand vous voulez ! s'impatienta Aphrodite.

— La ferme ! répondirent les Jumelles en chœur.

Un rictus méprisant sur les lèvres, Aphrodite s'approcha de Darius, qui l'enlaça d'un geste machinal. La blessure sur sa joue était presque entièrement guérie : à la place de la balafre hideuse, on ne voyait plus qu'une fine ligne rouge. Profitant de l'agitation générale, je leur tournai le dos et jetai un coup d'œil discret dans mon décolleté. Je grimaçai. La mienne était toujours aussi moche. Comment allais-je me montrer à un garçon, qu'il s'appelle Stark, Erik, ou Heath ? Peut-être n'aurais-je plus jamais de petit ami ! Au moins, ça ferait une complication de moins dans ma vie...

— Les cicatrices des guerres justes possèdent leur beauté propre, intervint Lenobia.

Je sursautai : je ne l'avais pas entendue s'approcher. Je la regardai sans ciller. Facile à dire, pour quelqu'un de parfait !

— C'est gentil, mais quand la blessure vous défigure, la réalité diffère un peu de la théorie.

— Je sais de quoi je parle, prêtresse.

Elle souleva le rideau de chevelure blonde, se tourna pour que je voie sa nuque et, de l'autre main, tira sur le col de sa chemise pour révéler une cicatrice épouvantable, qui partait de la naissance de ses cheveux et disparaissait dans son dos, épaisse et irrégulière.

— C'est bon ! s'écria Erin. On est tous parés !

— Ouais, prêts à passer aux choses sérieuses, confirma Shaunee.

— Alors, quelles sont les dernières nouvelles ? lança Damien.

Lenobia et moi échangeâmes un bref regard.

— Il faudra patienter pour connaître la fin de l'histoire, dit-elle tout doucement.

Je pivotai vers mes amis, me demandant quel genre de démon avait pu lui laisser une telle marque.

— Zoey a identifié les personnes citées dans le poème, annonça Lenobia sans préambule. Et l'endroit où elles doivent se réunir.

Tous les regards se tournèrent vers moi.

— Il s'agit de l'abbaye bénédictine. Je me suis souvenue que sœur Marie Angela m'avait confié avoir déjà ressenti le pouvoir des éléments, son abbaye ayant été construite sur un site qui dégage une grande force spirituelle. Seulement, je ne l'avais pas vraiment prise au sérieux sur le moment.

— Pour ta défense, cette nonne est assez excentrique, dit Aphrodite.

— C'est vrai qu'elle sort du commun, acquiesça Darius.

— Il se trouve qu'elle est également l'Esprit dont parle le poème, repris-je.

— Waouh ! Tu l'as vraiment déchiffré ? souffla Damien. Qui sont les autres ?

— Lucie est le Sang.

— Pas très étonnant, vu comme elle aime ça, marmonna Aphrodite.

— Tu es l'Humanité, lui appris-je avec un grand sourire.

— Génial. Fantastique. Que ce soit clair une bonne fois pour toutes : je ne veux plus jamais me faire mordre. Sauf par toi, beau gosse, susurra-t-elle à Darius.

Les Jumelles firent une grimace dégoûtée.

— La Terre, c'est ma grand-mère, continuai-je en les ignorant tous.

— Ça tombe bien qu'elle soit déjà sur place, commenta Damien.

— Et la Nuit ? voulut savoir Shaunee.

— C'est Zoey, répondit Aphrodite.

Je haussai les sourcils. Elle leva les yeux au ciel.

— Qui d'autre voulez-vous que ce soit ? À moins d'être un peu attardé ou de partager un cerveau à deux, ça paraît évident.

— Oui, bon, je suis la Nuit.

— Alors, nous devons nous rendre à l'abbaye, conclut Darius, passant, comme d'habitude, directement à la logistique de notre « opération ».

Je mets ce terme entre guillemets parce que la plupart du temps j'ai plutôt l'impression de tâtonner que de suivre un plan précis, en espérant que mes bonnes idées l'emporteront sur les mauvaises.

— Oui, intervint Lenobia, et très vite, avant que Kalona et Neferet ne causent plus de dommages encore à notre peuple.

— Ou ne déclarent la guerre aux humains, enchaîna Aphrodite.

Seul Darius ne sembla pas étonné par sa remarque. Je vis alors que ma nouvelle amie, qui était toujours aussi belle et paraissait sûre d'elle comme d'habitude, avait des cernes bleus sous les paupières, et quelques traces rouges dans les yeux.

— Tu as eu une vision ! m'écriai-je.

Elle fit oui de la tête.

— Ah, zut ! Je me suis encore fait tuer ?

Lenobia me jeta un regard interrogateur.

— C'est une longue histoire, lui dis-je.

— Non, imbécile, fit Aphrodite. Pas cette fois. Mais j'ai eu un flash des combats – comme l'autre jour –, sauf que, là, j'ai reconnu les Corbeaux Moqueurs. Saviez-vous qu'ils peuvent violer les femmes ? Ce n'est pas particulièrement plaisant à voir. Bref, Neferet s'est associée avec Kalona afin de mener à bien cette guerre insensée.

— Mais la dernière fois, en sauvant Zoey, nous avons empêché cette vision de se réaliser, lui rappela Damien.

— Ça, je le sais, c'est moi la Fille aux Visions ! Celle-ci était différente, j'ignore pourquoi, outre le fait que Kalona s'est rajouté au tableau. Oh, d'ailleurs, désolée de vous apprendre la mauvaise nouvelle : Neferet est complètement passée du côté obscur. Elle se transforme en une sorte de vampire qui n'a jamais existé jusque-là.

Je compris enfin.

— Elle devient la reine Tsi Sgili, lâchai-je d'une voix blanche.

— Oui, c'est ce que j'ai vu, confirma Aphrodite, toute pâle. Je peux aussi vous dire que la guerre commence ici, à Tulsa.

— Alors, le conseil qu'ils veulent renverser doit être celui de notre Maison de la Nuit.

— Le conseil ? répéta Lenobia.

— C'est trop long à expliquer. Disons simplement qu'on a de la chance qu'ils envisagent une action régionale, et non globale.

— Alors, si nous arrivons à les chasser de Tulsa, la guerre n'aura pas lieu, raisonna Darius.

— Ou du moins pas ici, précisai-je. Et ça nous donnerait du temps pour trouver un moyen de nous débarrasser définitivement de Kalona, puisqu'il semble en être l'acteur principal.

— Non, c'est Neferet, rectifia Lenobia d'une voix calme comme la mort. C'est elle qui dirige Kalona. Elle rêve de cet affrontement depuis des années.

Elle me regarda dans les yeux.

— Il te faudra sans doute la tuer.
Je blêmis.
— Tuer Neferet ! Pas question !
— Peut-être n'auras-tu pas le choix, répliqua Darius.
— Non ! Si j'étais censée la tuer, je n'aurais pas la nausée rien qu'à cette idée ; Nyx me ferait savoir qu'il s'agit de sa volonté ; or je ne peux pas concevoir que ça arrive un jour. Neferet est sa grande prêtresse !
— Ex-grande prêtresse, me corrigea Damien.
— Est-ce vraiment le genre de job dont on peut se faire virer ? demanda Shaunee.
— Ce n'est pas un poste attribué à vie ? ajouta Erin.
— Peut-on la considérer toujours comme une grande prêtresse si elle devient la reine Tsi Sgili ? intervint Aphrodite.
— Oui ! Non ! Je ne sais pas ! Changeons de sujet. Je ne veux pas parler de ça.
Darius, Lenobia et Aphrodite se consultèrent du regard, ce que je choisis d'ignorer.
— Revenons-en à votre évasion, proposa Lenobia. Vous devez partir maintenant.
— Là, tout de suite ? s'étonna Shaunee.
— Genre, à la seconde près ? enchérit Erin.
— Le plus tôt sera le mieux, répondis-je. Je sens vos éléments, je sais qu'ils protègent vos pensées, mais si Neferet essaie de s'introduire dans votre esprit, elle devinera qu'il se passe quelque chose à l'instant même où elle se heurtera contre le rempart qu'ils ont formé.
Je balayai la pièce des yeux, m'attendant presque à la voir flotter dans l'ombre, araignée spectrale et boursouflée.
— Elle m'est apparue deux fois sous la forme d'un fantôme répugnant, avouai-je.

— Mince alors, fit Erin.

— Nous sauver d'ici ne va pas être facile, poursuivis-je. Le temps joue contre nous. J'ai failli me prendre une cinquantaine de gamelles rien qu'en venant ici. J'ai même dû demander au Feu de faire fondre cette satanée glace.

J'adressai un petit sourire penaud à Shaunee.

— Attends, qu'est-ce que tu viens de dire ? intervint Lenobia.

— J'en avais assez de perdre l'équilibre. Alors, j'ai dirigé quelques flammes sur le sol. Ça a bien marché.

— C'est fastoche, affirma Shaunee. Je l'ai fait, moi aussi.

— Vous pensez que vous pourriez diriger la flamme avec suffisamment de précision pour qu'elle fasse fondre la glace sous vos pas ? continua Lenobia, de plus en plus animée.

— Oui, répondis-je. Il faudrait juste trouver un moyen de ne pas nous brûler les pieds au passage. Je ne sais pas combien de temps je tiendrais, cela dit.

J'interrogeai Shaunee du regard.

— Bien sûr, je pourrais t'aider, et sans me brûler. À nous deux, on ferait durer la flamme plus longtemps.

— D'autant, Jumelle, fit Erin, que l'abbaye ne se trouve qu'à un kilomètre d'ici, et que Zoey a l'air d'aller beaucoup mieux. Vous allez y arriver !

— Même comme ça, nous n'irons jamais assez vite. Or je ne peux pas dissimuler le Hummer, car ce n'est pas de la matière organique.

— Je crois avoir la solution, dit Lenobia. Venez avec moi !

Nous la suivîmes dans le box de Perséphone. La jument, qui mangeait son foin, remua les oreilles lorsque Lenobia posa la main sur son postérieur.

— Donne, ma jolie.

Obéissante, le cheval leva la jambe. Lenobia regarda Shaunee.

— Peux-tu chauffer son fer ?

— Sans problème, répondit la Jumelle.

Elle inspira à fond et murmura des paroles indistinctes avant de pointer un doigt embrasé sur le sabot de Perséphone.

— Brûle, bébé, brûle.

Le fer se mit à rougeoyer presque aussitôt. La jument cessa de mâcher, tordit le cou pour jeter un regard curieux sur son sabot, s'ébroua, puis se remit à manger.

Lenobia toucha le métal comme si elle testait la chaleur d'un fer à repasser et retira rapidement le doigt.

— Ça marche. Tu peux arrêter, Shaunee.

— Merci, Feu. Reviens à moi !

La lueur rouge tournoya autour de la jument, qui secoua la tête de nouveau, puis fonça droit sur Shaunee, dont le corps commença à s'empourprer.

— Calme-toi, maintenant, dit la Jumelle en fronçant les sourcils.

Lenobia tapota la croupe de la jument.

— Voilà le moyen de rejoindre rapidement l'abbaye ! Si vous voulez mon opinion, c'est la meilleure façon de voyager.

— L'idée n'est pas mauvaise, concéda Darius. Mais comment quitter le campus ? Les Corbeaux Moqueurs ne vont pas nous laisser sortir par la grande porte !

Lenobia sourit :

— Peut-être que si.

CHAPITRE TRENTE ET UN

— C'est une idée complètement dingue ! lâcha Aphrodite lorsque Lenobia nous eut exposé son plan.

— Pourtant ça pourrait marcher, dit Darius.

— Ça me plaît, déclara Damien. C'est romantique, et surtout nous n'avons pas de meilleure solution.

— Nous n'avons pas d'*autre* solution, le corrigeai-je. Mais celle-ci est géniale.

— Moins vous aurez de chevaux, plus il vous sera facile de passer inaperçus, dit Lenobia. Je suggère que vous en preniez un pour deux.

— En effet, trois montures, ça saute moins aux yeux, acquiesça Erin.

— Mais comment on va prévenir Dragon et Anastasia ? demandai-je. Nous ne pouvons pas aller tous ensemble les trouver à pied ; or je ne veux pas que nous nous séparions.

Lenobia haussa les sourcils.

— Je ne sais pas si tu en as entendu parler, mais il existe un appareil que nombre d'entre nous utilisons, le téléphone portable. Crois-le ou non, Dragon et Anastasia en possèdent chacun un.

— Oh, fis-je, confuse.

Aphrodite me contempla d'un air atterré.

— Je vais les appeler et les briefer sur ce qu'ils auront à faire, annonça Lenobia. En attendant, préparez-vous à partir. Celles qui sont en jupe doivent mettre un vêtement plus approprié. Il y a ce qu'il faut dans la sellerie. Prenez tout ce dont vous avez besoin. Je vais avertir Dragon que la diversion commencera dans trente minutes.

— Trente minutes ! répétai-je, le ventre noué.

— Ça vous donne le temps de vous changer et de harnacher trois chevaux. N'utilisez pas de selles, ce serait trop voyant.

— Pas de selles ? souffla Damien au moment où elle disparaissait. Je sens que je vais être malade !

— Bienvenue au club, dis-je avant de me tourner vers les Jumelles et Aphrodite. Venez, il faut que vous enfiliez un pantalon. Et quelle idée aussi de porter des talons aiguilles en pleine tempête givrante !

— Ce sont des bottes, précisa Aphrodite. Quoi de plus normal en hiver ?

— Oui, enfin, des bottes avec dix centimètres de talon…, répliquai-je en les conduisant dans la sellerie.

— Tu n'es qu'une ringarde : aucun sens de la mode ! marmonna-t-elle.

— Tout à fait d'accord avec toi, dit Shaunee.

— Pour une fois, compléta Erin.

J'attrapai trois brides en secouant la tête.

— Changez-vous. Il y a des bottes d'équitation dans ce placard. Saisissez cette opportunité.

— « Saisissez cette opportunité » ? répéta Shaunee.

— Elle a passé trop de temps avec Damien, le roi du dictionnaire, commenta Erin.

Je sortis en claquant la porte.

Darius était occupé à empiler des balles de foin sous l'une des hautes fenêtres de l'écurie. De toute évidence, il comptait nous faire un point météo/Corbeaux Moqueurs.

J'ignorais quels chevaux Lenobia allait choisir pour nous, mais je savais que je monterais Perséphone. J'allai directement dans son box pour lui faire une beauté express.

— Euh, Zoey, je pourrais te parler un moment ? demanda Damien, qui m'avait suivie.

— Bien sûr, entre, dis-je en attrapant une étrille.

Il ne bougea pas.

— Eh bien, voilà... Je ne sais pas monter à cheval.

— Ce n'est pas un problème. Je m'occuperai de tout. Tu n'auras qu'à t'asseoir derrière moi et t'accrocher.

— Et si je tombe ? Je ne doute pas que ce soit un animal parfaitement éduqué, s'empressa-t-il d'ajouter en faisant un petit coucou à Perséphone, qui mâchonnait son foin sans lui prêter la moindre attention. Il n'empêche qu'elle est énorme.

— Damien, nous sommes sur le point de nous évader au péril de notre vie, pour échapper à un immortel à et une grande prêtresse vampire dégénérée, et toi, tu paniques à l'idée de monter avec moi ?

— À cru. Monter à cru avec toi. Oui, ça me fait flipper.

J'éclatai de rire ; je dus m'appuyer contre Perséphone parce que ça me faisait trop mal. Au moins, j'aurais appris une chose : si vous avez de bons amis, quel que soit le bourbier dans lequel vous vous trouvez, ils arriveront toujours à vous faire rigoler.

— Ça ne vous dérangerait pas de garder votre sérieux cinq minutes ? Nous avons une guerre à remporter et un monde à sauver !

Aphrodite, les mains sur les hanches, se tenait à l'entrée du box. Elle portait son minidébardeur noir de marque, avec des motifs dorés sur les seins, qui jurait avec le pantalon d'équitation rentré dans des bottes de cheval plates.

Le fou rire me reprit de plus belle. Alors, j'aperçus les Jumelles derrière elle. Elles avaient gardé leur tunique en soie Dolce & Gabbana en imprimé léopard, tandis que leurs fesses étaient moulées dans un fuseau beige en élasthanne, fourré dans des bottes en cuir brun clair.

C'était impayable ! Cette fois, Damien ne put garder son sérieux lui non plus.

— Je les déteste ! s'écria Aphrodite. Tous les deux.

— Ce qui nous fait un autre point commun, déclara Erin.

— En effet, dit Shaunee en nous lançant un regard mauvais.

L'arrivée de Lenobia mit un terme à mon hilarité.

— J'ai parlé avec Anastasia, nous annonça-t-elle. Tout est prêt, même si Dragon est temporairement retenu par un cas de Transformation inhabituel. Zoey, elle te fait dire que Stark est arrivé et qu'il est entre de bonnes mains.

— Stark ? répéta Damien. Elle a dit Stark ?

— Quoi ? s'exclamèrent les Jumelles.

— Eh merde ! fit Aphrodite.

— Le temps ne s'est pas arrangé, et il y a du mouvement dans les arbres, nous apprit Darius en se joignant à nous. Je pense qu'ils prévoient de nous tomber dessus dès que nous sortirons de l'écurie. Ah... On dirait que j'ai raté quelque chose.

— Oui, et Zoey s'apprêtait justement à nous fournir une explication, répondit Damien.

Je me mordillai la lèvre en regardant mes amis tour à tour. « Ah, zut ! »

— Bon, voilà ce qui se passe. Stark s'est transformé. Il est désormais le deuxième vampire rouge au monde.

— Ça nous fait une belle jambe, qu'il se soit transformé, ce crétin ! lança Erin.

— Ouais, et d'ailleurs, en quoi ça te concerne ? demanda Shaunee.

— Il faut que tu arrêtes de le comparer à Lucie, fit Damien, avec plus de douceur. Tout les sépare.

— Elle est amoureuse de lui, lâcha Aphrodite.

— Aphrodite !

— Quoi ? Il faut bien que quelqu'un informe les ringards de ton amourette pathétique.

— Tu ne me rends pas service.

— Attendez ! intervint Erin. On rembobine. Zoey est amoureuse de Stark ? Je n'ai jamais rien entendu d'aussi stupide.

— Enfin, hormis la loi sur le permis de conduire des moins de dix-huit ans en Oklahoma, Jumelle. Pour le coup, il n'y a rien de plus débile.

— Exact. Aphrodite, tu hallucines !

— Une fois de plus.

Ils se tournèrent tous vers moi.

— Moi aussi, je la trouve débile, cette loi, dis-je lamentablement.

— Vous voyez ! s'exclama Aphrodite. J'avais raison ! Elle en pince pour lui.

— Bon sang ! gémit Erin.

— Je n'aurais jamais cru ça d'elle, enchérit Shaunee.

— Laissez-la s'expliquer ! s'emporta Damien.

Tout le monde se tut. Je me raclai la gorge.

— Bon, d'accord. Vous vous souvenez du poème ?

Ils me lancèrent un regard méfiant et ne répondirent rien. Pas très sympa...

— Eh bien, il disait que je devais sauver son humanité, continuai-je malgré tout. C'est ce que j'ai fait. Je crois, enfin... j'espère.

— Prêtresse, nous l'avons surpris en train d'abuser d'une novice, me rappela Darius. Comment peux-tu tolérer un tel comportement ?

— Je ne le tolère pas ! Ça me rend malade. Mais Lucie aussi était horrible quand elle se battait pour son humanité. Tu le sais, toi, m'adressai-je à Aphrodite.

— Oui. D'ailleurs, je ne suis toujours pas certaine qu'on puisse lui faire confiance aujourd'hui. Et c'est l'humaine avec laquelle elle a imprimé qui parle.

Je m'attendais que mes amis lui sautent à la gorge ; or ils gardèrent leur sang-froid.

— Darius, Stark m'a prêté serment. Il est mon combattant désormais.

— Un serment d'allégeance ! Et tu l'as accepté ?

— Oui. Et, juste après, il s'est transformé.

— Alors, il te doit obéissance jusqu'à ce que tu le libères de son engagement, soupira-t-il.

— Du coup, conclus-je, je pense que pour les novices rouges c'est le choix entre le bien et le mal qui provoque la Transformation.

— En te jurant fidélité, Stark a choisi le bien, souligna Darius.

— C'est ce que je veux croire.

— Alors, ça signifie que ce n'est plus un salaud ? demanda Erin.

— Ça signifie que je lui fais confiance. Et j'aimerais que vous lui donniez une chance.

— En ce moment, donner une chance à la mauvaise personne peut nous coûter la vie, remarqua Darius.

— Je sais.

— Un vampire qui vient de se transformer doit être coupé du monde et conduit dans le temple de Nyx. Anastasia m'a assuré que Dragon s'en était chargé, intervint Lenobia en regardant sa montre. Il nous reste exactement dix minutes. Pourrait-on remettre ce débat à plus tard ?

— Avec grand plaisir, répondis-je. Que devons-nous faire ?

Nous harnachâmes deux autres chevaux, aux noms de circonstance : Espoir et Destinée ; puis nous passâmes aux choses sérieuses.

— Je persiste à croire que c'est trop dangereux, déclara Darius, aussi sombre qu'un ciel d'orage.

— Je n'ai pas le choix, répliquai-je. Lucie n'est pas là, et je suis la seule à posséder ce qui se rapproche le plus d'une pure affinité avec la Terre.

— Ça n'a pas l'air si difficile que ça, tenta de le raisonner Aphrodite. Il faut seulement qu'elle aille jusqu'au mur, qu'elle ordonne à l'arbre qui s'y appuie déjà de pousser un peu plus fort, et qu'elle revienne ici, ni vu ni connu.

— Je vais l'y emmener, s'entêta-t-il.

— Avec ta mégarapidité, ce sera parfait, tranchai-je. D'ailleurs, je suis prête.

— Comment saurai-je que vous avez réussi et qu'il faut passer à l'étape suivante ? s'inquiéta Lenobia.

— Cette fois, pas de portable, répondis-je. Je vous enverrai l'Esprit. Si vous ressentez brusquement une impression de bien-être, c'est que tout va pour le mieux et que Shaunee peut relâcher le Feu.

— Mais Shaunee doit se souvenir que seuls les *sabots* des chevaux sont censés s'embraser, dit-elle en jetant un regard sévère à la Jumelle.

— Je sais ! nous assura celle-ci. Pas de souci. Faites ce que vous avez à faire, moi je sympathise avec Destinée.

Sur ce, elle reprit sa discussion avec la grosse jument baie qu'elle et Erin allaient monter. Cette dernière brossait Destinée en lui faisant miroiter la perspective d'une récompense sous forme de morceaux de sucre et autres délices.

— Protège-la et reviens-moi tout de suite, chuchota Aphrodite à Darius.

Elle l'embrassa sur la bouche, puis alla aider Lenobia à attacher la bride d'Espoir.

— Prêtresse, c'est quand tu veux, fit le combattant.

Je hochai la tête, et il me prit dans ses bras. Il fit un pas dans la nuit glaciale, puis tout se brouilla autour de moi.

Lors d'un autre hiver rigoureux, un énorme chêne s'était affaissé sur le mur d'enceinte au fond du parc. D'après Aphrodite, c'était, en temps normal, l'endroit idéal pour s'échapper du campus, et je savais par expérience qu'elle ne se trompait pas dans ce genre de plan.

Aujourd'hui, cependant, nous n'avions pas affaire à des circonstances ordinaires.

Darius s'arrêta bien trop brusquement à mon goût et me déposa sous l'arbre.

— Reste là pendant que je sécurise le périmètre, souffla-t-il avant de disparaître.

Je m'accroupis contre le tronc. Je ressassais mes problèmes de cœur en grelottant de froid quand j'entendis un battement d'ailes. Je me relevai d'un bond.

Juste au moment où je sortais de sous les branches, je vis Darius attraper le Corbeau Moqueur par une aile, le tirer brutalement vers lui et lui trancher la gorge.

Je détournai le regard.

— Zoey, à toi ! Le temps presse !

M'efforçant d'ignorer le cadavre, je posai la main sur le chêne et fermai les yeux.

— Terre, j'ai besoin de toi. S'il te plaît, viens à moi.

Alors, en pleine tempête, je sentis les parfums merveilleux d'une prairie au printemps, du blé mûr, d'un mimosa en fleur. J'inclinai la tête, reconnaissante.

— Désolée, l'arbre, je dois te demander de tomber.

Le tronc trembla si violemment sous ma paume que je perdis l'équilibre. Dans un craquement qui ressemblait au cri d'agonie, le vieux chêne s'écrasa sur le mur d'enceinte, déjà affaibli. Les briques et les pierres s'écroulèrent, créant une brèche, qu'en toute logique on nous soupçonnerait de vouloir emprunter.

Le souffle court et les membres flageolants, j'envoyai l'esprit à Lenobia. Puis je me relevai et caressai l'écorce rugueuse.

— Merci, Terre, de m'avoir aidée. Je regrette vraiment d'avoir dû blesser l'arbre.

— Il faut y aller, dit Darius en me prenant dans ses bras. Beau travail, prêtresse.

J'appuyai la tête sur son épaule et m'aperçus que je pleurais.

CHAPITRE TRENTE-DEUX

Les trois chevaux nous attendaient. Erin et Shaunee s'étaient déjà perchées sur Destinée. C'est Shaunee qui « conduisait ». Elle avait suivi des cours de saut d'obstacle dans son ancienne école privée et s'était définie « cavalière presque médiocre ».

Aphrodite et Damien – qui semblait au bord du malaise – se tenaient près d'Espoir et Perséphone.

— J'ai senti la caresse de l'esprit, dit Lenobia en vérifiant une dernière fois le harnachement des montures. J'en ai déduit que tout s'était bien passé.

— Le mur est cassé, mais j'ai été obligé de tuer un Corbeau Moqueur, lui apprit Darius. Son cadavre sera découvert d'un moment à l'autre.

— C'est plutôt une bonne chose, commenta Lenobia en regardant l'heure. Ça donnera plus de crédibilité au scénario de l'évasion par le mur. Shaunee, tu es prête ?

— Fin prête.

— Et toi, Erin ?

— Pareil.

— Damien ?

— J'ai peur.

Je me précipitai vers lui et lui pris la main.

— Moi aussi, j'ai peur. Mais je me rassure en me disant qu'on sera ensemble.

— Même si c'est sur un cheval ?

— Même sur un cheval. Et puis, Perséphone est une vraie dame.

Je lui fis caresser la courbe gracieuse de son encolure.

— Oh... Elle est douce et chaude...

— Je vais te faire la courte échelle, Damien, proposa Lenobia.

Avec un gros soupir, il cala son pied dans ses mains et tenta – en vain – de réprimer un couinement terrifié lorsqu'elle le hissa sur le large dos de la jument.

Avant de m'aider à mon tour, elle me prit par les épaules et plongea ses yeux dans les miens.

— Écoute ton cœur et ton instinct, et tu ne commettras pas d'erreur. Chasse-le, prêtresse.

— Je ferai de mon mieux.

— Je sais. C'est pour ça que j'ai une telle foi en toi.

Quand nous fûmes tous montés, elle nous conduisit jusqu'aux portes coulissantes du manège, qu'elle avait déjà discrètement ouvertes. Plus rien ne s'interposait entre nous et le monde extérieur, sauf la glace, la porte principale du campus, une marée de Corbeaux Moqueurs, leur père et une ex-grande prêtresse dégénérée.

Je redoutais sérieusement une crise de nerfs. Par chance, je n'avais pas le temps de m'attarder sur le sujet.

Lenobia avait déjà éteint les lumières pour que nos silhouettes ne se détachent pas dans les portes ouvertes de l'écurie. Nous scrutâmes les ténèbres glaciales, imaginant le branle-bas de combat qui allait suivre.

— Je vais vous donner quelques instants pour appeler vos éléments. Quand la tempête redoublera d'intensité, Anastasia lancera le sort de confusion de l'autre côté du campus. N'oubliez pas que Dragon a pris position près de la porte principale. Dès qu'il entendra le bruit des sabots, il abattra les sentinelles postées là-bas. Shaunee, tiens-toi prête à mettre le feu au box. Quand je verrai les flammes, je libérerai tous les chevaux. Ils savent déjà qu'ils doivent semer la panique sur le campus.

— Compris, dit Shaunee en hochant la tête.

— Ensuite, concentre-toi sur les sabots des vos montures. Je précise : sur le *fer* de leurs sabots. Je préviendrai Perséphone quand ce sera le moment de partir. Vous n'aurez qu'à vous accrocher et à la suivre.

Elle caressa affectueusement ma jument, puis releva les yeux sur moi.

— Joyeuses retrouvailles et joyeuse séparation, et au plaisir de se retrouver de nouveau, dit-elle en s'inclinant, le poing sur le cœur.

— Soyez mille fois bénie, Lenobia, répondis-je.

Puis, comme elle s'éloignait rapidement, je criai :

— S'il vous plaît, reconsidérez votre position. Si nous échouons, vous, Dragon et Anastasia devrez vous cacher – dans les souterrains de la gare, sous l'abbaye, ou même dans la cave d'un des bâtiments du centre-ville. Ce sera le seul moyen de vous protéger.

Elle s'arrêta et m'adressa un sourire serein.

— Mais, prêtresse, vous réussirez.

Puis elle disparut.

— Quelle tête de mule ! souffla Shaunee.

— Faisons en sorte de lui donner raison. Bon, vous êtes prêts ?

Je me concentrai. Nous étions face au nord, alors je fis pivoter Perséphone sur la droite, vers l'est.

Cette fois, je m'abstins de prononcer des formules fleuries : le temps était à l'action. J'invoquai tous les éléments, et je me détendis quand ils se manifestèrent sous la forme d'un cercle scintillant qui nous reliait les uns aux autres. Lorsque l'Esprit enfla en moi, je ne pus me retenir de rire, grisée.

— Damien, Erin, mettez vos éléments à l'œuvre !

Ils levèrent les bras et s'exécutèrent. Je rassemblai mes forces pour les aider afin que nous puissions évoluer dans une bulle de calme au milieu du maelström qui ne tarderait pas à se déchaîner.

Le résultat ne se fit pas attendre : un ouragan d'une violence inouïe s'abattit sur le campus.

— Très bien, hurlai-je par-dessus les bourrasques de vent. À toi, Shaunee !

Elle rejeta ses cheveux en arrière et, comme si elle lançait un ballon de basket, projeta une boule de feu sur le box vide rempli de paille que Lenobia lui avait demandé de détruire. Des flammes furieuses se mirent aussitôt à le dévorer.

— Maintenant, les sabots !

— Tu vas m'aider ?

— Oui, ne t'inquiète pas.

Elle pointa le doigt vers le bas.

— Feu, chauffe les fers !

Perséphone s'ébroua, pencha la tête et dressa les oreilles alors que la sciure de bois recouvrant le sol de l'écurie commençait à fumer.

— Vite ! s'écria Damien. Il faut qu'on fiche le camp avant que toute l'écurie ne brûle !

Il me serrait si fort que j'avais du mal à respirer.

Je me dis qu'il n'avait pas tort quand un énorme vacarme éclata derrière nous. Lenobia avait relâché les chevaux, qui allaient foncer au galop à travers le campus, comme si l'incendie les avait rendus fous.

Perséphone secoua la tête. Ses muscles se contractèrent et j'eus tout juste le temps de resserrer les cuisses et de hurler à Damien : « Accroche-toi ! C'est parti ! » avant qu'elle se rue dehors, imitée par Destinée et Espoir.

Les trois chevaux prirent un virage serré à gauche et firent le tour du bâtiment principal de l'école. La vapeur sifflait autour de nous : les fers chauffés à blanc faisaient fondre la glace qui recouvrait l'asphalte du parking.

Derrière nous, les hennissements paniqués se mêlaient aux cris immondes des Corbeaux Moqueurs. Je serrai les dents, priant pour que l'armée de Lenobia nous débarrasse d'un bon nombre d'hommes-oiseaux.

Les sabots de Perséphone martelaient l'allée menant à la grande porte de l'école.

— Oh, déesse ! Regardez ! s'exclama Damien en désignant les arbres qui bordaient la route.

À leur pied, Dragon combattait trois Corbeaux Moqueurs. Sa lame lançait des éclairs argentés alors qu'il tournait sur lui-même à une vitesse ahurissante. Les oiseaux voulurent fondre sur nous, mais Dragon redoubla de violence. Il en transperça un de part en part, et les deux autres se jetèrent sur lui en crachant.

— Allez-y, cria-t-il pendant que nous le dépassions sans ralentir. Que Nyx soit avec vous !

Le portail était ouvert : l'œuvre de Dragon, sans aucun doute. Nous le passâmes en trombe, puis nous bifurquâmes à droite et nous lançâmes au galop dans Utica Street, déserte et verglacée.

Au feu de la 21e rue, qui ne fonctionnait plus, nous prîmes de nouveau à droite, et accélérâmes, restant au milieu de la chaussée.

Tulsa n'était plus que l'ombre glacée d'elle-même. On aurait pu se croire égaré dans un monde postapocalyptique, où plus rien ne nous était familier. Pas de lumières ; pas de circulation. Personne. Le froid et l'obscurité régnaient en maîtres sur notre ville.

Les arbres supportaient un tel poids que certains s'étaient littéralement fendus en deux. Les fils électriques, tombés à terre, ressemblaient à des vipères paresseuses. Les chevaux sautaient par-dessus les obstacles, leurs fers brisant la glace et faisant jaillir des étincelles sur le goudron.

Soudain, par-dessus le martèlement des sabots et le sifflement de la flamme, j'entendis des battements d'ailes et le cri d'un, puis de plusieurs Corbeaux Moqueurs.

— Darius ! Ils nous poursuivent !

Il se retourna, hocha la tête d'un air farouche et sortit de la poche de sa veste un pistolet noir. Je n'avais jamais vu un Fils d'Érebus utiliser une arme moderne et elle me parut complètement déplacée dans sa main. Il dit quelques mots à Aphrodite, pressée contre son dos. Elle se laissa glisser sur le côté pour lui permettre de pivoter. Il visa et tira une dizaine de coups. Le bruit, assourdissant, fut suivi par les râles des créatures et le son mat de leur corps s'écrasant par terre.

— Regardez ! s'écria Shaunee. Devant nous ! De la lumière !

Je scrutai l'obscurité : entre deux arbres, j'aperçus trois petites bougies vacillantes. Était-ce l'abbaye bénédictine ?

« Concentre-toi ! m'enjoignis-je. Si c'est un lieu de pouvoir, tu vas le sentir. »

J'inspirai profondément, laissant libre cours à mon instinct – et je perçus l'attraction indubitable de l'Esprit et de la Terre.

— C'est ça ! m'égosillai-je. C'est l'abbaye !

Nous virâmes sur la droite, sautâmes par-dessus un fossé, puis gravîmes un talus planté d'arbres. Les chevaux durent ralentir pour se faufiler entre les branches cassées et les câbles électriques qui pendaient des poteaux.

Nous débouchâmes enfin dans une clairière. En face de nous s'élevait un grand chêne. À chacune de ses branches inférieures étaient accrochées de petites cages en verre, dans lesquelles brûlaient des bougies. Derrière, je distinguai la forme massive d'un bâtiment en brique. Dans ses fenêtres brillaient des lumières vacillantes.

— C'est bon, vous pouvez laisser vos éléments se reposer, annonçai-je à mes amis.

La tempête se calma peu à peu. La silhouette d'une personne vêtue d'une robe sombre et d'une guimpe apparut devant nous.

— Holà ! m'écriai-je à l'intention de nos juments qui, obéissantes, s'immobilisèrent à deux pas d'elle.

— Bonjour, mon enfant, dit sœur Marie Angela. On m'a prévenue de ton arrivée.

Je me glissai à terre et me jetai dans ses bras.

— Ma sœur ! Je suis tellement contente de vous voir !

— Moi aussi, ma petite. Mais remettons les effusions à plus tard, et occupons-nous d'abord des créatures des ténèbres qui envahissent nos arbres.

Je fis volte-face. Des dizaines de Corbeaux Moqueurs se posaient tout autour de nous, leurs yeux rouges luisant d'un éclat démoniaque. À part le froissement de leurs ailes, on ne percevait aucun bruit.

— Eh m..., fis-je avant de me mordre la langue.

CHAPITRE TRENTE-TROIS

Darius avait déjà mis pied à terre et aidait les Jumelles et Aphrodite à descendre. Damien, lui, ne l'avait pas attendu pour venir se planter à mon côté.

— Prêtresse, dit Darius à sœur Marie Angela, n'auriez-vous pas des armes à feu dans l'abbaye, par hasard ?

Elle éclata d'un rire qui aurait pu paraître déplacé, étant donné les circonstances, mais qui me fit un bien fou.

— Oh, mon garçon, bien sûr que non !

— Nous ne sommes pas assez nombreux pour les combattre, mais il nous reste le cercle, déclara Darius en examinant les arbres chargés d'hommes-oiseaux. Si vous vous enfermez à l'intérieur, vous ne risquez rien.

Il avait raison : notre cercle était intact. Quoique distendu, le fil argenté qui nous reliait les uns aux autres n'avait pas cédé.

— Moi, je vais courir à la Maison de la Nuit pour ramener des renforts, continua-t-il.

Son désespoir ne m'échappa pas. Quels renforts ? Tous ses frères, sauf un, avaient disparu. Dragon avait beau manier l'épée comme un dieu, il ne ferait pas le poids contre ces créatures : tous les arbres bordant la 21e rue au niveau de l'abbaye grinçaient sous leur poids. Certains, affaiblis, cédaient déjà. Le bruit des branches qui se cassaient dans un craquement sinistre rivalisait d'horreur avec les croassements railleurs.

— Hé, j'ai comme impression que vous avez besoin d'un coup de main, par ici.

Lucie ! De toute ma vie, je n'avais été aussi ravie d'entendre la voix de quelqu'un. Je la serrai contre moi, me moquant bien des secrets qu'elle me cachait tant j'étais heureuse qu'elle soit saine et sauve.

Les novices rouges apparurent à leur tour.

— Sont pas belles à voir, ces bestioles-là, grimaça Kramisha.

— On va les dégommer ! lança Johnny B. en gonflant le torse.

— Ils sont moches, mais pour l'instant ils ne font rien d'autre que nous regarder, fit remarquer une voix familière.

— Erik ! m'écriai-je.

Lucie me relâcha, et Erik m'attira dans ses bras.

Il y eut un mouvement confus sur ma droite, et Jack se jeta au cou de Damien.

Je regardai Erik. J'aurais tant aimé que tout soit plus simple entre nous ! L'espace d'un instant, je regrettai qu'il n'y ait pas que lui et moi – sans Stark, sans Kalona, sans Heath...

— Et Heath ? demandai-je en me dégageant.

Il soupira et désigna l'abbaye du menton.

— Il est à l'intérieur. Il va bien.

Gênée, je lui fis un sourire penaud. Darius s'approcha de nous, me sortant de l'embarras.

— Zoey, Kalona ne va pas tarder à arriver. Si ces créatures n'attaquent pas, c'est parce que nous n'essayons plus de fuir. Ils se contentent de monter la garde. N'oublie pas ta mission.

Je me tournai vers la religieuse.

— Kalona va venir. C'est l'immortel dont je vous ai parlé.

— Oui, l'ange déchu.

— Et vous vous rappelez ce que je vous ai dit sur notre grande prêtresse ? Eh bien, c'est encore pire que ce que je craignais, et je suis sûre qu'elle va l'accompagner. Ils sont aussi dangereux l'un que l'autre.

— Je comprends.

— On ne peut pas le tuer, mais je crois savoir comment le chasser. Avec un peu de chance, Neferet le suivra. Je vais avoir besoin de votre aide.

— Tout ce que j'ai t'appartient.

— Bien. Ce qu'il me faut, c'est vous, déclarai-je, avant de m'adresser à Lucie. Et toi.

— Et moi, dit Aphrodite en s'avançant d'un pas.

— J'ai aussi besoin de Grand-mère. Je sais que ça va être dur pour elle, mais il faut qu'elle nous rejoigne à l'endroit d'où émane la puissance que je ressens autour de nous.

— Kramisha, mon enfant, pourrais-tu aller chercher la grand-mère de Zoey ? demanda la nonne avant de désigner un point derrière nous, sur le côté. La grotte de Marie est le siège de notre pouvoir.

Je me tournai et poussai un cri de surprise : comment avais-je pu ne pas la remarquer ? Je n'avais jamais vu une grotte artificielle aussi grande. Elle était bâtie avec de gros blocs de grès de la région, s'encastrant parfaitement les uns dans les autres. Sa forme me rappela des photographies des théâtres antiques en plein air.

À l'intérieur, il y avait plusieurs saillies, sur lesquelles étaient posées des bougies qui éclairaient l'endroit d'une lumière dansante. Au fond trônait une très belle statue de Marie. Le visage serein, en prière, elle souriait en regardant vers le ciel.

J'examinai son visage de plus près, et mon cœur s'emballa. Je la reconnaissais, et pour cause ! Elle m'était apparue quelques jours plus tôt sous les traits de ma déesse.

— Je ressens la force de cet endroit, murmura Aphrodite.

— Waouh ! Cette statue est super jolie, souffla Jack.

— Regardez-moi cette allée ! C'est parfait ! s'exclama Lucie.

Je baissai les yeux. L'allée qui menait au monument dessinait un cercle devant la grotte.

— Parfait, c'est exact, confirmai-je.

— Que veux-tu que nous fassions, Zoey ? demanda sœur Marie Angela.

Le rugissement d'un véhicule m'empêcha de lui répondre.

Le gros Hummer noir, celui que nous avions pris pour retourner à l'école, quitta la route et franchit le fossé, puis se fraya un chemin entre les arbres. Les Corbeaux Moqueurs se mirent à battre frénétiquement des ailes et à croasser.

— Ma sœur, restez près de moi. Lucie et Aphrodite, vous aussi.

— Nous sommes là, dit Aphrodite tandis qu'Erik et Darius venaient se placer à mes côtés.

— J'ai besoin de Grand-mère, répétai-je.

— Elle arrive, me rassura la nonne. Ne crains rien.

Le Hummer s'arrêta dans un dérapage, si près des chevaux qu'ils s'ébrouèrent et reculèrent, effrayés. Les portes s'ouvrirent et Kalona et Neferet sautèrent à terre.

Elle était vêtue d'une robe en soie noire qui balayait le sol et dont le décolleté plongeant révélait les ailes en onyx pendues à une chaîne entre ses seins. Une aura sombre palpitait autour d'elle, agitant ses cheveux épais.

— Bon sang ! murmura Aphrodite.

Kalona portait un pantalon noir et était torse nu. Alors qu'il s'éloignait du véhicule, ses ailes frémirent et s'ouvrirent légèrement, laissant deviner leur splendeur.

— Oh, douce Marie ! souffla sœur Marie Angela.

— Ne le regardez pas dans les yeux ! lui conseillai-je. Il a un effet hypnotique sur les gens. Ne vous faites pas avoir !

Elle l'étudia un moment.

— Non, il me fait juste pitié. Il est tombé bien bas, ça ne fait aucun doute.

— Quel âge a-t-il, d'après vous ?

— Il est très vieux. Plus vieux que la terre.

Je n'eus pas le temps de poursuivre. Le conducteur du Hummer est sorti à son tour. C'était Stark. Il chercha immédiatement mon regard et inclina la tête de façon à peine perceptible.

Lucie se figea ; les novices rouges s'agitèrent derrière elle.

— C'est bien lui qui m'a tiré dessus ? chuchota mon amie.

— Oui.

— Il s'est transformé ! C'est un vampire rouge.

— Et un foutu rat, marmonna Aphrodite. Oups ! Désolée, ma sœur.

— Ne lui fais pas confiance, Zoey, dit Darius. Tu vois bien qu'il a décidé de les servir.

— Darius, fis-je avec sévérité sans le regarder. Tu dois te fier à moi, et par là même, à mon jugement.

— Parfois, tu t'égares, me rappela Erin.

— Pas quand j'écoute Nyx.

— L'entends-tu en ce moment ? voulut savoir Shaunee.

Je dévisageai Stark. Il n'y avait aucune trace d'obscurité autour de lui, et son regard tranquille soutenait le mien.

— Absolument, répondis-je. Venez, on va former le cercle.

Les Jumelles et Damien prirent aussitôt position sur le rond en ciment, imités par Aphrodite, Lucie et sœur Marie Angela.

— Tu ne tiendras pas longtemps ! railla Kalona en s'avançant vers nous. Moi, au contraire, je peux te poursuivre toute l'éternité.

— Mes novices ! intervint Neferet, toujours aussi belle et calme. À cause de l'ambition démesurée de Zoey, vous vous êtes retrouvés dans une situation périlleuse. Néanmoins, pour vous, il n'est pas trop tard. Il vous suffit de la renier, de briser le cercle, et votre grande prêtresse vous acceptera de nouveau en son sein.

— S'il n'y avait pas une nonne parmi nous, je vous dirais ce que vous pouvez en faire, de votre foutu sein ! lança Aphrodite.

— Ce n'est pas Zoey qui s'est détournée de Nyx, déclara Erin.

— C'est vous, continua Shaunee, et nous le savons tous, même si Zoey a été la première à s'en rendre compte.

— Ne voyez-vous pas que son influence maléfique a dévié votre jugement ? fit Neferet avec une tristesse feinte.

— Et qu'est-ce qui a dévié le mien, alors ? demanda sœur Marie Angela. Je connais à peine cette enfant. Ses paroles n'ont pu m'influencer, ni me faire imaginer le mal qui émane de vous.

— Pauvre humaine imbécile ! Il est normal que vous voyiez le mal en moi. Ma déesse est la Nuit personnifiée ! cracha Neferet.

« Tiens, le vernis commence à se fendiller », me dis-je. Comme la sérénité de la religieuse n'était pas une façade, son attitude ne changea pas d'un pouce.

— Non, je connais Nyx, et bien qu'elle incarne la Nuit, elle ne fait pas le commerce du mal. Soyez honnête, prêtresse, et admettez que vous avez rompu avec votre déesse au profit de cette créature. Je te reconnais, géant ! Et au nom de notre Dame, je vais te dire des mots que tu as déjà entendus : quitte cet endroit et rejoins le royaume dont tu es tombé. Repens-toi. Alors, peut-être pourras-tu vivre au paradis pour l'éternité.

— Silence, femme ! hurla Neferet, qui avait abandonné tout semblant de calme. C'est un dieu descendu sur terre. Tu devrais le vénérer à genoux.

Kalona partit d'un rire sinistre, qui déclencha les sifflements des Corbeaux Moqueurs.

— Mesdames, ne vous déchirez pas pour moi. Je suis un dieu ! Il y en aura pour tout le monde.

Il s'adressait à Neferet et à la nonne, pourtant ses yeux ambrés ne m'avaient pas quitté un instant.

— Je ne serai jamais avec vous, lui dis-je. J'ai choisi ma déesse, et vous êtes à l'opposé de tout ce qu'elle représente.

— Ne va pas t'imaginer que…, commença Neferet, mais Kalona la fit taire d'un geste.

— A-ya, tu te méprends sur mon compte ! Cherche au fond de toi la jeune vierge qui a été créée pour m'aimer.

Il y eut des remous dans le petit groupe derrière moi, et je sentis que quelqu'un pénétrait dans notre cercle, ce qui ne pouvait arriver qu'avec l'autorisation de la déesse. J'étais cependant incapable de me retourner et de m'arracher au regard magnétique de Kalona.

Alors, une main se glissa dans la mienne, et l'amour rompit le sortilège. Je regardai ma grand-mère, assise dans un fauteuil roulant que Heath avait poussé jusqu'à moi. On aurait dit qu'elle revenait de la guerre : elle avait le bras dans le plâtre, un bandage autour de la tête, le visage contusionné et enflé. Néanmoins, son sourire n'avait pas changé, ni le doux son de sa voix.

— Il paraît que tu as besoin de moi, *u-we-tsi-a-ge-ya* ?
— Grand-mère !

Je pressai sa main et jetai un coup d'œil à Heath, qui me lança avec un sourire confiant :

— Vire-le à coups de pied aux fesses, Zo !

Sur ce, il alla rejoindre Erik et Darius.

Pendant ce temps, Grand-mère avait réussi à se lever. Elle fit quelques pas en avant, sans quitter des yeux les arbres infestés de Corbeaux Moqueurs.

— Oh, fils de mes aïeules ! s'écria-t-elle d'une voix aussi sonore qu'un tambour tribal. En quoi vous a-t-il transformés ? Ne sentez-vous pas le sang de vos mères qui coule dans vos veines ? Ne savez-vous pas que vous leur brisez le cœur ?

Plusieurs oiseaux détournèrent la tête, comme s'ils n'osaient pas la regarder en face. Dans les yeux de certains, la lueur rouge s'éteignit, laissant place à une peine et un trouble typiquement humains. Je suivais la scène, le souffle coupé.

— Silence, *Ani Yunwiya* ! explosa Kalona.

Grand-mère pivota vers lui.

— Je te vois, Ancien. Ta mésaventure ne t'a donc rien appris ? Va-t-il encore falloir que des femmes se réunissent pour te vaincre ?

— Essayez seulement, Ghigua ! Vous verrez qu'il n'est plus aussi facile de me piéger.

— Alors, nous attendrons que tu te pièges toi-même, comme la dernière fois. Notre peuple est très patient.

— Cette A-ya est différente, déclara Kalona. Son âme m'appelle dans ses rêves. D'ici peu, son corps éveillé m'appellera à son tour, et je la posséderai.

— Non ! m'exclamai-je. Croire que vous pouvez me posséder, comme un vulgaire objet, est votre première erreur. Mon âme est attirée vers vous, admis-je enfin, puisant une force étonnante dans mon honnêteté. Mais comme vous le dites vous-même, je suis une A-ya différente, douée de libre arbitre, et j'ai décidé de ne pas céder à l'obscurité. Alors, voilà ce que je vous propose : prenez Neferet et les Corbeaux Moqueurs avec vous, et partez loin d'ici.

— Ou… ? me défia-t-il, amusé.

— Ou, pour reprendre les termes de mon consort humain, je vais vous virer à coups de pied aux fesses.

Son sourire s'élargit.

— A-ya, je ne projette pas de quitter Tulsa. Il se trouve que j'aime beaucoup cette ville.

— Alors, vous serez le seul responsable de votre malheur, dis-je en me tournant vers les femmes assemblées autour de moi. Le poème dit : « *Alliés non pour conquérir*

/ *Mais pour bannir* ». Je suis la Nuit. Je vous ai conduites à sœur Marie Angela, l'Esprit.

Je pris la main de la religieuse.

— Lucie, tu es le Sang. Aphrodite, l'Humanité.

Lucie et Aphrodite s'approchèrent de la nonne et formèrent une chaîne.

— Qu'est-ce qu'elles font ? lança Neferet en fonçant sur nous.

— A-ya ! Quelle sottise manigances-tu ? lâcha Kalona, qui n'avait plus l'air de s'amuser.

— Et maintenant la Terre, dis-je en tendant la main à ma grand-mère.

— Ne laissez pas la Ghigua se joindre à elles ! s'écria Kalona.

— Stark ! Tue-la ! ordonna Neferet. Tue Zoey ! Pas d'erreur, cette fois, vise le cœur !

Je regardai mon combattant dans les yeux. L'aura noire qui enveloppait Neferet s'étendit jusqu'à lui, s'enroulant autour de ses chevilles, remontant le long de son corps... Je voyais qu'il luttait de toutes ses forces contre l'emprise qu'elle avait encore sur lui. Je retins ma respiration : son serment suffirait-il à rompre ce lien ? Avais-je commis une erreur en lui accordant ma confiance ?

— Non ! rugit Kalona. Ne la tue pas !

— Je ne te partagerai pas ! hurla Neferet, qui me paraissait plus grande à chaque instant. Stark, par le pouvoir avec lequel je t'ai réveillé, je t'ordonne d'atteindre ta cible. Transperce le cœur de Zoey !

Comme je ne le quittais pas des yeux, essayant de le convaincre par le regard de choisir le bien, je vis le moment exact où il trouva une échappatoire.

Notre conversation dans la petite pièce du complexe sportif me revint en mémoire : « ... Tu possèdes mon cœur », « Alors, on a intérêt à faire attention, tous les deux. Ce n'est pas évident, de se passer de son cœur. »

— Je ne manquerai pas ma cible, dit-il, ne s'adressant qu'à moi, le cœur de ma Dame, que je porte en moi comme s'il était le mien.

Aussitôt, les ombres qui étreignaient son corps se dissipèrent et je compris ce qu'il allait faire.

Il pointa son arc sur moi et tira.

— Air, Feu, Eau, Terre, Esprit ! criai-je, affolée. Entendez-moi ! Empêchez cette flèche de le toucher !

Je ne m'étais pas trompée : le projectile venait soudain de changer de direction, filant droit sur Stark. Il n'était qu'à quelques centimètres de sa poitrine lorsque les éléments le désintégrèrent avec une telle violence que mon combattant fut projeté en arrière.

— Sale petite morveuse ! siffla Neferet. Tu ne l'emporteras pas si facilement !

Sans me soucier d'elle, je tendis de nouveau la main à ma grand-mère en répétant le dernier vers du poème.

— Ne le maudissez pas, nous conseilla sœur Marie Angela avec une quiétude surnaturelle. Cela ne le touchera pas, il en a trop l'habitude.

— Une bénédiction, alors ? suggéra Lucie.

— Oui, les gens remplis de haine sont démunis face à l'amour, dit Aphrodite en me faisant un petit sourire.

— Bénis-le, Grand-mère. Nous nous joindrons à toi.

La voix de ma grand-mère s'éleva alors, amplifiée par le pouvoir de l'Esprit et du Sang, de la Nuit et de la Terre, tous réunis par l'amour de l'Humanité. Elle commença à réciter une ancienne bénédiction cherokee qui m'était si familière que j'eus l'impression de rentrer chez moi.

— Kalona, mon *u-do*, mon frère, que les vents tièdes du paradis soufflent doucement sur ta maison...

Nous répétâmes ces mots toutes les deux.

— Et que le Grand Esprit bénisse tous ceux qui y entrent...

Cette fois, Damien et les Jumelles se joignirent à nous.

— Que tes mocassins laissent des empreintes dans les neiges de nombreux hivers...

Toutes les personnes présentes dans notre cercle reprirent ses paroles ; j'entendis même un écho derrière nous. Je me retournai : les bénédictines avaient quitté leur sanctuaire pour ajouter leurs prières aux nôtres.

Lorsque Grand-mère prononça la dernière phrase, sa voix débordait tellement d'amour, de joie et de chaleur que j'eus les larmes aux yeux.

— Et que l'arc-en-ciel effleure toujours ton épaule...

Alors, Kalona, qui s'était arrêté, titubant, à quelques pas de nous, poussa un cri d'agonie. Neferet, elle, avait le visage déformé par la haine.

Il tendit la main vers moi.

— Pourquoi, A-ya ?

Je fixai ses yeux magnifiques et lui dis la vérité.

— Parce que je choisis l'amour.

Un fil de lumière argentée et aveuglante jaillit de moi et emprisonna Kalona et Neferet dans un nœud coulant, qui commença à se resserrer. Il s'agissait non seulement du pouvoir des éléments, mais aussi de celui de la Nuit, du Sang et de l'Humanité.

Avec un hurlement inhumain, Kalona recula en vacillant. Neferet cria et s'accrocha à lui. Sans me lâcher du regard, il la prit dans ses bras, déplia ses ailes couleur nuit et s'envola. Il resta un moment au-dessus de nous, comme s'il luttait contre la force de gravité. Alors, le fil argenté se tendit, puis se détendit comme un élastique, et les projeta très haut dans les airs. L'homme ailé et la grande prêtresse déchue s'enfoncèrent dans les nuages, suivis d'une cohorte de Corbeaux Moqueurs affolés.

À ce moment précis, je sentis une brûlure familière sur ma poitrine et je sus que, la prochaine fois que je me contemplerais dans un miroir, je verrais une nouvelle Marque, entrelacée à ma cicatrice.

ÉPILOGUE

Personne ne dit rien pendant un long moment. Hébétée, je remerciai les éléments et fermai le cercle ; puis j'aidai Grand-mère à se rasseoir dans son fauteuil roulant.

Sœur Marie Angela s'affairait déjà auprès de mes amis.

— Vous devez avoir froid, mes enfants ! Vous êtes tout trempés ! Suivez-moi à l'abbaye, je vais vous donner du chocolat chaud et des vêtements secs.

— Et les chevaux ? demandai-je.

— On s'en occupe, dit-elle en désignant deux religieuses que j'avais déjà vues à Chats de gouttière, sœurs Bianca et Fatima, qui guidaient nos montures vers un petit bâtiment abritant une serre.

Je hochai la tête, totalement épuisée, et j'appelai Darius. Puis, suivis de près par Erik et Heath, nous nous approchâmes du corps immobile de Stark.

Il gisait à côté du Hummer, dont les phares l'éclairaient vivement. À travers sa chemise brûlée, on apercevait une blessure abominable qui faisait penser à une flèche brisée, incrustée dans sa chair. Je m'armai de courage, m'apprêtant à assister une deuxième fois à sa mort.

Je m'agenouillai et touchai sa main.

Soudain, il prit une grande inspiration, toussa et ouvrit les yeux en grimaçant de douleur.

Je lui souris, émue aux larmes.

— Hé, ça va ? demandai-je doucement.

Il regarda sur sa poitrine.

— Bizarre, cette brûlure, lâcha-t-il. J'ai l'impression que les éléments me sont passés dessus comme un rouleau compresseur, mais à part ça, ça va.

— Tu m'as fait peur.

— Je me suis fait peur.

— Combattant, intervint Darius en l'aidant à se relever, quand tu te mets au service d'une grande prêtresse, le but n'est pas de l'effrayer *à mort*, mais de la protéger *de la mort*.

— Il faut croire qu'avec cette prêtresse-là, toutes les règles sont à réécrire, déclara Stark avec son sourire craquant.

— À qui le dis-tu !..., fit Erik.

— Ouais, tu ne nous apprends pas grand-chose, enchérit Heath.

— Zoey, Petit Oiseau ! s'écria Grand-mère. Regarde en l'air !

Les nuages s'étaient dissipés et dans le ciel resplendissait un croissant de lune qui chassa les dernières traces de souffrance de mon cœur.

Sœur Marie Angela qui m'avait rejointe me chuchota à l'oreille :

— Ce n'est pas terminé, Zoey !

— Je sais, mais, quoi qu'il arrive, ma déesse sera avec moi.

— Tout comme tes amis, mon enfant, tout comme tes amis.

Remerciements

La Maison de la Nuit est avant tout un travail d'équipe, et pas seulement parce que Kristin et moi travaillons en duo.

Cette série bénéficie du soutien inestimable de personnes extraordinaires à St. Martin's Press, dont la créativité n'a d'égal que leur générosité. À Jennifer Weis, Anne Bensson, Matthew Shear, Anne Marie Tallberg, Brittany Kleinfelter, Katy Hershberger, et à Michael Storrings, les deux designers de génie qui travaillent sur nos couvertures, Kristin et moi exprimons toute notre reconnaissance. On vous adore !

Comme toujours, nous devons énormément à notre agent et amie, Meredith Bernstein.

Nous aimerions remercier aussi les nombreux fans qui font de chacune de nos sorties publiques une véritable partie de plaisir. Un remerciement particulier s'adresse aux classes du lycée Will Rogers, en Oklahoma, qui ont intégré *Marquée* à leur programme d'anglais. La visite de votre établissement a été mémorable !

Nous tenons également à remercier nos fans de longue date, les enseignants des écoles de Jenks, en Oklahoma. On vous aime !

Ouvrage composé par
PCA - 44400 Rezé

Cet ouvrage a été imprimé
en Espagne par
Liberdúplex

Sant Llorenç d'Hortons (Barcelone)

Dépôt légal : septembre 2014

Pocket Jeunesse, une marque d'Univers Poche,
est un éditeur qui s'engage pour
la préservation de son environnement
et qui utilise du papier fabriqué à partir
de bois provenant de forêts gérées
de manière responsable.

12, avenue d'Italie – 75627 PARIS Cedex 13